死んだ山田と教室

金子玲介

講談社

カバーモデル　菅生新樹
写真　江森康之
装幀　川名潤
図版制作　赤波江春奈

死んだ山田と教室

山田《やまだ》は二年E組の中心でした、と通夜に参列した生徒は口々に語った。

山田、まじでおもしろくて、山田がいるだけで、クラス全体がすげぇ明るくなって、山田いなくなってまじ信じらんないっつーか、明日から二学期はじまるんすけど、どうやって過ごせばいいかわかんねぇっつーかめちゃめちゃ不安っつーか――。

僕、一年生のとき、学校がつまらなかったんです。部活もすぐやめちゃったし、仲いい友だちもいなくて。でも、二年生になって、山田くんと一緒のクラスになってからは、すごく楽しくて。山田くん、誰とでも、楽しそうに話すんです。本当に、誰とでも。目立つ人って、そうじゃない人のことを、ちょっと下に見てる雰囲気あるじゃないですか？ 実際なくても、そう思わせる威圧感みたいなものが、どうしてもあるというか、滲《にじ》み出《で》てしまうというか。でも、山田くんはそれがなくて――。

ほら山田、ラグビー部、去年怪我《けが》して辞めちゃったっしょ。両手の、手首の骨、折って。そんで、歌上手《うま》いからって、うち軽音とかないし、校外でバンドはじめちゃったりして。だから多分、運動部のノリも文化部のノリも帰宅部のノリも、ぜんぶ兼ね備えて無敵なわけ山田は――。

先生のモノマネ、全員分できるんですよ。E組で授業持ってる先生、全員。やばくないですか？　しかもクオリティもめちゃくちゃ高くて。俺、山田のモノマネで何回腹ちぎれそうになったかわかんないですよ――。

山田のおかげで、男子校まじ最高だなって――。

山田くん、髪、金色に染めてて、最初すごい怖い人かなって思ったんですけど、全然そんなことなくて、すごい優しくて。また山田くんと話したいです。もっともっと山田くんと話したかったです――。

幸せ。でした。一緒の高校来れて。あいつと。嫉妬も。中学からなんで。あって。面白いんで。ずっと面白いんで。あいつ。本当は。…………。あぁ。いや。死にたい、ですね。いないなら。山田が。別にもう。……すみません。ぐちゃぐちゃで。まだ――。

飲酒運転、らしいじゃないすか。なんで山田だったんすかね。なんで、よりによって山田が――。

まじで明日から山田いないの？　え？　まじで？　無理なんだけど――。

山田、どうにかして生き返らないですかね？

第一話　死んだ山田と席替え

山田が死んで、三日が経《た》った。教室は今も静まり返っている。

啓栄《けいえい》大学附属穂木《ほぎ》高等学校（通称、穂木高《ほぎこう》）には毎朝と下校時のホームルームがなく、一週間の連絡事項は全《すべ》て金曜四限のロングホームルームに集約される。

山田の死んだ八月二十九日は日曜、通夜のあった八月三十一日は火曜、二学期最初の登校日である九月一日は水曜であったため、本来の時間割であればホームルームは実施されない。

一限の数学Bの授業を終えた難波《なんば》も、二限の世界史の授業を終えた友永《ともなが》も、教員室へ帰って来るや否や、「まともに授業をできる気がしない」と吐露した。

「山田が亡くなり、クラスにぽっかり穴が空いてしまったようです」

「みんな上の空というか」

「ええ、まさに」

「夏休み前までは、二年E組がいちばん賑《にぎ》やかなクラスだったんですけどね」

「良《い》い雰囲気でしたよね。賑やかだけど、放埒《ほうらつ》ではない、というか」

「今朝の授業は、昨夜のお通夜が続いているような雰囲気でした」

「ノートをとる手も止まりがちでしたね。みんな、」

「次、三限、」二年E組の担任である花浦《はなうら》が、難波と友永の会話に割って入る。「国語表現でしたっけ？」

「えーっと、」机上に目を遣《や》る友永の後ろから、

「そうですよ」教材を脇《わき》に抱《かか》えた桑名《くわな》が答える。「これから向かうところです」

「ホームルームと交換できますか？」桑名の言葉尻《ことばじり》に被《かぶ》せる勢いで尋《たず》ねる。

「え？」ちらりと辺りを見回し「あ、はい、別に、」花浦に目を戻す。「大丈夫ですけど」

「自分三限空いてるんですが、たぶん早めにフォローしたほうが良いと思うんで。ちょっと行ってきます。コマ数はどこかで調整しましょう」

教員室を出る。体育館履きの袋を振り回して走る生徒らとすれ違いながら、花浦は二年ホームルーム棟へ向かう。階段を四階までのぼり、二年E組の扉を開ける。

本当だ。

静かだ。

いつもなら、十人を超える生徒が席を立ち、仲の良い者同士で談笑しているが、今は大半の生徒が席に着いている。

ちょうど振り返った別府《べっぷ》と目が合う。眉《まゆ》が動き、不思議そうな顔をする。

穂木高の教室は、後ろにしかドアがない。階段を上がった両脇にそれぞれE組、F組の引き戸があり、教員は生徒たちの間を抜けて黒板へ向かう必要がある。

教卓の前に立つ。

予定とは違う教師が入ってきたわけで、普段ならもっとざわついていてもいいものだが、反応が少

ない。下を向いたまま、花浦に気づいていない生徒も多い。

教室の空気が重く、鈍《にぶ》い。

「えー、そうね、」声を出すと、何人かの生徒が顔を上げる。「要はあれだ、」教室を和ますための笑みを作り「あんま落ち込みすぎんなってことだ」

第一声それじゃねぇだろ、と松口《まつぐち》や白岩《しらいわ》をはじめ多くの生徒が感じた。

「俺ぐらい生きてっと、まぁ要は、身近な人間が死ぬなんつーことは、フツーにあるわけだ」

だからそういうことじゃねぇんだって、死んだのは身近な人間じゃなくて、山田なんだって、と和久津《わくつ》は思う。山田がいない教室で、今まで通りはしゃげるわけねぇだろ。

「俺いま三十二なんだけど、友だちが死ぬことって、別になくはないんだよな。大学のゼミの同期が、卒業して一年くらいしてから通り魔に刺されて死んだし、なんなら元カノもどっかで自殺したらしいし。今お前らは、大事なクラスメイトが死んで、なんか笑ったり騒いだりしたらダメって感じてるかもしんないけど、」

「あの」栗木《くりき》が手を挙げる。

「どうした？」

「桑名先生は」国語表現のノートを、花浦に見えるよう掲げ持ち「どちらに」

「あぁそうだ、言ってなかった。三限は桑名先生に頼んで、急遽《きゅうきょ》ホームルームと入れ替えてもらいました」

「それはその、夏休み明けだから」

「ではなく、お前らが元気なさすぎるからだな」花浦は苦笑し「難波先生も友永先生も、まるで昨日の通夜が続いてるみたいだって。どうにか元気づけてくれっつーことで、急遽来たってわけ。

いや、気持ちは分かるんだよ。俺だって悲しいさ。山田はこのクラスに欠かせないやつだった。勉強熱心だし、誰とでも仲いいしな。あいつのおかげで、クラスの雰囲気がぐっと良くなってたのは間違いない。だからこそ、お前らには前を向いて、今まで通り和気藹々《わきあいあい》と過ごしてほしいわけ。山田だって、自分が死んだせいで二年E組がどんより沈んでたらきっと喜ばないと思うぞ？」

いや自分が死んで三日しか経ってないのにみんな和気藹々としてたら絶対嫌だろ、人の気持ちを考えろ、と川上《かわかみ》は思う。

斜め前、山田の席の空白を見つめる。

ふざけんなよ。なんで死ぬんだよ。車に轢かれたとか馬鹿《ばか》じゃねぇの。次カラオケで九十六点出すとか言ってただろ。出せよ。出さずに死ぬなよ。馬鹿だろまじで。

「もし山田が、天国から今のお前らを見てたらどう思う？」どうも思わねぇよ。死んで初日の教室なんてどこもこんなもんだろ。「俺はお前らに、山田に誇れる生き方をしてほしい」だから初日にする話じゃねぇだろ。そういう話は時間経ってからしろよ。今日くらいフツーに落ち込ませろよ。「俺だって、天国の元カノに誇れる生き方しようと思いながら、今日まで生きてきたわけだよ」元カノの話はまじで知らねぇよ。どっかで自殺したらしい、ってなんだよ。そんな死んだかどうか曖昧《あいまい》な元カノと山田を一緒にすんなよ。

「まぁ要はあれだ、」花浦の口癖《くちぐせ》の『要は』を誇張《こちょう》した山田のモノマネを、複数の生徒が思い出す。「席替えでもするか」

席替え？　このタイミングで？　と竹内《たけうち》は思う。

「だってほら、お前ら、意識しちゃうだろ」

花浦の視線の先には、教室の真ん中にぽっかりと空いた、山田の席がある。

「席このままだと、いないの意識して、そのたび凹《へこ》むだろ」目の前の曽根《そね》に「ルーズリーフとか、あれば一枚貸してくんない？」

「えっ」

「ごめん俺、手ぶらで来ちゃったからさ。要はくじ作りたいんだよ、くじ。1から35まで書いた紙を作りたいわけ」

「あの、ルーズリーフ、持ってないっす。ノートしか」

「そっか。まぁわざわざノートちぎってもらうのも悪いしな」教室全体を眺《なが》め「誰か持ってない？　要らない紙とか」

誰もが視線を落とし、声を発しない。

「おーい」

数秒が経ち、さらに長い時間が経つ。

〈いや、いくら男子校の席替えだからって盛り下がりすぎだろ〉

声がする。声？　上から？　二瓶《にへい》は伏せていた顔を上げ、声の出どころを探る。

〈男子校の席替えがこの世で最も意味のないものだとは言え、誰か返事しなきゃ花浦先生かわいそうだろ〉

山田の声？　嘘《うそ》？　どこから？　皆、慌てた小動物のように首を動かし、視線を振り回す。黒板の上、四角い、スピーカー？

〈お通夜じゃないんだからさ。みんなもっと先生に反応しようぜ〉

「山田？」花浦が上半身をひねり、頭上を振り仰ぐ。「お前、放送室いんのか？」

〈えっ？〉

「誰かのいたずらか？　これ、山田の声だよな？　山田の声のモノマネして、録音して流してんのか？　ん？　でも席替えするなんて、俺がついさっき思いついたわけで、誰にも言ってなかったもんな」

〈モノマネとかじゃなく、フツーに山田っすけど……。というかぜんぜん状況読めないんすけど〉

「山田？　山田なのか？」

〈つーか声しか聞こえねぇ。どうなってんすか？　俺、今〉

「山田、お前、スピーカーになっちゃったのか？」

〈いやスピーカーになるってなんすか。スピーカーになるわけないじゃないすか〉

教室が固まる。

〈え？　まじでこれどういう状況？　俺いま、教室のどっかに閉じ込められてんすか？　なんかさっきからずっと真っ暗で、花浦先生の声しか聞こえないんすけど〉

全員が呆気《あっけ》にとられ、山田の声がする箱を見上げる。

〈え、つか、やば、手足の感覚とかもない。いや、これまでどういう状況なんすか？　目隠しとかされてるとして、その感覚が一切ないんすけど。えっ、怖っ。身体《からだ》が、どっか消えたみたい〉

「山田くん？」小野寺《おのでら》が声を掛ける。「山田くんなの？」

〈おっ、違う声聞こえた。これ、誰だ？　えー、誰だ誰だ、足立《あだち》？　か鳥居《とりい》？〉

「小野寺だけど」

〈あーっ！　小野寺か〜。いやぁ、小野寺かなー、とも思ったんだけどさ、声だけだと、やっぱむずいわ。ごめんな。つか声変わりした？　前もっと声高くなかった？〉

「……山田くん、生き返ったの？」

〈生き返った？〉

教室から、音が消える。

〈生き返ったってなに？〉


〈待って。いったん待って〉

〈……生き返った？〉


〈待てよ。俺昨日、何してたっけ？〉

〈あれ？〉

〈猫、助けたよな？〉

〈あの、歩道橋のそばの、パン屋の前のとこで〉

〈で、そうだ、〉

〈なんか、でっかい赤い車が突っ込んできて、〉

〈ナンバープレートがたしか、俺の誕生日で、〉

〈それから、〉


〈それから?〉


〈それから、俺、〉

「死んだよ」花浦が口を開き、和久津や松口が「ちょっ、」と止めようとするが「三日前、飲酒運転の車に轢かれて、死んだ」と続ける。

〈死んだ?〉

「あぁ」

〈……それ、俺の話?〉

「そうだよ、山田、お前の話だよ」

〈いやいやいやいやいや、おかしい。じゃあ俺、なんでこうやってみんなと話せてんの?〉

「それは俺が知りたい」花浦がスピーカーを指差しつつ、教室を振り返り「なぁ、これ、どうなってんの? 分かるやついる?」

返事はない。教室の誰もが、あまりの事態に凍《こお》りついている。

「夢? 俺がおかしい?」

花浦が前髪をかき上げ、自らデコピンをする。「いてっ」髪を軽く整え「……まぁでも、痛い夢もあるっちゃあるか」

〈俺こないだ夢でサメにちんこ嚙《か》まれたんすけどめちゃめちゃ痛かったっすよ〉

「山田、お前はいったん黙ってろ」

〈そんなぁ〉

「山田の声、聞こえてるやつは手挙げろ」

ぽつぽつと手が挙がりはじめる。

「倉持《くらもち》、関《せき》、鳥居、米村《よねむら》、高見沢《たかみざわ》、菱沼《ひしぬま》。聞こえてないか？」

残り六人も手を挙げ、三十五人全員の腕が伸びる。

「てことは、全員か」

〈これもう、夏休み終わってんすか？〉

「終わってるよ」花浦が答え「お前が死んでる間に終わった」

〈まじすか〉

「あぁ」

〈いま何月何日すか？〉

「九月一日」

〈……俺はいつ死んだんでしたっけ〉

「八月二十九。昨日が通夜で、」腕時計を見る。「ちょうど今頃、告別式やってんじゃないの」

〈なるほど〉

「いつから聞こえてる？」

〈え？〉

「俺とか、小野寺の声とか、聞こえてるんだろ？　自分が死んだの知らなかったってことは、俺が教室入ってきた最初から聞こえてるわけじゃなくて、途中から聞こえはじめたってことだよな？　いつから聞こえてるんだ？」

〈……いや、なんかぼんやり、声がしはじめて、〉

「うん」

〈天国の元カノに誇れる生き方しよう、みたいなくだりから、いちおう記憶あります〉

「なんでそこなんだよ」

〈なんでって言われても〉

「声が聞こえるだけなのか？」

〈つか花浦先生って元カノ亡くなってんすか？　いつ付き合ってたときの人すか？〉

「質問に答えろよ。声が聞こえるだけで、教室の景色が見えたりはしないんだな？」

〈そっすね、完全に真っ暗で、ただただ声が聞こえるだけって感じっす。身体の感覚も一切なくて、もうほんとに、声だけの存在になったたっつーか〉

「匂《にお》いは？」

〈しないっす。無臭〉

「どうやって声出してんの？」

〈どうやって……。フツーに、生きてたときの感じで、出してます。でも、なんだろう、喉《のど》が震えるみたいな感じがなくて、実際声出てるかどうか不安なんすけど、花浦先生とかが反応してくれるから、あ、ちゃんと声出てたんだ、みたいな。変な感じっす〉

「ふむ」

〈いま、『生きてたとき』って口にして、うわぁ、ってなりました。死んでんすね、俺〉

「……まぁ、」

〈『口にして』って変すね。口、ないのに。なんて言うのが正解なんすかね、この場合〉

「……いや、」

〈てか俺、もう、口ないのかぁ。やだなぁ、口ないの。食べたり、飲んだり、もうできないってことすか？〉

「……知らんけど、たぶんそうじゃない？」

〈うわぁ〜、まじか〜、最悪だ。最後に好きなもん食べときゃよかった。死ぬ前、最後何食べたっけ？　あれ？　あの日たしか、家いて、昼は昨日の残りのカレー食って、外暑いし、部屋でだらだらして、そうだ、ギターの弦切れたから買わなきゃって思い出して、駅ビルの楽器屋まで行こうとしたら玄関で母ちゃんに買い物頼まれて、そんで駅着く前に轢かれたから、カレー？　違うか、だらだらしてるとき、お菓子食ってた気がする。なんだっけ？　グミか。グミ食ったわ。ってことは俺、最後グミ食って死んだってこと？　まじか、最悪じゃん。最後の晩餐《ばんさん》、グミはやばいっしょ。しかもなんか、父ちゃんがお土産でもらってきたとか言ってた、よくわかんない海外の硬いグミだったし〉

ふっ、と、誰かが鼻から笑い声を漏らす。

教室の空気が、強張《こわば》っていた生徒たちの表情が、徐々に緩《ゆる》んでくる。

「山田、お前さ、こうなってる心当たりとかないの？」

〈心当たり？〉

「死んで、声だけ生き返って、っていう」

〈あぁー、わかんないすけど、俺このクラス大好きで、二Eのみんなとずっと馬鹿やってたいなっていつも思ってるから、それでこうなったのかもしんないっす〉

「ふーん」花浦がにやりとする。「お前いいやつだな」

〈いやいや〉山田の嬉しそうな吐息が、スピーカーから零《こぼ》れる。〈でも死んだのまだ受け入れられてないっすよ〉

「だよな」

〈そういえば席替え、どうなったんすか?〉

「ん?」

〈するんすよね? 席替え〉

「あー、」活気に満ちつつある教室を見渡し「別にもう、しなくても」

〈いや、でも、せっかくなんでしましょうよ、席替え。俺、ずっと前から考えてたんすよ、二Eの最強の配置を〉

「なんだそれ」

〈左の前から後ろに向かって、赤堀《あかほり》、栗木、牧原《まきはら》、田畑《たばた》、林《はやし》、宇多《うだ》。次は、足立、笹本《ささもと》、南沢《みなみさわ》、白岩、西尾《にしお》、米村。藁科《わらしな》、久保《くぼ》、別府、菱沼、古賀《こが》、泉《いずみ》。高見沢、大塚《おおつか》、川上、関、鳥居、倉持。和久津、松口、小野寺、竹内、芝《しば》、二瓶。渡邉《わたなべ》、曽根、百瀬《ももせ》、吉岡《よしおか》、菊池《きくち》〉

「待て待て待て早い全然わからん」

〈えー〉

「左って、黒板に向かって左?」

〈当たり前じゃないすか〉

「俺から見ると逆なんだよ。お前の当たり前をみんなの当たり前と思うな」

〈そんな、わざわざ花浦先生目線で発表しないすよ〉

「耳だけだと誰もわかんないから、黒板に書くわ」花浦が白いチョークを手に取る。「もう一回言って」

〈赤堀、栗木、牧原、田畑、林、宇多。足立、笹本、〉

「早い早い。ひとりずつゆっくり。書くから」

〈了解っす。あ、でもやっぱ念のため最後、これで本当に最強か、脳内でシミュレーションしていいすか〉

「いいよ」花浦が了承し、口をつぐむ。

山田の声がスピーカーから聞こえなくなり、束の間《つかま》の静寂が訪れた後、吉岡が隣の白岩に「まじ今なんの時間?」と小声で話しかけたのを皮切りに、あちこちで会話が溢《あふ》れ、教室に声が満ちていく。

「山田はこれ、生き返ったってことなん?」「声だけだから生き返ったわけじゃなくね?」「じゃあ死んだまま?」「死んだままっちゃまま」「でも声だけでも戻ってきてくれて嬉しいわ」「な」

「つか山田、猫助けて死んだのかよ」「そうなん?」「言ってたじゃんさっき」「やば。ジブリかよ」「ジブリでそんなんあったっけ?」「あったよ、たしか」「なんの作品だっけ」「思い出せないけど、あった」「へぇ」「山田は幽霊ってこと?」「幽霊ではなくない?」「でも死んでんのにしゃべれてんじゃん」「でも姿見えないじゃん」「幽霊って別に、姿はマストじゃなくない?」「え、マストだと思ってた」「ポルターガイストとかあるじゃん」「ポルターガイストってなんだっけ」「なんか揺れるやつ。家とか」「地震?」「地震じゃなくて揺れるやつ。幽霊が家具とかガタガタ揺らしてくる、みたいな」「怖っ」「怖《こえ》ぇよ。遭遇したことないけど」「地震もほんとは幽霊の仕業ってこと?」「地震はプレートの仕業だろ」「プレートの幽霊」「プレートの幽霊ってなんだよ。プレートはプレートだろ」

〈完璧《かんぺき》だぁ！〉

スピーカーが音割れするほどの大きな声が響き、教室がすっと静まる。

〈よし、完璧！　やっぱさっきの配置が最強で間違いない。発表していいすか？〉

ワンテンポ遅れ、「おっけ」花浦が応じる。「ゆっくり、ひとりずつな。黒板に書いてくから」

山田が先ほどと同じ順番で生徒の名字を読み上げ、花浦が黒板に書き留めていく。完成し、生徒のほうを向き直り「じゃあみんな、この通りに移動して」

荷物をまとめ、一人また一人と立ち上がる。全員が移動を終え、山田の考えた最強の二年E組が完成する。

「おい、山田、終わったぞ」花浦が呼びかける。

〈お～。じゃあこれで最強っすね。見えてないけど〉自信満々の声が降ってくる。

「ふーん」花浦は教室を眺める。たとえば剣道部の赤堀と栗木、バスケ部の田畑と白岩、野球部の二瓶、菊池、芝など、同じ部活の者同士を隣接して配置し、なんとなくバランスが良い気はするが、最強かと言われるといまいちピンと来ず「で、これのどこが最強なの？」

〈わかんないすか？〉

「あんまわかんない」生徒たちに「わかる？」

みな首を振ったり傾《かし》げたりで、期待した反応はない。「わかんないってよ」

〈えー〉

「解説して。どこがどう最強なのか」

〈しょうがないっすね〉と言いながらも声は嬉しそうで〈まず、芝、菊池、二瓶の野球部トリオを、ドアの一番近くに配置しました〉

芝、菊池、二瓶が顔を見合わせる。なんとなく芝が代表して話す空気になり、「なんで?」

〈ほら、朝練の後、野球部いっつも泥《どろ》まみれで上がってくんじゃん〉

あー、という声が前方で上がる。

〈一限始まるギリギリまで練習してっからさ、スパイクとか泥ついたまま教室来るだろ? そんで前のほうの席まで行くとさ、泥がぽろぽろ落ちて、床が目に見えて汚れるんだよな〉

数名が深く頷《うなず》く。穂木高には「上履き」という制度がなく、土足のまま廊下や教室を歩くのが常となっている。そのため、運動部がグラウンドの泥を付けたまま教室に上がってくることも多く、野球部はそれが顕著だ。男子高ゆえに気にならないという生徒も多いが、潔癖性気味の牧原や倉持は背後の菊池が泥を撒《ま》き散《ち》らすのが気になって仕方なかった。

〈あれ、気になるやつは気になるからさ。汚れる範囲が最小限になるよう、三人ともドアの近くにしてみたわ〉

「……すんません」菊池が謝る。

〈いやいや、いいんだよ、別に。なんかのルール破ってるわけじゃねぇしさ。朝っぱらから始業のギリまで練習がんばっててすげぇなってフツーに思うし。だから、この配置にしとくのが、みんなにとってベストかなって〉

「あざす」菊池が頭を下げ、芝と二瓶もそれに倣《なら》う。「時間あるときは、なるべく泥落として上がってくるようにするわ」

〈あざっす。で、次にポイントなのが、泉と倉持を最後列中央に配置したことね〉

泉がびくっと顔を上げる。「ふぁっ?」

〈泉も倉持も新聞部で、「どっかにスクープないかなぁ」とかいっつも言ってんじゃん? だか

ら、スクープを拾いやすいように、教室全体を見渡せる位置に配置してみたわ〉

「あ、あんがと」席あんま関係ねーけどな、と思いつつ、泉は嬉しい。右を見ると、倉持も頬《ほお》を緩めている。

〈その隣の米村は、大抵早弁してるから、美の巨人こと西尾の後ろに配置した〉

「まじか！　助かる！」「僕、ただの壁？」米村と西尾が同時に反応する。米村はラグビー部だが身長百六十六センチ体重七十五キロと小柄《こがら》で、対する西尾は美術部ながら身長百八十六センチ体重九十キロと米村を上回る体格をしている。

〈米村はガタイ良くしようと授業中も必死に飯かき込んでるから、超高校級美術部の西尾が先生の視線をガードしてやってくれ〉

「いいけど……」西尾が渋々《しぶしぶ》納得しつつ、花浦を窺《うかが》う。

「教師として看過は出来ないが、時間もないからさっさと次行ってくれ」

〈ＯＫっす。次は田畑を左端にした理由だけど、〉

「あの、」と最後列左端、生物部の宇多が挙手する。「一番後ろの列で、僕だけ理由説明してもらってないんだけど……」

〈誰？　宇多？〉

「そう」

〈宇多を一番後ろにしたのは、目がいいから〉

「目がいいから？」

〈うん。宇多、裸眼で視力二・〇ずつあるだろ〉

「ある」

〈だから一番後ろ。どう?〉

「……いいよ」

〈よかった。ちなみに視力悪めのやつらは、みんな一番前の列にした。高見沢とか、授業中かなり見づらそうにしてただろ〉

高見沢がスピーカーを見上げる。「気づいてたの?」

〈気づいてた。眼鏡《めがね》、作ったほうがいいかもな。まぁでも、ひとまず前にしといたから〉

「えー、ありがとう」

「中学から、」和久津が口をひらく。「ってことじゃなく?」

〈何が? 和久津?〉

「そう」和久津が眉を寄せ「俺てっきり、中学から一緒なのが俺だけだから、スピーカーからいちばん近い席なんだと思ってた」

〈それもあるけど、和久津もコンタクトの度数上げたほうがいいぞ。授業中よく目細めてるだろ〉

「……なるほど」考え込むような顔で「ありがと」

〈で、田畑を左端にした理由だけど、〉

「ちょっ、待て、山田、」水泳部の藁科が割って入る。「俺、いちばん前にされてるけど、別に目悪くねぇよ?」

〈あー、藁科?〉

「そう。ごめん名乗ってなかった」

〈声聞こえてくる方角で、わりと分かるもんなんだな。で、そうだ、藁科は特別枠〉

「特別枠ってなんだよ」

〈藁科さ、英語の望月《もちづき》先生のこと、好きだろ。だから特別に、望月先生の横顔がいちばんキレイに見える特等席を用意した〉

藁科が固まる。同じく水泳部の久保が、真後ろの席で口が裂けるほどにやついている。

「いや、」藁科が顔を赤らめ「……野暮すぎるでしょ」

〈そんで、田畑を左端にした理由だけど、〉

「なぁ山田、」サッカー部の吉岡が声を出すも、

「俺を左端にした理由が先だろ！　出しゃばんな吉岡！」田畑が鋭く言い放つ。「みんな俺の前で横入りしすぎだから！　さっきから全然、俺が左端の理由聞けないんだけど！」

〈そりゃそうだな。田畑が先だ〉山田の声が笑う。〈吉岡は深く深く反省してくれ〉

「俺そんな悪いことしたか⁉」

〈田畑さ、左耳、聞こえづらいだろ？〉

田畑が目を丸くする。

〈田畑、別に左利きでもないのに、人と話すとき左側来ようとするんだよな。あれ、左耳が聞こえづらいからじゃない？〉

「……知ってたのかよ」

〈知ってたつーか、そうかもな、って〉

田畑が頷き「高二になってから分かったんだけど、俺、左耳が若干難聴ぽくて」少し気まずそうに「誰にも言ってなかったけど」

〈やっぱそうなんだ。田畑、夏休み前まで一番右の列だったから、ちょっと心配してたんだ〉

「山田、お前ってやつはまじで……」田畑の声が潤《うる》む。「ありがとな」

「山田、悪いけどあと五分で三限終わっちゃうから、」花浦が腕時計からスピーカーへ視線を移し「もうちょいテンポ上げてくれ」

〈わっかりました！　巻きでいきまーす！〉

山田が早口に解説を続ける。合唱部の小野寺とラグビー部の百瀬はどちらも深夜アニメ『おふさいど！』が好きだから隣にした、とか、卓球部の古賀と天文部の鳥居もアイドル好きの共通点で盛り上がれるから隣にした、とか細かく理由を述べる山田の声を遮《さえぎ》って、三限の終わりを告げるチャイムが鳴る。

「おーい山田。チャイム鳴ったぞ」

〈うわーまじか、どうしよう、まだ解説終わってないのに〉

「でももう時間だからなぁ」二年F組の授業が終わり、教員が出てくる気配を扉の向こうに感じる。「まぁ、続きはまた今度解説してくれよ」

〈うっす〉

「……つーかこれあれだな」もごもごと呟き「一応あれか、学年主任に報告とか、や、でも、とりあえずまぁ」

「言わなくていいと思います」和久津が釘を刺す。「それで山田、いなくなったりしたら嫌なので」

「まぁそうか、じゃあ、まぁ、そうね、黙っとくわ」

〈そっすね。秘密ってことで〉

「にしても山田、お前このクラスのこと、なんでも分かってるんだな」花浦は改めてスピーカーを眺める。「担任の俺より百倍詳しいわ」

〈そりゃそうっすよ〉山田の声が、誇らしげに響く。〈俺、二年E組が大好きなんで〉

山田の考えた最強の二年E組

スピーカー

掲示	黒板	掲示

担任・花浦

窓

赤堀 剣道部	**足立** テニス部	**藁科** 水泳部	**高見沢** 帰宅部	**和久津** 囲碁将棋部	**渡邉** ホッケー部
栗木 剣道部	**笹本** テニス部	**久保** 水泳部	**大塚** 陸上部	**松口** 陸上部	**曽根** ホッケー部
牧原 吹奏楽部	**南沢** 弓道部	**別府** 帰宅部	**川上** 帰宅部	**小野寺** 合唱部	**百瀬** ラグビー部
田畑 バスケ部	**白岩** バスケ部	**菱沼** 卓球部	**関** 柔道部	**竹内** サッカー部	**吉岡** サッカー部
林 帰宅部	**西尾** 美術部	**古賀** 卓球部	**鳥居** 天文部	**芝** 野球部	**菊池** 野球部
宇多 生物部	**米村** ラグビー部	**泉** 新聞部	**倉持** 新聞部	**二瓶** 野球部	

窓

掲示	扉

第二話　死んだ山田と夕焼け

山田が死んで、声だけになり、二週間が経った放課後。

扉に近い西側の窓のカーテンを全開にし、机を五台繋げた上に寝転がった別府は、紺色のボクサーブリーフと、セルフレームの黒縁眼鏡のみを身に着けている。

別府は目をつむり、みぞおち付近に組んだ両手を置き、鼻で安らかな呼吸をする。

ふいに起き上がると、素足のままローファーを履き、自席に放っていたワイシャツと肌着を手に取る。それらを丸め、後頭部に敷き、再び仰向けになる。少しして起き上がり、今度は黒いズボンを掴《つか》む。ベルトを外して畳み、ワイシャツと肌着の下に挿し込むと、また後頭部を預ける。

目をつむる。

扉を勢いよく開け、久保が教室に入ってくる。

「山田ぁうおおおっ」窓際の別府を見て「別府？　何してんの？　なんで裸？」

「枕《まくら》の高さが足りないから、ズボンも加えて調節してる」別府は首だけを久保に向け、答える。

「あと、パンツ穿《は》いてるから裸ではない」

「いや、意味不明」

「だから、」面倒そうに語気を強め「シャツとタンクトップだけだと、良い感じの高さにならないから、ズボンも足して、理想の高さになるように、してんの」

「まずパンイチで寝っ転がってる理由を説明しろよ」

「日焼けしようと思って」

「日焼け？」竹内の机にカバンを置き、座る。「なんで日焼け？」脚を組む。

「明後日《あさって》バイトの面接だから」

「……わかんねぇ」

「ほら、ボク、肌白いじゃん？」

なまっちろく、痩《や》せた身体を眺め「まぁ」

「不健康そうじゃん？」

「まぁ」青白い肌が、あばら骨をぴたりと覆《おお》っている。「脱いじゃうとな。細いから」

「日焼けしたら、ましになるじゃん？」

「まぁ白いよりは、焼けてるほうが健康的かもな」

「そう。だから慌てて焼いてんの。不健康に見えちゃうと、面接落ちそうだから」

口を半端《はんぱ》に開け、別府を見つめる。「質問が、あと五個くらいあるわ」

「どうぞ」

「まず、なんで教室？」薄ら笑いを浮かべ「外で焼けばよくない？」

「外でパンツ一丁になってたら変でしょ」

「いや、プールとか海とか」

「水泳部にこの気持ちはわかんないよ」

「なんでだよ」久保の身体は引き締まり、健康的な茶褐色をしている。「夏休みにプールでも行ってりゃ、自然に焼けただろ」

「だって、だってこの身体で、海とかプールとか、行けるわけなくない？」

「行ったらいいじゃん、別に」

「やだよ、恥ずかしい」別府は身体を裏返し、顎《あご》をワイシャツに乗せる。

「つか教室の中で日焼けすんの無茶だろ」

「するよ。この教室、西日すごいから」

「そんなすごい？」

「超すごい」窓の外では陽《ひ》が傾き、黄色い光がじりじりと教室を熱している。「ほぼ夏だし、この格好で寝そべってたらこんがりだよ」

「いやぁ」首をひねり「つか何のバイトの面接？」

「寿司屋《すしや》」

「絶対白いほうがいいだろ」食い気味に返し「寿司屋の店員なんて、白けりゃ白いほうがいいんだから」スピーカーを見上げ「山田もそう思うよな？」

返事がない。

「おーい。山田ー。いないー？」

「忘れてる、合い言葉」別府が指摘する。「というか久保教室入ってきた瞬間『山田』って言っちゃってたけど、あれほんとはダメだからね」

「やべ、忘れてた、ごめん」咳払《せきばら》いをしてから「おちんちん体操第二」

〈寿司屋の店員白けりゃ白いほうがいいは偏見だろ〉山田の声が降ってくる。〈別に色黒の寿司

職人がいてもいいわ〉

「えー、そうかぁ？」久保が納得いかなそうに腕を組み「寿司職人ってなんか、白いイメージない？」

〈服が白いからじゃん？〉

「えー関係ある？」

〈というか久保、そろそろ合い言葉に慣れろよ〉

「それはまじでごめん」久保が両手を合わせ、頭上に掲げる。「完全に忘れてた」

〈おちんちん体操第二言われるまでは、俺も声出せないからさ〉

山田が声だけの存在として復活してから、さまざまなルールが定められた。まず、山田が声になって戻ってきた事実は、二年E組の三十五人と花浦先生だけの秘密にすること。この超常現象が世間に知られ、野次馬が連日現れたら、「二年E組のみんなとしゃべりたい」だけの山田の遺志を無下にすることになる。山田のことを知りもしないマスコミ連中が二年E組に押し寄せ、いつまたいなくなってしまうか分からない山田の貴重な時間を浪費させるなんてことは絶対にあってはならない。山田の望みは、今後も二年E組の一員として、くだらない、あほくさい、毒にも薬にもならない会話を続けていたい、というただ一点のみである。

山田は声しか聞こえないため、話しかけられた声が、二年E組の生徒か、はたまた教室外の者かを正確に判別することが出来ない。そのため、山田に話しかける際は必ず『おちんちん体操第二』と言ってから会話を始めるルールが課せられた。合い言葉を決める討論の際、教室外の人間がうっかり口に出さない造語であり、二年E組らしいくだらなさと発声の容易さを兼ね備えた『おちんちん体操』が賛成多数でいったん可決されたが、医学部志望でクラス一の秀才・高見沢が「男子校なんだから、他《ほか》のクラスの人がなんとなく『おちんちん体操』と口にしてしまう可能性もなくはないのでは？」と危惧《きぐ》を抱き、そうだたしかにと皆が頷いた末、川上の「じゃあ『おちんちん体操第二』にしたら、さすがに被らないんじゃん？」という天才的な提案により、合い言葉が最終確定した。

「ねぇねぇ」別府がまた仰向けになり「もしさ、『おちんちん体操第一』って言われたらどうすんの？」

〈どうもしねぇよ〉

「無視ってこと？」

〈無視だろ、そりゃ〉

「でもさ、『おちんちん体操第一』は『おちんちん体操第二』ありきの発想だから、『おちんちん体操第一』という言葉を口にできたならばすなわち、二年E組の人間ってことになるんじゃない？」

〈そりゃそうなんだけど〉

「山田を混乱させるなよ」久保が笑う。「『おちんちん体操第二』でいいだろ」

「じゃあさじゃあさ、教室にいる人数をカウントするってのはどう？　さっきみたいにボク以外誰も教室にいなかったら『おちんちん体操第一』で話しかけるし、今みたいにボクと久保の二人だったら『おちんちん体操第二』で話しかけるし、もう一人いたら『おちんちん体操第三』だし、さらにもう一人いたら『おちんちん体操第四』」

〈おちんちん体操言いたいだけだろ〉「いいから服着ろよ」

「服着たら日焼けできなくなっちゃうじゃん」

「だから焼ける必要ねぇだろって」

「てか、あれだね。『ボクと久保』って、新聞紙みたいだね。意図せず言ったけど」

「は？」〈回文？〉

「そう。『死にたくなるよと夜鳴くタニシ』、みたいな」

「あー、たしかに、逆から読んでも『ボクトクボ』か」

〈つーか久保部活は？〉

「休み。水曜だから」

〈そっか〉

会話が途切れると、久保は何か言いたげな笑みを浮かべるが、別府がこちらを見そうにないことを悟り「え？　なんで部活が休みの日は速攻帰る俺が、わざわざ教室戻ってダラダラ時間潰《つぶ》してるかって？」

〈別に聞いてねぇけど〉

別府はあくびをして、天井に身体を正対させたまま、視線だけ窓の外に飛ばす。野球部のグラウンドとホームルーム棟の間に茂る木々を西日が照らし、きらきらと葉が揺れる。

「実はさ、このあと人と待ち合わせてて、それまで時間潰さなきゃいけねぇんだよなぁ」

〈へぇ〉

「六時から映画観《み》ることになっててさ」

〈ふぅん〉

「……え？　誰と待ち合わせしてるかって？」

〈だから聞いてねぇって〉

「いやぁ、実は女の子と待ち合わせしててさ～」

〈あーうるせぇうるせぇ。そんなつまんねぇ話しかしないなら帰れ〉

「リアルで会うの初めてなんだけど、写真見る限りはけっこうかわいいんだよなぁ」

〈うるせぇうるせぇうるせぇ死ね〉

「あ！　人に死ねとか言っちゃダメなんだぞ！」

〈いいんだよ、俺死んでんだから〉

「……そういう問題か？」

「でもさ、相手社会人なのに、」別府があくびを噛み殺し「こんな夕方にデートとかできるの？」久保に顔を向ける。

「はぁ？」

「いや、仕事とかあるだろうしさ。普通もっと遅い時間に待ち合わせじゃない？」

「いや相手も学生だけど」久保が眉をひそめる。

「えっ？」別府が寝そべったまま、身体を転がして久保を凝視する。「水泳部なのに？」

久保は少し考えた後「山田、助けてくれ。別府が不思議ちゃんすぎて会話になんねぇ」

〈藁科が熟女好きだからじゃん？〉

「……ん？」

〈ほら藁科、望月先生のことめっちゃ好きじゃん。だから同じ水泳部の久保も、熟女好きなはずってことだろ？〉

「そういうこと」別府が右腕をぐっと伸ばし、天に指を突き立てる。

「や、たしかに藁科は熟女大好きだけど、俺は違《ちげ》ぇよ？」

「いや、これにはちゃんとした理論がある」

「理論って何だよ」

「まず、水泳部ってことは、要は脱ぎたがりってことでしょ？」

「もう異議があるわ」

「で、脱ぎたがりってことは、」

「おい、勝手に進めんな、一回止まれ、」

「赤ちゃんに戻りたい、すなわち幼児退行願望があるということ」

「ねぇわ。まず脱ぎたくて水泳やってるわけじゃねぇから」

「で、幼児退行を望んでるってことは、強い母性を欲しているということ」

「お前今パンイチで寝っ転がってるってことわかってる？　どう考えてもお前のが赤ちゃん戻りたがってるだろ」

「だから水泳部は例外なく、母性を感じさせる年上の女性、すなわち熟女が好きということ」眼鏡をくいっと持ち上げ「Q．E．D．証明終了」

「証明できてねぇよ。ロジックがゆるすぎんだろ」

〈なるほど〉

「何も『なるほど』じゃねぇわ」

〈理にかなってる〉

「かなってねぇよ」

「Q．O．L．生活の質」

「……クオリティ・オブ・ライフいま関係ねぇだろ」

〈A．E．D．自動体外式除細動器〉

「関係ねぇよ。なんでパッと正式名称出てくんだよ」

「U．S．J．ユニバーサル・スタジオ・ジャパン」

「だから関係ねぇって」

〈D．N．A．デオキシリボ核酸〉

「好きなアルファベット三文字言ってく時間じゃねぇから」

〈じゃあなんの時間？〉

久保はスピーカーを仰ぎ、脚を組み替え「別になんの時間でもねぇけど」

〈藁科とかもう帰ったん？〉

「帰った。だから山田と話そうと思って、教室来た」

〈嬉しいじゃん〉

「や、別に、」目を伏せ、カバンのチャックを指で弾《はじ》く。「暇なだけだし」

〈照れんなよ〉

「照れてねぇわ」

「僕、そう、照れて嘘、久保」別府が一音ずつはっきりと口にする。

「……ん？」久保が目をぱちぱちさせると〈回文？〉山田の声が降る。

「当たり！　逆から読んでも、『ボク、ソウ、テレテウソ、クボ』」

〈おぉー、すげぇ〉「別にすごくなくね？」

ふふ、と別府が笑う。ぬくもった教室に、凪《な》いだ時間が流れる。

別府が上体を起こし、枕代わりのシャツに触れ、静止する。

「お、焼くのやめんの?」

「いや」別府は何か思案するようにシャツを見つめ「やっぱいいや」また仰向けに倒れる。

「なんだよ」

「トイレ行こうと思ったけど、やめた」

「行けばいいじゃん」

「いや、もったいない」

「もったいないってなんだよ」

「西日がもったいない」

「いや行けよ。どうせそんな短時間じゃ焼けねぇし、そもそも焼く必要がねぇし」

「いい」別府は寝返りを打ち、久保に背を向ける。「服着るのめんどいし、日が暮れるまで我慢する」

「漏らすなよ」

「漏らさない。膀胱《ぼうこう》太いから」

〈あんま太い細いで膀胱言わないだろ〉

「じゃあなんて言うの?」

〈大きい小さいじゃね?〉

「……んー、でも感覚的には、ボクの膀胱太いって感じするわ。もしくは長い」

〈なんでお前の膀胱スティック状なんだよ〉

「山田ってさ、」久保が口をひらく。「トイレとかどうしてんの?」

〈トイレ? しない〉

「そうなん?」「しないの?」

〈そりゃしないだろ。なにも食べないし、なにも飲まないんだから〉

「まじか」

〈おしっことという概念がもうない〉

「うんこも?」

〈うんこもない。俺は今、うんこもおしっこもない世界にいる〉

「ディストピアだ」

〈ディストピアなん?〉

「睡眠は?」

〈……たぶんない〉

「たぶんって」

〈いや、日中はお前らの声聞こえるからいいんだけど、夜になると聞こえなくなって、待ってると朝になって、また声聞こえはじめてって感じ〉

「ふーん」

「夜とか分かるの?」別府が首を浮かせ、枕の位置を調整する。「見えないのに」

〈ちゃんとは分かんない。声聞こえなくなって、しばらくしたら、夜、って感じ〉

「なるほど」

〈あー、でも復活した当初に比べたら、だいぶ分かるようになってきたかも。朝って鳥の声とかうっすら聞こえるし、夜と朝の境目はなんとなく分かる〉

「そ」階下から足音がし、久保は相槌《あいづち》を止める。四階までは上がらず、三階の教室に入っていったことを確認し「そうなんだ。すげぇな」改めて声を出す。

〈だれか来た?〉

「いや、三階まで」また耳を澄ます。足音の主が教室を出て、三階から二階、二階から一階へ下っていく音が聞こえる。「でもあれだよな。山田が取《と》り憑《つ》いたの、四階のスピーカーでラッキーだったよな」

〈あー、そうかも〉

「ふつうの学校みたいにさ、二年生が二階、とかそういう配置だったら、山田とこんな安心して話せないもんな。ここなら隣のF組と階段の音だけ気にしてりゃいいわけで」

〈たしかに〉別府が上半身だけ起こし、教室を見回す。〈というかこの高校、なんでこんな配置なんだろ〉立ち上がり、黒板手前の和久津の席までひょこひょこと机を渡っていく。

「別府どうした」

「いや、なんか、」しゃがみ、和久津の机に置かれた本を手に取り「枕の高さ調整するのに、この本ちょうどよさそうだな、って」

「ひとの本を枕にすんなよ」

「だってなんか、厚みがちょうどいいし」窓際の寝床まで持ち帰り、ズボンとワイシャツの間に挿し込み、再び横になる。「あ、正解」

「正解じゃねぇよ」久保が笑う。「てか和久津、めちゃ難しそうな本読んでんな」

〈なんの本?〉

「えー、と、」服に隠れた背表紙を読み「『刑事訴訟法判例百選』だって」

〈すご〉

「な。高校生が読む本じゃねぇわ」

〈和久津、弁護士なりたいってずっと言ってるもんな。中学のときから〉

「頭いいからなー。成績も文系だとほぼトップじゃね?」

「元農業高校だから、らしいよ」別府が目をつむったまま口にする。

「……なにが?」久保は訝《いぶか》しげに別府を見る。

「穂木高の配置の理由。ふつうの学校って、長い廊下があって、片側にしか窓がないでしょ。でも穂木高は元農業高校だから、教室の両側に窓を作るために、この配置にしたらしい」

「……なんで農業高校だと、両側に窓が必要?」

「自分たちが育てた野菜を、教室のどこにいても眺めることができるように、らしい。あと農業って天候に左右されやすいから、みんながすぐ空模様を確認できるように、ってのも」

〈へぇ。知らなかった〉山田が感心した声を出す。〈誰からこれ聞いたの?〉

「花浦先生から」

〈そんなん言ってた? いつ?〉

「先週」

〈どこで?〉

「夢で」

〈じゃあ作り話じゃん〉

荒い振動を響かせ、階段を駆け上がる音が、開け放した入り口から聞こえる。

「お、米村」

「おう」黒と黄のラガーシャツに身を包んだ米村が、自分の席へ一直線に駆け、引き出しを探る。「あった」土で汚れたごつい右手が、アルミの弁当箱を摑んでいる。

「なにしてんの？」久保が尋ねる。

「いや、弁当忘れちゃってさ」息を切らし「つかなんで別府脱いでんの？」

「明後日バイトの面接だから、肌焼いてる」

「意味わからん」かなり大きめの弁当箱だが、米村の手の中ではふつうのサイズに見える。米村は身長に比して手が大きい。「戻るわ」ドアに向かいかけ、振り返る。「……え、まさかお前ら、そういう？」

「違ぇよ、違いすぎる」久保が即座に否定する。

「でも別府脱いでるし、バイトの面接で肌焼くとか意味わかんねぇ嘘ついてるし」

「いや、まじで違う。別府が謎なだけ」

米村は別府と久保を交互に見つめ「俺偏見とかないから、そこは心配しなくていいから」踏み出し「誰にも言わねぇから」

「待て待て待て」久保が長い腕を伸ばし、米村の二の腕を摑む。「待て」

「いや俺もう行かなきゃだから」教室の時計を見て「練習再開する」

「おかしいおかしい。つか部活中になに弁当取りに来てんだよ。終わってから来いよ。変なタイミングで来んなよ」

「だってこの後の部活中ずっと、終わったら弁当取りに戻らなきゃって思ってんの嫌じゃん。学校に弁当箱忘れっと母ちゃんに死ぬほど怒られっからさぁ。休憩入ってすぐ取りに来たんだよ」

「待って。まじで違うから」吠《ほ》えるように「別府もなんか言え！」

「ノーコメントで」

「ふざけんな！　ここで黙秘するメリットねぇだろ！」見上げ「山田もほら、なんか言え！」

〈見てないからなんとも〉

「死ね！」

〈もう死んでる〉

「クソが」

「ちょっ、まじでもう行くわ。じゃあな」米村が教室を出て、どすどすと階段を下っていく。

「ふざけんなよまじでよぉ～」久保がカバンに突っ伏し、のたくるように「お前ら悪いぞまじで」別府とスピーカーを睨《にら》む。

「ごめんなさい」〈ごめんなさい〉

「ごめんで済むかよバカタレがぁ～」

〈でも米村口堅いから大丈夫〉

「そういう問題じゃねぇよ」久保が盛大な溜《た》め息《いき》をつく。「別府と、ってのがキツい」

「えーひどい」

「いやまじで」

「というか、」別府が眼鏡を外し「前から思ってたんだけどさ、」天井の蛍光灯に透かす。油脂をボクサーブリーノの裾《すそ》で拭《ぬぐ》ってから、再び装着し「米村と百瀬って仲悪いの？」

〈ん？〉「いや話題変えんな。まだ話終わってねぇから」

「山田の決めてくれた席、陸上部の大塚・松口とか、ホッケー部の渡邉・曽根とか、卓球部の菱沼・古賀とか、同じ部活のやつは基本隣接して配置してるでしょ？」

〈そうね〉「俺と藁科も」

「でも、米村と百瀬は、同じラグビー部なのに、けっこう席離れてるでしょ？」

〈そうだね〉米村は左から二列目の一番後ろ、百瀬は一番右の列の前から三番目に席がある。

「教室でも会話してるのほぼ見たことないし、もしかして仲悪い？」

〈……まぁ良くはないね〉

「あー、俺もそれちょっと思ってた」久保が真面目《まじめ》な顔を作り「米村も百瀬も二年になってから知り合ったけどさ、最初から険悪な雰囲気あったよな？」

「あった」

「あれ、なんなん？　山田、元ラグビー部だから知ってそうじゃん」

スピーカーから、声が聞こえなくなる。日が落ちはじめ、教室のぬくもりがゆっくりと目減りしていく。

〈……いっか。隠すようなことでもないしな〉

「うん。なに？」久保は先を促《うなが》す。こういうとき、アイコンタクトが使えないのは少し不便だな、と思う。

〈ものすごくざっくり言うと、〉

「うん」

〈俺、去年の夏、試合中に骨折して、それきっかけでラグビーやめたんだけどさ、その怪我の原因がプレー中の百瀬の不注意にあって、百瀬だいぶ反省してんだけど、米村はそれがあんま感じられないとかで険悪になって、今も続いてる感じ〉

「……なるほど」

〈どっちもいいやつなんだけどな。米村ってほら、正義感が強いつーか、曲がったことが大嫌いみたいなやつだから。俺は百瀬にずっと、もういいよ、気にしてねぇよ、って言ってんのに、そんなんじゃ筋が通ってないとか思っちゃうんだろうな〉

「なんか、」久保が数秒言葉を探してから「微妙な感じだな」

別府が起き上がり、素足のつま先をローファーに突っ込んで腕を伸ばし、丸まった黒い靴下を手に取る。裏返ったそれをあるべき姿に戻し、一本足で揺れながら、蛇腹に縮めて再び足を通す。

「焼くのやめんの？」

「日、」両足を履き終え、顔を上げる。「暮れてきたから」

別府の視線を追うようにして、久保も窓の外を見る。教室を黄色く照らしていた太陽は木々に隠れるまで高度を下げ、夕闇が辺りを包みはじめている。

「秋だな。なんやかんや」タンクトップを頭から被った別府に目を移し「つか別府、着る順番変じゃね？」

頭を出した別府が「そう？」

「パンツの次、靴下履く？」階下から微かに、足音が聞こえる。「靴下ふつう最後じゃね？」

〈え俺、パンツの次、靴下だ〉

「嘘、山田も？」片足をひきずるような、変則的な足音が、次第に大きくなる。「靴下なんて履いても履かなくてもいいんだから、最後じゃね？」

「パンツだって別に、」ワイシャツに右腕を通し「穿いても穿かなくてもいいじゃん」

「パンツは穿かなきゃダメだろ」

開けっ放しの入り口から、吉岡が教室に入ってくる。

着衣半《なか》ばの別府と、座ったままそれを眺める久保を見て、固まる。

「えっ、なに？　事後？」吉岡が口元を緩める。

「だからちげぇって」別府に「紛《まぎ》らわしいから、さっさと服着ろや」

「着てる着てる」ワイシャツのボタンを「着てるから待って」上からひとつずつ留めていく。

「おちんちん体操第二」吉岡がスピーカーを見上げ「別府と久保は、事後？」

〈Siriみたいに話しかけんなよ〉

「お、いいね、求めてたツッコミ」吉岡がからからと笑い「てか俺の席、謎《なぞ》に繋げられてんだけど」別府が数分前まで寝転がっていた机に目を落とす。

「ごめん。ベッドにしてた」

「はぁ？　うぇっ？　まじ？」吉岡が大袈裟《おおげさ》に顔を歪《ゆが》め「お前らふざけんなよ、ひとの机の上で」

「だからしてねぇって」久保が声を尖《とが》らせる。「別府がひとりで寝てただけだから。つか吉岡部活どうした」

「休んだ」サポーターを巻いた右の足首を指差し「昨日、ひねっちゃって」

「じゃあ早く帰って安静にしたほうがよくね？　家近いんだし」

「そうなんだけど、ひとりで家いても、することねぇしさ」扉に近い、二瓶の席に座り「食堂で元一Bのやつらとダベってたんだけど、みんな帰っちゃって。そうだ山田と話せばいいじゃんって、ここ来たわけ」

〈え、嬉しい〉

別府が手を止め、吉岡の右足を見つめ「怪我、ひどいの？」

「や、そんなに。腫《は》れが引けば、再来週には部活出ていいってさ」

「よかった」

「つか早く服着ろや」久保が別府に「お前のが脱ぎたがりじゃね?」

「そんなことない」別府はズボンを穿き、バックルにベルトの先を通す。「米村、ラムネよ」

またしても、吉岡が固まる。久保も硬直し、別府を見つめる。

〈回文?〉

「そう」自分の席に腰を下ろし「米村、ラムネよ。逆から読んでも、米村、ラムネよ」

「回文ハマってんの?」

「ついさっきハマった」真顔で吉岡を見て「米村、トマトラムネよ」

〈米村に変なラムネ渡すなよ〉

「わたし米村、トマトラムネよしたわ」

〈遠慮されてんじゃねぇか米村に〉

吉岡が口を大きく広げて笑う。「いやぁ、やっぱ山田も別府もおもしれぇわ」窓の外に目を向け「おっ、夕焼け」

別府も久保も、はじかれたように窓の外を見る。

「まじだ、綺麗《きれい》」「赤い」

遠くの空に浮かぶ仄《ほの》かな赤色を、三人黙って見つめる。

〈そっか〉

山田の声がする。

〈俺もう、夕焼けって見れねぇのか〉

耳が痛むような、長い沈黙が下りる。

久保も別府も吉岡も、暮れゆく夕空をただ見つめる。

〈ごめん〉

一秒が経つごとに、空が赤みを増していく。

〈なんか冷めること言っちゃったわ、ごめんな〉

「山田、空が赤いよ。燃えてるみたい」眼鏡に赤い輪を反射させながら、別府が声を上げる。

「なんかさ、空の上のほうはまだ青いんだ。晴れてて。下のほうに行くにつれて、だんだん青が薄くなって、若干白っぽくなって、うっすら赤く変わってるよ」一息でしゃべってから、ひゅっと息を吸い「こうやってしゃべってる間にも、空の色が少しずつ、ほんとうに少しずつ変わっていくのが分かるよ」

久保が立ち上がり、窓のそばに寄る。「なぁ山田。聞こえるか？　森、あるじゃん？　この教室と、グラウンドとの間にさ。その森のてっぺんから先が、もう空なんだけどさ、基本晴れてんだけど、つーっと一本だけ、飛行機雲が通っててさ、赤い空から青い空まで、一直線に突っ切ってんだよ。綺麗だぜ。下のほうは夕焼けと混じって、ちょっと黒みがかってて。でも上のほうは白いままで。おもしれぇよな。夕焼け、こうやってちゃんと見んのいつぶりだよって感じだけどさ、良いもんだぜ、まじで」

「あぁ」吉岡も夕焼けを食い入るように見て「山田、すげぇよ。別府と久保が言う通り、まじで綺麗な夕焼けだから。見えっかな？」

〈見えるわ〉山田の声が湿っぽい。〈あー、うん、見える。なんか見える。すげぇ。ありがとな。今まで見た夕焼けで、一番きれいかもしんないわ〉

「いや、ちがうわ、ぜんぜんダメだ」久保が悔《くや》しそうに「ごめんな山田。俺にもっと語彙《ごい》があれば、お前にもっと綺麗な夕焼け、見せてやれたのに」

〈ダメじゃない。ちゃんと伝わってる。ありがとう。まじで〉

「山田、まだや」別府が夕焼けを見つめながら、呟《つぶや》く。

〈ん?〉「なんで関西弁?」

「おい、まさか、」吉岡が疑わしげに「回文?」

別府が振り返り、こっくりと頷く。

「いや回文じゃねぇじゃん」久保がすかさず「やだま、だまや、じゃん。逆から読むと」

久保を無視して「山田、死ぬなし、まだや」別府が唱える。

「やだま、しなぬし、だまや、じゃん。なんだその、回文っぽいけど回文じゃないやつ」久保が教室の時計を見上げ「つか俺、そろそろ行かなきゃだわ」

〈『死ぬなし』言われても、俺もう死んでるしな〉

「じゃあな、また明日」久保が教室を出て、

「ごめん、母ちゃんに買い物頼まれちった。またな」吉岡も教室を出ていく。

「山田、死ぬな、まだや、」日が暮れ、教室が陰り「死んでも、まだや、」夜が夕焼けを塗り潰し
「山田、まだ、これからや」やがて別府の声もしなくなる。

〈最後のほう、ぜんぜん回文じゃなくなってたな〉

誰もいない教室で朝を待つ。

夜

〈えー、こんばんは。二年E組の山田です。この時間はわたくしファイア山田が、穂木高二年E組の誰もいない教室から生放送でお送りして参ります。

えー、この放送も、今日で二回目ですね。放送っていうかね、俺がひとりでしゃべってるだけなんですけどね。ほら俺、もう三週間くらい前になるかな、死んじゃったわけじゃないですか？で、スピーカーに魂乗り移ってるわけだけど、昼間はめっちゃ楽しいんですよ。二Eのみんないて、授業とか、馬鹿みたいな話いっぱい聴けてね。でも、夜が寂《さび》しくて。耐えてれば朝になるんだけど、ずっとなんも話せないのもしんどいからさ、土曜の夜だけこうやって、ラジオみたいにひとりでくっちゃべることにしたわけ。ほら、せっかく俺スピーカーになったんだから、なんか放送したほうがそれっぽいじゃん？　リスナーは今のところゼロなんだけどさ。つーかリスナーいたらびびるわ。俺『おちんちん体操第二』って言ってもらえないとしゃべれないルールになってっから、ほんとはこんなしゃべってたら危ないんだよな。いつ誰が入ってくるかわかんねぇし。でも土曜の夜だけ許してってことで。土曜は午前だけ授業あるけど、日曜はなんもないからさ、月曜朝までが長すぎんだよな、まじで。なんかオープニングでダラダラしゃべっちゃってごめんね。って、これも誰に謝ってんのって話だけどさ。まぁ夜は長いし、大目に見てよ。それでは今週も始めていきましょう、ファイア山田のオールナイトニッポン。

ちゃらっちゃ。ちゃっちゃらら、ちゃっちゃちゃ。ちゃっちゃらら、ちゃっちゃちゃ。ちゃらっちゃちゃ。ちゃらっちゃちゃちゃんちゃんちゃん。

改めましてこんばんは、ファイア山田です。毎週土曜日のこの時間はファイア山田のオールナイトニッポンをお送りしていきます。

あ、そうだ、今週、めっちゃ気の毒だなーってことがあってさ。水曜の放課後、久保と別府が、教室で時間潰してたのね。久保が水泳部休みで、女の子と映画観に行く約束してるとかで夕方までいたんだけどさ、次の日、声だけで分かるくらい明らかに意気消沈してんの。リアルで会うの初めてだけど写真はかわいいとかほざいてたから、「もしかして加工詐欺《さぎ》だった？」って訊《き》いてみたら、水泳部の先輩たちがふざけて作った偽のアカウントで、待ち合わせ場所に先輩たちがいて「ドッキリでした～」ってさ。ないなって思ったわ。俺もさ、久保がデートデートはしゃいでんの見て、あぁうるせぇうるせぇ爆発しろ、って思ってたけどさ、そういう、なんつーの、人の気持ちを弄《もてあそ》んで、騙《だま》して笑ってみたいなのは、やっちゃいけないって思ったわ。久保がかわいそうすぎた。これ聴いてる良い子のみんなは、そういうの真似《まね》しちゃだめだからな？

と、いうことで、今週のメールテーマは「騙された話」です。友だちや家族など、人に騙された話でももちろんいいですし、写真に騙された、広告に騙された、みたいなエピソードでも大丈夫。

そうだ、騙された話っていうか、これは騙した側の話なんだけどね、昨日の昼、難波先生のモノマネで、『二年Ｅ組の南沢くん、至急教員室まで来てください』ってやってみたら、南沢のやつ教員室まですっ飛んでったらしくて、難波先生に「呼んでないよ？」って言われて帰ってきて、「山田ふざけんな」って怒ってたわ。難波先生、弓道部の顧問じゃん？　だから南沢すげぇびびってさ。「え、やばいやばい、おれなんかしたっけ」って。みんな、山田モノマネ上手すぎって盛り上がったし、南沢も最終的にめっちゃ笑ってたけど、あれもほんとは良くなかったんかなぁ。こういう、人を騙して笑いを取るみたいなのって、線引きが難しいよな。先生のモノマネで教員室呼び出すくらいは、まぁ許容範囲かなって、俺は思うんだけどね。

つーことで、メール募集してます。「騙された話」ね。受付メールアドレスはヤマダアットマークオールナイトニッポンドットコム、ヤマダアットマークオールナイトニッポンドットコムです。メールを送ってくれたリスナーの中から抽選で五名に、番組ステッカー、プレゼントします。

とか言って誰も聴いてないからメールも来ないし、ステッカーなんて用意してないんだけどね！　雰囲気だけでも、ラジオっぽくいきましょうっつーことで。架空のリスナーさんからのメール、どしどしお待ちしております。

というわけで、ファイア山田のオールナイトニッポン、ぜひ最後までお付き合いください。ここで一曲。さよならシュレディンガーで「あの夕景」〉

第三話　死んだ山田とスクープ

山田が死んで、声だけになり、一ヵ月が経った放課後。

「ダメだ、ネタがねーわ」教室には泉と倉持の二人だけがいて「もうダメ。すっからかん」机の上にノートを広げ、編集会議に勤《いそ》しんでいる。

「んー、僕もぜんぜんない」倉持が白紙のページに当てたシャーペンの先を「出し尽くした感あるよね」芯《しん》を出したり引っ込めたりして「どうしようね」

「ねぇ山田～」泉がスピーカーを見上げ「なんかスクープねぇの～?」

返事はない。

「山田～。無視すんなよ～」

「おちんちん体操第二」

〈ねぇよ、スクープ〉倉持が小声で発した合い言葉に応じ、山田の面倒そうな声が降る。

「これもうよくね?　いちいちめんどい」泉が口先をとがらせ「会話の内容からわかんじゃん。おれと倉持がしゃべってんの」

〈お前ら以外にも、誰かいるかもしんないだろ〉

「いないっしょ～」泉が椅子《いす》の背もたれに体重を預け「おちんちん体操第二って言うの、正直もう飽きたわ」茶髪に染めた天然パーマの毛先をいじる。

〈お前らが決めた合い言葉だろ〉

「おちんちんエクササイズボリューム2でもいい？」

〈ダメだろ。なんでちょっとかっこよくしてんだよ〉

「山田くん、なにかスクープないかな？」倉持が訊《き》くが、

〈ん～、〉しばし唸《うな》った後〈ない〉

「そっかぁ。残念」

「なんかあるっしょ。ずっと教室へばりついてんだから、秘密の一つや二つくらい耳に入ってるんちゃう？」

〈いや、〉想起する間を置いて〈ない〉

「けちんぼ～。ほんとはあるくせに～」

〈ねぇって〉にべもなく〈あれ？　今日って金曜？〉

「そうだよ」倉持が頷く。

〈てことは今日、発刊日じゃん〉

「うん」「もう余裕で配り終えてる」

穂木高新聞部の活動内容は、毎週金曜朝にA4両面一枚の『週刊穂木』を発行し、校門前で無料配布することである。かつては時事を解説した真面目な記事も多かったが、二個上の先輩が卒業し、部員が泉・倉持の二名だけになってからは、紙面の大半をゴシップ記事が占めるようになった。

〈もう来週のやつ準備してんの？〉

「そらそぅよ」泉が胸を張り「週刊紙の忙しさ舐めんなよ」

〈今週の見出し何?〉

「『友永先生、猫派と思われていたが、実は犬派!?』」

〈弱っ〉

「『別府、バイトの面接で五連敗!? 色が白すぎるのが問題か――』」

〈別府に全校レベルの知名度ないだろ〉

「『穂木高の敷地《しきち》でツチノコ発見!?』」

〈もう嘘じゃん〉

「嘘じゃねーよ」泉が吠え、隣の倉持に「な? 嘘じゃねーよな? 一緒に見たもんな?」

「うん、まぁ……」倉持が肩をすくめ、目をそらし「ちょっとおっきいカナヘビって感じもしたけど、あんまりよく見えなかったし、ツチノコと言われればツチノコだったかな、なんて……」

〈ちょっとおっきいカナヘビじゃねぇか〉

「ちげーよ! あれは正真正銘ツチノコだっつーの! おれちゃんと見てっから! ツチノコだったから!」荒ぶる泉を、倉持がなだめる。「あぁ~、くそ~、写真撮っときゃよかった~」身長百六十センチのくしゃくしゃの茶髪を撫《な》でながら、小型犬みたいだな、と身長百八十センチの倉持は思う。

〈せっかく一番後ろの席にしたんだから、そっからスクープ拾えないの?〉

「それが拾えてねーんだよ~」泉が落ち着きなく身体を揺らし「吉岡がたまに鼻クソほじってんのが見えるくらい」

〈そんな記事にしてもしょうがないしな〉

「な」

「先週はけっこう良い記事もあったんだけどね」倉持がノートを見返す。

〈先週なんだっけ？〉

「『藁科、望月先生に正式に振られる⁉　入学式からの恋、実らず――』」

〈かわいそうだから記事にしてやるなよ〉

「もうさ、『山田、声だけになって復活⁉』とかでよくね？」

〈絶対ダメだろ〉

「なんでだよー。別にいいっしょ」

〈合い言葉の意味がなくなるだろ〉

「意味なんてねぇよあんな合い言葉に」

「まぁまぁ」倉持が間に入り「山田くんがスピーカーになって復活したことは、二年E組のみんなだけの秘密にするって決めたでしょ？」身を屈《かが》め、泉の目を覗《のぞ》き込《こ》み「だから記事にしちゃダメだよ」

「そんなんわかってっけどさー」泉が顔をそむけ、気まずそうに口を歪め「でももうネタがねーんだもん」

「そうなんだよねぇ」ノートをぱらぱらとめくり「花浦先生にインタビューして、亡くなった元カノさんの話を記事にするのは？」

「んなもん誰が興味あんだよ」

〈いいんじゃない？　俺それけっこう読みたいかも〉

「あぁ！」泉が声を張り上げ、倉持がひらきかけた口をつぐみ、もあんもあんと残響が教室を満たし「山田の死の真相を記事にするってのはどぅよ⁉」

倉持は眉を傾け、ほくほく顔の泉を見つめる。

「……ん？」

「だからさ、山田の死の真相を突き止めて、記事にすんだよ！　最高じゃね？」

「山田くんってさ、」スピーカーに「飲酒運転の車に轢かれて亡くなったんだよね？」

〈そうだよ〉

「そりゃ表向きはそうかもしんねーけどさ、真犯人がいる可能性もあるわけじゃん！　それをおれらで突き止めようっちゅー話よ！」

「犯人って、」またしてもスピーカーに「車を運転してた人だよね？」

〈そう〉さめた声が響き〈もう捕まって、裁判も始まるって聞いた〉

「だよね」倉持が苦笑いを浮かべ、泉に「犯人、もう分かってるらしいよ」

「だーかーらー、それは警察がそう言ってるってだけの話っしょ？」

「警察がそう言ってたら大体そうじゃない？」

「だっ、おまっ、分かってねーなー。ジャーナリズムのかけらもねーよ」

「いやいや」

「警察なんて嘘しかつかねーんだから」

〈暴論だろ〉

「まぁ他にネタもないし、刺激的でおもしろいとは思うけど、」芯を引っ込めたシャーペンの先で、手元の罫線《けいせん》をなぞり「でもね、ほら、」困った顔でスピーカーを見上げ「本人がこう言ってるわけだし……」

「倉持、冷静になれよ。スピーカーの言うことを信じんのかよ」

〈信じてくれよ、さすがに〉

「んー、悩ましい」

「まぁ百歩譲ってスピ山の話を信じるとしても、」〈スピ山ってなんだよ〉「被害者本人が気づいてない真相もあるかもしんねーわけじゃん」

「うーん」蛍光灯を見上げ、考えを巡らせたあとで「まぁそうか。それもそうかもね」

〈おい、倉持まで。納得すんなよ。おい〉

「だよな！　そうと決まったら、さっそく取材開始だぜ！」

〈おーい。無視すんな。車に轢かれて死んだんだって、俺〉

「まずは聞き込みかな？」『山田くんの死の真相を探る！』と大きく書き「誰に話聞けばいいんだろ？」

〈おい。倉持だけでもしっかりしてくれ。泉はもう諦《あきら》めてるから。せめてお前がブレーキ踏んでくれ〉

「山田の交友関係を探るって意味では、中学から一緒の和久津に話聞くのがいいかもなー」

「なるほど。そうしよう！」『・和久津くんに聞き込み』と記し「方針決まったし、あとは来週かな」

「だなー」

〈だから聞かなくていいって。犯人もう分かってるから。酒飲んで運転してたやつだから。事故だから。記事にする必要ねぇから〉

「今日の編集会議はここまで！」泉がノートと筆箱をカバンにしまい、指をぽきぽきと鳴らす。

「週明けからガンガン取材してくから、乞《こ》うご期待」

＊

「でさ、」メロンソーダを一息に吸い上げた泉が「誰が山田を殺したと思う？」

和久津はぽかんと口を開け、目の前のコーラをストローでかき混ぜる。「……話が見えねぇんだけど」

「ほら和久津くん、この学校で唯一、山田くんと同じ中学出身でしょ？」倉持がソーサーを持ち上げ、紅茶を口に含む。飲み下し、「山田くん人気者だし、おもしろいし、本当に性格良いから、恨みを持ってる人なんて誰もいないと思うんだけど、中学から山田くんを知ってる和久津くんなら、山田くんに恨みを持ってそうな人に、もしかすると心当たりあるかな？って」ふぅ、と呼吸し、またカップに口をつける。

月曜日の放課後。穂木駅前のファミレス。

奥まったテーブル席で、泉、倉持と和久津が向かい合っている。

「そういや山田、コーラとメロンソーダ混ぜて飲むの好きだったよなー。あれ色やばいけど意外とうめぇんだよなー」

「泉、勝手に話題変えないで」

「え、まず、山田って、」和久津は目をしばたたき「誰に殺されたとかじゃなくて、自動車事故なんじゃねぇの？」

「そう思われてんだけどさー」

「そう思われてるとかじゃなくて、本人がそう言ってたぞ？」

「本人が言ってるだけっしょ？」泉が不敵に口角を上げ「本人が知らない事実なんて、この世にごまんとあるわけだから」

「でもあいつ、猫助けようとして赤い車に轢かれたって、復活した日にはっきり言ってたぞ？」

和久津が眉間《みけん》に皺《しわ》を作り「あれが嘘ってこと？　山田あのとき自分が死んだかどうかもよくわかってなかったし、嘘つく理由も余裕もなくないか？」

「嘘はついてねーと思うけど、」泉がストローの袋を半分に折り「本人も認識できてない事実が、なんかあるんじゃねーかなー、って」さらに半分に折る。

「たとえば？」

「たとえば、かぁ」さらに半分に折ってから、左を向き「倉持なんか思いつく？」

「え、なんだろう」こめかみを指で押し「猫を用意した誰かがいた、とか？」

「なんだそれ」和久津が鼻から息を漏らす。「そんなんで殺せるわけないだろ。車が突っ込んでくるかどうかもわかんねぇのに」

「車道に向けて、山田の背中を押した誰かがいたとか？」

「あいつ、猫助けるために自分で車道に飛び出したんだろ？　関係なくないか？」

「むぅん」

「それに、もし背中押されたなら、まっさきにそれを思い出すだろ」

「そうかもしんねーけどさー、」繰り返し折り畳んだストローの袋を、また元の長さにひらき
「でもなーんか引っ掛かってんだよなー」

「ただの不幸な事故だと思うけどなぁ」和久津はグラスを持ち上げ、黒く染まった氷を嚙み砕

く。「飲酒運転の犯人は、まじで殺してやりたいくらい憎いけど」

「山田さ、夢でサメにちんこ噛まれてめちゃくちゃ痛かったとか言ってたじゃん？」

「そんなん言ってた？」和久津が笑うと、

「言ってたよ」「確実に言ってた」倉持と泉が同時に答える。

「痛みを伴う夢って、」泉が言葉を継ぎ「現実世界で何らかの不安を抱えてるやつとか、ネガティブな感情に囚《とら》われて心が不安定になってるやつとかが見やすいらしいんだよなー」

和久津が重たそうに顔を上げ「たまたまじゃね？」

「山田くん、なにか不安に思ってることとかあったのかな？」

「特にねぇと思うけど」

「そっか」ノートの上を、シャーペンを握った右手がさまよう。「山田くん、中学のときってどんな感じだった？」

「……別に、今と大して変わんねぇよ」

「人気者だった？」

「それなりにな。サッカー部で、人を笑かすのが好きで、友だちも多かったよ」ストローがこぼれ落ちないよう手で押さえながら、グラスに直接口をつけ、氷ごと飲み干す。「おかわり行ってくる」

ドリンクバーへ向かう和久津の背中を、二人で見送る。

「収穫、ねぇかもなー」

倉持は頷き、シャーペンを筆箱にしまう。

＊

火曜日、放課後。管理棟の外に設《しつら》えられた三人用のベンチに、泉と高見沢と倉持が座っている。

「ごめんね、急に呼び出しちゃって」膝《ひざ》の上にノートを広げた倉持が、シャーペンをノックしながら高見沢に顔を向ける。

「ううん、ぜんぜん、」高見沢は膝に載せたカバンに「ぜんぜん大丈夫」拳《こぶし》二つを載せ、きゅっと身体を縮こまらせている。

「んな緊張すんなよー」泉が高見沢の両肩を「取材つっても、ちょろっと話聞くだけつーか、」学ランの上から揉《も》みしだき「世間話みたいなもんだからさー」

「うん、いや、ありがとう」高見沢は頷き、ベンチの前の池に目を落とす。ひつじ雲を映した水面《みなも》に、木々の影がまだら模様を浮かべている。

高見沢の肩から外した手を、泉は空に伸ばし、口も押さえずあくびをする。

「ねぇ、泉、よくない。せっかく時間もらってるのに、あくびはダメ」

泉と倉持に挟まれた高見沢は、二人の顔を交互に見て、空気をほぐすように笑う。

「でね、高見沢くんに聞きたいことなんだけど、」倉持が仕切り直し「高見沢くんって、医学部目指してるでしょ？」

「うん」

「えらいよねぇ。成績、学年トップクラスだもんね」倉持が微笑《ほほえ》み「僕なんか、高校入ってからは平均点超えたら良く出来たほうって感じで。中学まではいつも上位だったんだけどなぁ」穂木高は県内の私立で最上位の偏差値を誇るため、多くの生徒がこのような問題に直面する。「文学部志望だし、まぁいいかとも思ってるけど」穂木高を卒業する生徒の多くがエスカレーター式で啓栄大学に進学するが、学部の選択権は三年トータルの成績上位順に与えられる。文学部や商学部は例年、推薦枠に対し志望者数が少ないため、留年しないギリギリの成績でも問題なく希望の学部に進むことが出来るが、人気の法学部や経済学部へ進学したい場合は平均を上回る成績を求められ、学年二百十六名に対し推薦枠七名と最も競争の激しい医学部へ進むためには、学年トップクラスの成績が必要となる。

「いやいや、ぜんぜん、そんな」高見沢が首から上を揺すり、謙遜《けんそん》する。「部活も入らないで、勉強ばっかしてるから」

「新聞部もほぼ帰宅部みたいなもんだけどなー」泉が天然パーマの後頭部をわしゃわしゃと掻《か》き「週一でゴシップ発表してるだけだし」指先の匂いを嗅《か》ぐ。「それなのに二人とも、成績微妙っていうね」

泉、これたまにやるけど、自分の頭皮の匂い好きなのかな、と倉持は思う。

「でも泉くんと倉持くんの新聞、いつも面白いし、すごいって思ってる」

「またまた～」泉は喜びのあまり「ありがとうぇ～い」高見沢の脇腹《わきばら》をくすぐろうとするが「こちょこちょうぇ～い」学ランの生地《きじ》が硬く、高見沢のリアクションがほぼ無いため、「ほんでね、」居住まいを正し「次の記事のテーマが、山田の死の真相を探るってことなんだけどね」

「えっ」高見沢が目を丸くする。「……山田くんの、死の真相？」

「そう」

「真相って、飲酒運転の車に轢かれたんじゃないの？」

「そりゃ表向きはそういうことになってんだけどー、もっといろんな可能性を探ろうっちゅーわけ」

「可能性も何も、本人が言ってたんじゃ」

「そうなんだけどー、ほら、ジャーナリズムってのはさー、なんでもかんでも鵜呑《うの》みにしちゃいけないわけ。いろんなもんをね、こう、疑ってかかんないと、話になんないわけ」

「はぁ」高見沢が曖昧に首を倒す。

「それでね、」倉持に交代し「山田くんって、面白くて頭良くて誰にでも優しくて、非の打ちどころがないでしょ？　だから、山田くんに恨みを持ってる人って、この世にいないんじゃないかって思うの」

高見沢が無言で頷く。

「昨日、中学から山田くんと一緒だった和久津くんにも話聞いたんだけど、めぼしい情報は得られなくて……」そういえば今日、和久津くん休みだったな、と倉持は思う。「それで、恨みとかではないけど、山田くんがいなくなることで得をする人物がもしいれば、山田くんの死を望む理由になるんじゃないかって思ったんだ」

風が弱く吹き、一枚の落ち葉が水面をわずかに滑《すべ》って止まる。

「でね、山田くんも、医学部目指してたでしょ？」

「うん」

「だからさ、失礼な言い方になっちゃうかもしれないけど、山田くんが亡くなって、高見沢くんにとっては、ライバルが減ったことになるんじゃないかな？」

強い風が吹く。

頭上のケヤキから葉がまとまって落ち、空を映した水面を波紋が覆う。

葉が不規則に滑り、ひつじ雲を裂いていく。

「失礼だな、ほんとうに」高見沢の顔が引きつっている。「僕、山田くんがいなくなって、ほんとうに悲しんでるのに」

「ごめんね」

「僕はね、」倉持の声に覆《おお》い被《かぶ》さるよう、語気を強め「山田くんに救われたんだよ」

「そうだよね、変なこと訊いて、ごめんね」

「ちがう、わかってない。僕、山田くんのおかげで、学校が楽しいって思えるようになったんだ」

「そうなんだ」顔が痺《しび》れたみたいに、うまく表情を作れない。「そうなんだね」

「僕、部活もすぐやめちゃって、一年のときずっとひとりぼっちで、」

「うん」

「でも二年になって、山田くんが話してくれるようになって、すごい楽しくて、」

「うん」

「山田くん、あんなに人気者なのに、あんなに誰とでも楽しそうにしゃべるのに、たまにひとりでいるでしょ？」

「うん」

「それを見て、あ、ひとりでいいんだ、って。ひとりでいても、誰かといても、別にいいんだ、って。だから、山田くんと同じクラスになってから、ひとりでいても、会話に参加できなくても、ひとりぼっちじゃないんだって思えるようになって。学校にいるのが、すごく楽になって。そうなってから、山田くんとか、他の人とも、楽しく、自然に、話せるようになって」震える左の拳を、右手で包むように撫で、息を吸い「だから僕が、」泣き出すみたいに笑い「山田くんを殺すわけないじゃない？」

「そっかー、そうだよなー」泉がカバンを掴み、腰を上げる。「なんかほんと、変なこと訊いちゃってごめんなー。高見沢からそれ聞けただけで、今日はもう満足だわー」木漏れ日が、泉のむず痒《がゆ》そうな顔を照らしている。「倉持、行こうぜ」

「うん」倉持はシャーペンとノートをしまい、立ち上がる。「高見沢くん、本当にごめんね。今日はありがとう」もう歩き出している泉を気にしつつ、高見沢の目を見て「さっき言ってたこと、僕も、分かる」声量を落とし「僕は泉がいてラッキーだったけど、いなかったらきっと、僕もそうだった。だから分かるし、山田くんのそういうとこが、心底好き」カバンを肩に掛け、泉を追いかける。

＊

水曜日。二限の世界史を終え、教室を出ていく二瓶を、泉と倉持が尾行する。

「時間ないけど、ちゃんと話聞けるかな？」

「余裕っしょ。三限まで二十分あるし」

「昼休みじゃダメなの？」

「昼は別のやつに話聞かなきゃだから」

二瓶が二階まで降り、トイレに吸い込まれる。泉と倉持は後を付け、小便器に立つ二瓶を両側から挟む。

「はい二瓶ちゃん。おしっこ出てる間だけでいいから、ちょい話せるー？」

「うおうっ」二瓶がびくんと肩を震わせ「なんだよ。びっくりさせんなよ」尿が一筋、便器の外に逸《そ》れる。

「うわぁっ、汚っ」

「お前が急に話しかけるからだろ。というか見んじゃねぇよ」

「しかし野球部の新エースともなると、やっぱ、でかいな。これはこれで記事にしよかな」

「だから見んじゃねぇよ」

「泉、早く本題入って。おしっこ終わっちゃう」

「二瓶ちゃんさ、ぶっちゃけ山田のことどう思う?」

「はぁ?」尿が勢いよく、小便器を叩《たた》く。「どういう意味だよ」

「おれ調べだと、山田が復活してから、クラスで唯一あいつと会話交《か》わしてないのが、二瓶ちゃんなんだよねぇ」

「なんだそれ」

「夏休み前まではフツーに、山田としゃべってたじゃん。なんかあった?」

「なんもねぇよ。……ただ、」尿が断続的になり、ぼたぼたと雫《しずく》を垂らして止まる。「終わったわ。じゃあな」

二瓶は洗面台で指先だけ濡《ぬ》らし、水滴を振って立ち去ろうとする。

「ちゃんと石鹸《せっけん》で手ぇ洗えよー。汚《きたね》ぇなぁ」泉がドアの前で通せんぼする。「エースがちんこ触ったままの手でボール投げていいと思ってんの?」

「いや、」

「ちんこ魔球投げんの? 打者に失礼じゃね? 野球の神様に嫌われね?」

二瓶が舌打ちし、再び洗面台へ向かう。ハンドソープを泡立《あわだ》てる。

泉だっていつも石鹸で手洗ってないじゃん、と倉持は思いながら、二瓶の隣に立つ。

「『ただ、』なに？」倉持は言葉の続きを促す。「山田くんと話したくない事情があるの？」

「事情ってほどじゃねぇけど、」手に泡をつけたまま、倉持の目を見て「……気味悪くね？　フツーに」

「え？」

「みんな山田の復活喜んでるから言い出しづらかったんだけどさ、声だけの山田、俺、ちょっと受け入れらんなくて」蛇口に視線を戻し、泡を流す。「山田のこと、嫌いとかじゃ全然ないんだけど、話す気になれない」

「うわぁ！　血も涙もない！　冷酷エース！」泉が囃《はや》し立《た》てる。「せっかくスピ山復活したのに、なんでそんなひどいこと言うの？　人の心をマウンドに置いてきた？」

「ほらやっぱ、そういう反応になんじゃん」二瓶が苦い顔で、濡れた両手を振る。「だから言いたくなかったんだよ」飛ばしきれなかった水分をズボンで拭い、泉の目を見て「俺ちいさい頃から、人の目を見てしゃべるよう言われてきたからさ。目ぇ見ないでしゃべんの、なんか気持ち悪《わり》ぃのかも」

「電話だってそうじゃん」

「電話も俺、苦手だから」

「ふぇー、」泉が口を尖らせ「でも冷たくね？　さすがに」

「いや、それに俺、野球のことで精いっぱいだから今。三年の先輩が引退して、新チームの背番号1、渡されて。正直山田のこと考えてる余裕ねぇん」「はいはいはいそーですかそーですかえらいえらいいやっぱエースは違うね初めての甲子園目指してがんばってつかぁーさいっ！」泉は踵《きびす》をめぐらせ「無慈悲なデカチンはほっといて取材続けっぞ！　人間の価値はちんこのでかさと球の速さに関係ないってこと証明してやろうぜ！」二瓶より先にトイレを飛び出す。

＊

昼休み。食堂からホームルーム棟へ繋がる渡り廊下の端。

「百瀬くん、ほんとにここ通る？」ノートを胸に抱えた倉持が、降りしきる雨を横目に、からだを震わせる。一階の渡り廊下は吹きさらしになっていて、雨が地面を打つ音が両側から聞こえる。

「毎週水曜、百瀬は大塚と関と食堂でメシ食って、十二時四十五分にホームルーム棟へ戻ってくる」雨と、行き交う穂木高生を眺め、泉が呟く。

「すごいね。なんでわかるの？」

「新聞部だからなー」

「ふぅん」昨日までからっと晴れていたのに、「僕も新聞部なんだけどな」今日は朝から雨模様で、少し寒い。

「それが部長と副部長の差ってやつだな」八重歯を光らせ、倉持を見上げる。泉みたいにカーディガン羽織《はお》ってくればよかった、と倉持は思う。

「呼び出せばよかったのに」

「そんなんしたら、変に警戒されちゃうっしょ」

「どうやっても警戒されるよ」

「まぁまぁ」濡れた木と土の匂いが、北側の森から漂ってくる。「突撃取材のが、おれらっぽいじゃんか」

「懲《こ》りないねぇ」夕方から晴れる予報だけど、そうは思えないくらい、外は雨にすっぽり包まれている。「あ、和久津くん」

食堂のほうから「おっ、新聞部」和久津が一人で歩いてきて「まだ取材やってんの？」

「見りゃわかんだろ」

「見てもそんなわかんねぇよ」

「和久津くん、昨日なんで学校休んだの？　風邪？」

「んー、そうね、」雨に目を向け、視線を戻し「風邪」

「んな一日で治る風邪があるかよ」

「あるだろ、フッーに」笑い、倉持のノートを見て「なに？　誰か待ってんの？」

「百瀬」「百瀬くん」

「いたよ、食堂」

「だろうね！　リサーチ済みなんでね！　こちとら」泉がうねる茶髪に手を突っ込み、地肌を掻く。

「ねぇ泉、来た」

和久津が振り返る。百瀬と関と大塚が、連れ立って歩いてくる。「じゃあな」

三人がどんどん近づいてくる。泉は指先の匂いを嗅いでいる。「来てるって」

「へいへい百瀬、」泉がぱっと顔を上げ「へい百瀬、」大股《おおまた》に足を進め「ちょっと時間よろしいー？」百瀬に話しかける。

「えっ？」泉に押されるように後ずさり「なんだよ、いきなり」関と大塚も立ち止まる。

「新聞部の取材でさ、五分から十分くらい、時間くんねぇかなー？」泉がぐいぐい前に出るので、倉持とだいぶ距離が空く。

「いいけど……」

「今度はなんの記事？」関が興味津々に訊くが、

「ひ・み・つ」リズミカルに指を振り「つーわけで、百瀬こっちこっち」手招きし、倉持の待つ端へ戻ってくる。

百瀬が「えっと、」関と大塚を名残惜《なごりお》しそうに見るが、

「俺ら先戻ってるわ」「今週もスクープ、期待してっから」ホームルーム棟へ消え、ひとり取り残される。

「ごめんね、急に呼び止めちゃって」倉持はノートをひらき、シャーペンをノックする。「すぐ終わるから、立ったままでいいかな？」

「あー、まぁ、すぐ終わるなら、」百瀬は倉持とほぼ同じ身長だが、筋肉量に大きな差があり、並ぶと倍くらい厚みが違う。「うん」

「時間もねぇから単刀直入に訊くけどさー、」泉が百瀬を見上げ「まず、山田がラグビー部やめた原因、百瀬にあるってことでおっけー？」

「泉、言い方」倉持は泉をたしなめ、百瀬に向き直り「ごめんね、そうじゃなくて、百瀬くんを責めたりする意図は一切なくて、事実関係の確認なんだけど、山田くんの怪我の原因が百瀬くんにあるというのは、本当？」

雨の音が聞こえる。

「……本当だけど、」声が低く響き「というかお前ら新聞部なんだから、それぐらい把握してる

だろ」

「まぁなー」泉が首肯する。去年の七月、夏休みに入る直前に行われたラグビー部の新人戦で、山田は全治三ヵ月の怪我を負った。試合再開時のラインアウトでジャンパーを任された山田は空高く跳び上がり、前後二人にリフトされながらボールを待ったが、前を支えていた百瀬が手を滑らせ、頭から落下し、両手をフィールドに突き、左手の橈骨《とうこつ》と尺骨《しゃっこつ》、右手の橈骨の計三本を骨折した。完治した後も山田はラグビー部に寄り付かず、退部届を提出し、外部の友人とバンドを始めた。「いやー、ほんとに訊きたいのはさー、」泉が背伸びをし、百瀬の耳元で「あの件以後、百瀬、ラグビー部でかなり居心地悪くなったって聞いてて。ほら山田、人気者じゃん？ プレー中の事故とはいえ、結果的に百瀬のせいで山田が部活やめることになったわけで、百瀬のことよく思ってないやつがそれなりにいるって噂《うわさ》でさー、」

百瀬が周囲の目と耳を気にしつつ「まぁ」声を潜め「否定はできねぇな」

倉持はノートにペンを走らせる。脳裏に米村がよぎる。

「で、こっからが本題なんだけど、」泉が唾《つば》を飲み込み、「山田が部活やめてなけりゃ、またラグビー部に戻ってきてくれてりゃ、こんな居心地悪いこともなかったのになぁ、とか、思ったりする？」

雨脚が激しい。

無数の雨粒が葉やコンクリートを叩く音が、倉持の両耳を塞《ふさ》ぐ。

「俺が、山田を、」雨音の合間を縫い「逆恨《さかうら》みしてるって？」震える声が、耳に届く。

「そういう可能性も、なくはねぇかなー、なんて」

百瀬は押し黙り、泉を見つめる。

「なんで山田、死んだんだろうなー、って」

雨の音だけが聞こえる。

「馬鹿だろ、お前ら」百瀬は言い捨て、ホームルーム棟へ去っていく。

ただ雨が降るのを、倉持は目に映す。

＊

「鳩《はと》多い街、おれ、やなんだよなー」春見《はるみ》ヶ丘《おか》駅のロータリーに群がる鳩から距離を取りつつ「怖くない？　鳩」泉が足を進める。

「べつに怖くない」

「嘘っしょー。だってクチバシこんな尖ってんよ？　刺さったらどうすんのまじで」

放課後、泉と倉持は電車で一時間を掛け、山田の家の最寄り駅である春見ヶ丘を訪れている。

「刺さらないよ」

「刺さらないとは言い切れないだろうが」閉じた長傘を振り回し、路面の濡れた下り坂をゆく。

雨は上がり、くすんだ雲の隙間《すきま》から、薄い青空が顔を出している。

「事故からもう一ヵ月経ってるけど、何か見つかるかなぁ」

「どうだろうなー。とはいえもう現場検証ぐらいしかすることねぇしなぁ」交差点で立ち止まり、大通りに進路を変える。「歩道橋、って言ってたよな？」

「うん」点滅する青信号を気にしつつ「たしか復活した日、」横断歩道を渡り終え「歩道橋のそばの、パン屋の前で事故に遭ったって言ってた」

「おけおけ」傘の先で、黄色い点字ブロックをなぞる。「歩道橋のそばのパン屋を探せばいいわけだ」

「大通りだから、どこかに歩道橋ありそうだよね」傍《かたわ》らでは、四車線を車が行き交っている。

「駅の反対側だったら絶望だけどなー」方角が分からないので、賑わってそうな南口へひとまず出てきた。「十分くらい歩いて、それっぽいのなかったら引き返そうぜ」

「うん、そうする」ガソリンスタンド、コンビニ、音楽教室、「なんか、山田くんの取材はじめてから、」カフェ、学習塾、マンション、「いろんな人のこと、」そば屋、理容室、ドラッグストア、「無駄に傷つけただけな気がする」皮膚科、バレエスタジオ、クリーニング屋の前を通り過ぎる。

「そんなもんっしょ、ゴシップ記者なんて」泉が真顔で、倉持に向き直る。

「そんなもん、なのかなぁ」

「下世話でなんぼっしょ」水を溜《た》めたマンホールを、傘でつつく。「百瀬とかちょい怪しかったし、聞き込みした甲斐《かい》はあったんちゃう?」

「んー、」それっぽい店構えだったので立ち止まり、看板をよく見る。ケーキ屋さんだ。歩道橋も見えない。また歩き出す。「百瀬くんに、山田くんへの殺意を見出《みいだ》すのは、さすがに無理筋な気がする」

「……まぁな」

「百瀬くんが山田くんを恨んでいたとは、どうしても思えない」

反対側の歩道に並ぶ建物を眺めたまま「百瀬いいやつだもんな」

「うん」鳴き声がして、見上げる。カラスが二羽《にわ》、電線に止まっている。「カラスは怖くないの?」

「怖《こ》ぇーに決まってんじゃん」泉の速度が増す。「鳩より怖ぇーよ」靴底が滑らないよう気を付けながら、倉持も歩調を合わせる。

せっせと歩く泉に笑い、「二年E組、良い人多いよね」

「逆に悪いやついるか？　このクラス」

「んー、」倉持が首を傾げ「泉？」

「なんでやねん」泉が手の甲を、倉持の胸にばしっと当てる。

「嘘嘘、」はじけるように笑い「泉はいいやつだよ」

「そう言われちゃうと、」手をゆっくりと下ろし「逆にどう返していいかわかんねーわ」

「ふふ」

「つーかあれじゃね？」泉が前方を指差し「歩道橋と、パン屋」

道がカーブした先に、白い歩道橋が見えてくる。視線を落とすと、たしかにそれらしき店がある。

足を速める。

木目調の看板、Ｂａｋｅｒｙの文字が目に入る。

「あ、花」

歩道と車道を隔《へだ》てる植え込みの手前に、小さな花束《はなたば》が三つ、供えられている。

「ここだ」

立ち止まる。

横を走り抜ける車のスピードが、いつもの何倍も速く感じる。

歩道橋を見上げる。

雲がびゅんびゅんと流れ、窓から覗くようだった青空が、水をこぼしたように広がっていく。

「山田くん、ここで亡くなったんだ」

「あ、猫」

泉が屈む。

植え込みの陰に、猫がいる。

灰色の毛は雨に濡れ、よく見ると片目が潰れている。

「もしかしてお前、山田に助けられた猫？」

泉が傘を放り、躊躇《ちゅうちょ》なく猫を抱き上げる。猫は信じられないほど大人しく、泉に抱えられるがまま、左目だけをひくひくと動かし、世界をどうにか捉《とら》えようとしている。

「おれさ、」泉が振り返り「言ってなかったけど、猫語わかんだよ」

「……猫語？」

泉の腕の中で、猫がか細く鳴く。

「あー、なるほどな、」泉はしたり顔で頷き「『晴れてよかったね』って言ってるわ」

「ほんとに言ってる？」

猫の左目が、倉持を見上げる。

真っ黒で丸い瞳《ひとみ》が、洞穴のような瞳が、倉持を見つめている。

泉が猫を揺すり、視線が切れる。

「なぁ猫、」猫の顔に、顔を近づけ「お前、一ヵ月くらい前、山田に助けられたのか？」

猫が前脚で宙を掻き、肉球が泉の首に触れる。

「金髪で、目の下にほくろがある、」猫の身体を倉持に向け「こいつよりちょっと背が低いくらいの、高二の男なんだけどさ」

「高二とか分かるの？」

倉持の問い掛けを無視し、猫に向き直り「覚えてるかな？」

消え入りそうな声で、猫が鳴く。

「やっぱそうか！　山田がお前を助けたのか！」泉は満足そうに猫を高く掲げ「お前よかったな～。幸せもんだなぁ」

猫はよくわかっていない顔で泉に脇を支えられ、胴を長く伸ばしている。

「もし覚えてたらさ、山田に助けられたときの状況、教えてくんねぇかな？」猫がちいさく鳴くが、聞き取れなかったようで「ん？　ごめん、もっかい」猫の口を自分の耳に押し当て「うんうん、なるほど、……えっ？　それまじ？　まじか。そうかそうか、うん、なるほどね、」濡れた動物の匂いが、倉持の鼻腔《びこう》まで立ち昇る。「よーくわかった！　ありがとな！」猫を地面にそっと下ろし、しゃがんだまま、倉持を見上げる。

「これ今何してるんだっけ？」

「大丈夫だ。安心しろ」立ち上がり、自信満々に言い放つ。「謎は全て解けたぜ」

＊

「山田、よく聞け。お前を殺した犯人が分かったぞ」

木曜日の放課後。教室。

「驚いて声も出ねーってかー？　おれと倉持の綿密な調査で、ついに犯人突き止めたっつってんの」

教室の中心に泉と倉持が立ち、スピーカーを見上げている。

「おーい。山田～」

泉の声だけが、教室に響き渡る。

「スピ山〜。いねぇのー？」スピーカーに向けた人差し指を、トンボの目を回すようにぐりぐりと動かす。

反応はない。

「おい、山田、返事しろよ。犯人分かったんだって」

倉持が泉の肩を叩き「例のやつ、言わなきゃ」

「おちんちん体操、男子個人総合」

〈勝手に競技化すんなよ。おちんちん体操第二な〉

「なんだよ〜。いんじゃねぇかよ〜。返事しろや〜」

〈だから合い言葉言ってから話しかけろ、って何度言えばわかんだよ〉

「別にいいじゃん」

〈よくねぇよ。こっちは他誰が教室いるかわかんねぇんだから〉

「そんなことより、おれの調査結果を聞けよ」

〈別にいいけど、調査も何も、俺死んだの事故だよ？〉

「うっせぇ。いいから耳かっぽじってよく聞け」

〈かっぽじる耳がねぇんだよ〉

「山田を殺した犯人は、」泉は次の言葉を口にする前に、浅く息を吸う。

声にならない呼吸を繰り返し、永遠のような溜めを作った後で、

「灰色の車を運転していた人間です」

長い、無音の時間が過ぎる。

〈ん？〉山田の声が降り〈ごめん、よくわからん。なんて？〉

「だから、山田を轢き殺した車は、赤ではなく、灰色だったのです」

〈いや、〉思い出すような間が空き〈どう考えても、赤だったけど……〉

「でも猫が言ってたからな〜」倉持に向き直り「言ってたよな？」

「僕はわかんないけど、泉は猫語わかるらしくて、」倉持はスピーカーを仰ぎ「昨日の放課後、山田くんの住んでた春見ヶ丘に二人で行って、山田くんの轢かれた現場も見つけて、そこに猫がいて、その子がどうやら山田くんが助けた猫らしくて、」

〈どんな猫？〉

「えっと、灰色で、片目を怪我してる、ちいさい猫なんだけど、」

息を呑《の》むような音が、スピーカーから聞こえる。〈それ、まじで俺が助けた猫かも〉

「やっぱそうじゃんか！」泉が叫び「その猫に話聞いたんだけどさー、道路だって気づかず座ってたら、金髪の男にいきなり持ち上げられて、植え込みに投げ込まれて、びっくりして振り返ったら、灰色の車にその男が撥《は》ね飛《と》ばされたっつってんだよ！」声のボリュームが上がっていき「山田、赤い車つってたけど、灰色じゃん！　嘘ついてんじゃん！　こりゃあ大スクープだぜ！　ってわけよ。どうだ山田、観念したか！　真実を吐《は》くなら今のうちだぜ！」

〈あー、〉と言ったきり、沈黙が続く。

泉は頬を上気させ、倉持にガッツポーズを見せる。

倉持は考える。

本当は灰色の車に轢かれたのに、赤い車に轢かれたと、山田くんがとっさに嘘をついた。

そうだとして、その嘘は、いったい何を示すのだろう。

〈うろ覚えだから、ちょっと自信ねぇんだけど、〉山田が声を発し〈猫ってたしか、赤色わかんないんじゃなかったっけ？〉

「え？」勝利の余韻に浸っていた泉の顔が、みるみる曇っていき「そうなん？」

〈たしかそう。色を見分ける細胞？　みたいなのが人間より少ないから、猫は赤が全部グレーに見えるって、昔テレビで観た気がする〉

「まじ？」倉持を見て「知ってた？」

「いや、知らなかった」倉持は携帯で『猫　赤色　見えない』と検索する。「あ、本当だ。青とか緑とか黄色は見分けつくけど、錐状体《すいじょうたい》が少ないから、赤色は認識できないって」

〈ほら、やっぱそうだ〉

「なるほど」泉は俯《うつむ》き、あごに手を当てる。「すなわち、」顔を上げ「山田は赤い車に轢かれて死んだってわけだ」

〈だから最初からそう言ってんじゃん〉

「ふむ」また俯き「つまりは、」思案げな顔を作り「最初からそう言ってた通りってわけだ」

〈そう言ってんじゃん〉

「なるほどな！」泉は手のひらをぽんと打ち、笑顔で倉持を振り返り「どうしよう！　明日のスクープがなんもねぇや！」

「だね。どうしようね」なんとも言えない笑顔を貼《は》り付《つ》けた泉を見てたら、倉持も笑えてきて、

「とりあえず、今日中になんとか絞り出さなきゃだね」

つられて笑い声を漏らすスピーカーを見上げ、泉が「なに笑ってんだ、お前のせいでこうなってんだぞ」

〈いや絶対俺のせいじゃないだろ〉

「お前が紛らわしい色の車に轢かれるから」

〈クレーマーすぎる〉

「つーかスピ山と話してる場合じゃねぇ！」泉が教室のドアに手を掛け「倉持、急いでスクープ探しに行くぞ！」階段を駆け下りるので、倉持も慌ててカバンを手に取る。

「山田くん、ごめん、もう行くね」

〈おう、また明日な〉

下へ下へ遠ざかっていく足音を、必死に追いかけるあいだも、倉持はまだ笑っている。

＊

夜、歯を磨《みが》きながら、倉持は思い出す。

泉に抱え上げられた猫の、真っ黒で丸い、洞穴のような瞳。

あの猫は、あの目は、何かを伝えたがっていた気がする。

気はするが、猫語を理解できない倉持には、それが何かわからない。

夜

〜ちゃらっちゃ。ちゃっちゃらら、ちゃっちゃちゃ。ちゃっちゃらら、ちゃっちゃちゃちゃ。ちゃらっちゃちゃ。ちゃらっちゃちゃちゃんちゃんちゃんちゃん。

こんばんは、ファイア山田です。毎週土曜日のこの時間はファイア山田のオールナイトニッポンをお送りしていきます。

いやー、もう、今日で五回目？　五回目だよね？　もう五回もこの放送やってんのかぁ。感慨深すぎる。つーか冷静に考えて狂気の沙汰《さた》だよね？　こんな、誰も聴いてないラジオ、五回もやってんの。毎週これ放送しながら、放送つーかまぁひとりでしゃべってるだけなんだけど、何やってんだろうなー俺、とは思う。嘘、思わない。思わないようにしてる。何やってんだろうな、って思ったら負け。完全敗北。というか「誰も聴いてない」なんて、架空のリスナーさんたちに失礼だわ。大変失礼しました！　今夜も元気におしゃべりしていきたいと思います！　ファイア山田です！

もうね、一ヵ月ですよ、声だけになって。って、先週もこれ言った気がする。さすがにね、一ヵ月も経つと、この生活にも慣れてきた気がするな。「生活」って変か。死んでんだから。死活？　それも変だよなぁ。

俺、声だけでも、戻ってきてよかったと思ってるよ。

…………。

……って、黙っちゃダメだよな、ラジオだもんな。うん。元気におしゃべりしないとな。

うん。よかったよ。

みんないないときは寂しいけどさ。自分が死んだってこと、もう夕焼けとか見れないこと、二度とラーメンもカレーも食べれないこと、結局セックスできなかったこと、直視するとつらいから、直視しないようにしてるけどさ、でも、俺は、戻ってきてよかったと、思ってる。思いたい。だって素直に死んでたら、もうなにも感じられないわけで、二Eのみんなとも話せなかったわけで、そんなの寂しすぎるから。戻ってきてよかったよ。あの日、意識が途絶えなくてよかったって、思うことにする。決めた。現に戻ってきてるわけだから、うじうじ考えてもしょうがない。俺は戻ってこれてよかった。断言。もうそこは考えない。俺はみんなに会うために、教室に戻ってきたんだ。

父ちゃんと母ちゃんにも会いたいけどさ。みんなと会えるだけで、うん、充分、かな。父ちゃんと母ちゃん、俺がこうなってるって知ったら、びっくりすんだろうなぁ。きっとびっくりして、毎日この教室来たいなんて言い出して、次、進めないもんなぁ。それはなんか、良くない気がするんだよ。だから父ちゃんと母ちゃんは、ここに呼べない。会いたいけど、声聞きたいけど、しょうがねぇよな。うん。そういや、さよシュレのみんな元気にしてっかなぁ。……あれ？さよシュレの話してないっけ？　さよならシュレディンガー。俺のやってたバンド。ほら、いつもこのラジオでかけてる曲あるじゃん？　あれ大体さよシュレの曲。俺はボーカル&ギターなんだけど、オリジナル曲は全部ギターの鳴海《なるみ》が作っててさ。あとベースの児玉《こだま》と、ドラムの湯浅《ゆあさ》。ネットの、バンドメンバー募集の掲示板で知り合って。みんなどうしてっかなぁ。俺いなくて寂しがってるかなぁ。

そうだそうだ、めっちゃくちゃおもしろい話があってさ。先週の金曜からずっと、新聞部の泉と倉持が、俺の死の真相を探るとか言って、いろいろ取材してたわけ。でも結局なんも記事書けなくて、木曜の放課後、慌てて別の記事書いたらしいんだけど、なんの記事書いたと思う？

『桑名先生、やはり童貞か⁉　――すでに三十のため、魔法を使える可能性あり』

いや〜、まじで笑ったわ。最高。これ朝、校門の前で配ってさ、みんな爆笑してたら、桑名先生にバレて、死ぬほど怒られたらしい。そりゃ怒られるだろ。あー、最高。あいつら最高だわまじで。しかもさ、その怒りっぷりがガチだったらしくて、泉が「あれは完全に図星のキレ方。記事の信憑性《しんぴょうせい》がより高まった」とか言ってて、メンタル鋼《はがね》すぎて笑ったわ。悪ガキすぎる。最高。倉持もずっと楽しそうに泉の暴走に付き合ってて、あいつも真面目だか不真面目なんだかよくわかんねぇよな。あー、めちゃめちゃ笑わせてもらったわ。

つーことで、今夜のメールテーマは「怒られた話」。みんなの怒られたエピソード、なんでもいいので教えてください。本気でムカつくやつでも、くだらないやつでも、なんでも大丈夫。受付メールアドレスはヤマダアットマークオールナイトニッポンドットコム、ヤマダアットマークオールナイトニッポンドットコムです。メールを送ってくれたリスナーの中から、抽選で五名に、番組ステッカープレゼントします。デザインはリスナーのみんなの心に浮かんでるそれね。架空のリスナーさんだけだと、こういうとき便利だわ。

はい。というわけで、ファイア山田のオールナイトニッポン、今宵《こよい》も最後までお付き合いください。ここで一曲。さよならシュレディンガーで「青い渦」〉

第四話　死んだ山田とカフェ

山田が死んで、声だけになり、二ヵ月が経った土曜日。

扉を開け放した二年E組の教室には華やいだ喧噪《けんそう》が流れ込み、四つずつ繋げられた机は赤いチェックのテーブルクロスで覆われている。

「こんな来ないもん？」頬杖《ほおづえ》をついた白岩が、「うおっと」肘《ひじ》を滑らせ紙コップを倒しそうになりながら、金髪のカツラに手を触れる。「つーかこれ取っちゃっていい？　お客さん来たら着けるからさぁ」

「ダメだろ」別のテーブルに座る和久津が即答する。「山田カフェなんだから、お客さん入ってきたときにはちゃんと山田になってないと、世界観ぶち壊しだろ」和久津も金髪のカツラを被り、白岩と同じく、左目の下にほくろを模《も》したシールを貼っている。

「でも、さっきから全然お客さん来ないね」小野寺がオレンジジュースの入った紙コップに口を付ける。「場所が悪いのかな。四階で分かりづらいし」

「たしかになー」川上が手を伸ばし、紙皿に移されたコーンポタージュのスナックを二つ摑む。

「まぁでも、」サクサクと音を立てながら咀嚼《そしゃく》し「別にいいんじゃね？　客、来なくても。ここでみんなでダべってりゃいいわけだし」指を舐める。

教室には白岩、和久津、小野寺、川上の四人がいて、みな一様に金髪のカツラを被り、左頬にほくろを貼り付けている。

「えぇーおれ女の子と話したい」白岩がカツラを外し、黒いウィッグキャップ越しに頭頂部を掻く。「だって文化祭のときだけだぜ？　穂木高で女の子と話せるの」

「でもお前去年も女子と話せてなかっただろ。びびって」和久津が笑い「というかカツラ外すなよ」

「蒸《む》れるんだよな、これ」安っぽいカツラを、乾かすようにひらひらと扇《あお》ぎ「つか金髪でほくろ付けてても、一般のお客さんに山田って伝わんなくね？　芸能人じゃないんだからさ」

「伝わんなくても、やることに意義があんだよ」

「おれは反対してたけどなー、山田カフェ」スピーカーを一瞬見上げ「内輪ノリっつーかさ。山田のことは好きだけど、それとこれとは話が違うっつーか」

「お前そんなん言ったら山田かわいそうだろ」

「いやだから山田のことは好きだし、みんなで山田の格好して盛り上げようってのもわかるんだけど、それを外部の人も来るイベントでやるのはどうなん？　内輪ノリじゃね？　って話」

「おちんちん体操第二」川上が唱える。口から黄色いスナックのカスが飛び、テーブルクロスに付着する。小野寺が横目に見て、こっそりウェットティッシュで拭う。

数秒の沈黙を経《へ》て〈え、俺いま、〉小声で〈まじでしゃべっていいの？〉

「大丈夫大丈夫」川上がまたスナックを口に放り「誰も来る気配ないから」

〈急にお客さん来たらどうすんの〉

「いらっしゃいませー、って言うから、それ聞こえたら黙る感じで」

〈危なくね？　スピーカーしゃべってんのバレたらどう言い訳すんだよ〉

「大丈夫大丈夫。スピーカーから声聞こえるの、別に普通だから」小野寺、和久津、白岩を順番に見て「いいよな？　放送室で誰かしゃべってる、的な感じで誤魔化せば」

「うん。全然いい」和久津は頷き、白岩に「だからカツラ被れって」

「しゃーないなぁ」カツラを装着し「伝わんないと思うけどなぁ」

「だから伝わる伝わらないの話じゃないんだって」

「でもほんとにお客さん来ないね」小野寺が呟く。「呼び込みとか行ったほうがいいのかな？」

「いーいーいー、行かなくて」川上がスナックを摘まみながら、入り口をちらっと見て「ここでみんなでダベってようぜ」

「えぇー川上、女の子としゃべりたくねぇのかよ」白岩が言うと、

「いや俺彼女いるから」紙コップに注いだコーラを飲み干し「別にいい」

「ずりぃなぁ。おれも彼女ほしいなぁ」白岩はいじけるように「なんで帰宅部に彼女ができて、バスケ部のおれに彼女できねぇかなぁ」

「囲碁将棋部も彼女いないから安心しろ」「合唱部もだよ」

「そのへんの部活が彼女いないのは、わかる」

「失礼すぎる」和久津がスピーカーを見上げ「山田、しゃべって大丈夫だけど？」

〈いや、ありがと。ありがとなんだけど、なんかやっぱ、文化祭で人いっぱいいると思うと、びびってしゃべれねぇわ〉

「平気平気」川上が指に付いたコーン味の粉をしゃぶり「隣の二Fでやってる座禅カフェも人ぜ

んぜん来てないっぽいし、安心してしゃべりたまえ」

〈つーか山田カフェ人気なさすぎて申し訳ねぇわ〉

「ぜんぜん平気。むしろ助かる」川上がコーンスナックの最後の一粒を食べ切り「ここで菓子食ってジュース飲んでくっちゃべってんのがいちばん楽」ポテトチップスコンソメ味の袋を新たに開け、紙皿に移す。

「いや、助かんねぇから。女の子来ないと困るって」

「困んない困んない」

「困りまくる。おれ今年の文化祭で彼女作る予定なんだよ」白岩が紙コップにメロンシロップを注ぎ、上から炭酸水を注ぐ。「二Dのマジック喫茶とか、二Aのボドゲカフェみたいに、人集まるのにすりゃよかった。まじで」ストローでかき混ぜ、メロンソーダを作る。

「じゃあここで待ってないでナンパしに行きゃいいのに」川上が言う。

「は？　無理。そのへんの廊下で声かけるとか、冷静に考えて無理すぎるから」

〈いやー、俺が言うのもあれだけど、俺は山田カフェ、やめといたほうがいいと思ったんだけどね〉

「な！」白岩が声を高くし「やっぱそうだよな！」

〈うん〉やや萎《しぼ》んだ声で〈みんなが俺のこと思って、山田カフェでいこうって決めてくれたのはありがたいんだけどさ、やっぱどうしても内輪ノリが強めつーか、金髪とほくろで山田のコスプレとか誰がわかんねんっていう〉

「でも山田、」川上がポテチを飲み下し「これ決めたときのホームルームで、そんなん言ってなかったじゃん」指を舐め「そんとき言ってくれりゃいいのに」

〈いや言えねぇって。つかフツーにめっちゃ嬉しかったし。俺、肉体はもう死んじゃってるわけだからさ。みんなが俺の姿思い出して、俺の格好しようって言ってくれたときは、お前ら良いやつすぎるだろと思って、顔まだあったら泣いてたもん〉

「わかる」白岩がぶんぶんと頷き「おれもぶっちゃけ感動してた、そんとき。で、うわみんなまじいいやつだなぁ、って思ってる頭の片隅《かたすみ》で、でもこれ外部のお客さんに伝わんねぇだろうな、でも言い出せねぇなぁ、って。だってあの流れで、おれは山田カフェやりたくないです、とか言ったら、ただの人でなしじゃん」

「花浦先生も、なんとも言えない顔してたもんね」小野寺がひかえめに笑う。

「俺はありだと思ったけどなぁ、山田カフェ。外部のお客さんに対しても」和久津が腕を組み「夏に事故死した同級生を弔《とむら》うために、そいつのコスプレでカフェやりますってコンセプトをちゃんと説明すれば、すげぇハートフルで良い企画だと思うんだけど。パンフにも実際そう書いたし」

「だからそういうのが重いんだって。ふらっと遊びに来づらいじゃん」白岩がくちびるを曲げ「こっちはJKに来てほしいわけよ、JKに。彼氏の欲しいJKが、そんな重めの企画やってるカフェにわざわざ来ますかって話」

「逆だろ」和久津が反論する。「女の子はみんな、思いやりのある優しい彼氏が欲しいんだよ。山田カフェに来れば、友だち想《おも》いの素敵な彼氏が見つかると思うけど？」

「でも実際お客さんほぼ来てねぇわけじゃん」

「童貞どもがなんかずっと言ってんなぁ」川上がポテチを摘まみながら「山田もなんか言ったら？」

「うるせぇ」白岩が唾を飛ばし〈いや俺も童貞だから〉山田が冷静に返す。

「つかお前さっきからお菓子食いすぎだろ」和久津が川上の手から顔へ視線を上げ「それ基本お客さんの分だから。そのペースで食ってると足りなくなる」

「い、いらっしゃいませ」小野寺が立ち上がり、ちらばるゴミを慌てて机の中に隠す。

二年E組の入り口に、制服を着た女子が二人いる。

「いらっしゃいませ」和久津はスピーカーを一瞬見てから、女子二人に目を戻し「お二人ですか？」

「そう。二人」Vサインで応じた子は髪色が派手で、紫とピンクの中間みたいなショートヘアーをしている。「てか山田カフェってなに？　ウケんだけど」ベージュのカーディガンの裾からは、青いチェックの制服スカートがほんの少し見え、白く長い脚が伸びている。

肩より長い黒髪の子が、パンフレットから目を上げ「なんか、亡くなったクラスメイトの格好で接客してくれるらしいよ」派手な子に微笑みかける。「無料でお菓子とジュース出してくれて、おしゃべりするみたい」白いベストに校章付きのブレザーを羽織り、紺色無地のスカートは膝丈《ひざたけ》。ちがう高校の友だちに見える。

どっちも可愛《かわい》い、と白岩は思う。

「へぇ、ウケる。入ってみよ」

「で、では、こちら、あ、どうぞ」小野寺がぎくしゃくしながら、いちばん片付いている奥のテーブルに女子二人を案内する。

白岩はその場に立ち、女子二人を見つめフリーズしている。

「彼女欲しいんだろ。行ってこいよ」和久津が耳元で囁《ささや》き、白岩の背中を押す。

「お、おう」白岩がロボットのような足取りで奥に向かうのを、川上はお菓子を齧《かじ》りながらにやにやと見る。

「えっと、あれだ、その、お飲み物、」白岩が紙コップ二つを手に取り、女子二人に「どうしますか、いろいろその、ありますけど」

「え、なんでもいい」派手な子が答え、隣の子に「てかみんな金髪なのウケんね」

「ね」白岩を見上げ「そうですね、じゃあ、」各テーブルに並ぶ、二リットルのペットボトルを眺めると「りんごジュースでお願いします」「アタシもそれー」

「か、かしこまりましたぁ」

白岩は重なった紙コップをばらして置き、手前のテーブルから未開封のりんごジュースを摑む。蓋《ふた》を外し、満タンに入った液体を小さな紙コップに注ぐ際に手が震えテーブルにどばどばと零れる。「しし失礼しましたぁ」

「し失礼しました」小野寺が別のテーブルから台布巾《だいぶきん》を取り、慌ててジュースをせき止めようとするが間に合わず、テーブルクロスを伝った液体は床に垂れる。「あぁだめだ」

「ねぇやばいんだけど。大惨事なんだけど」派手な子が爆笑し「みんなキョドりすぎなんだけど」手を叩くたび、輝く爪《つめ》が揺れる。

「手伝いましょうか?」黒髪の子が立ち上がるが、

「いえ、大丈夫です。座っててください」和久津が手で制し、箱ティッシュを何枚も引き抜き、床のジュースを吸わせる。「気にせず、しゃべっててください」

川上は座ったまま笑いをこらえ、靴底が床を小刻みに叩く。

「お前も手伝え」黄色く染まり、甘い匂いのするティッシュのかたまりを和久津が持ち上げる。

「いや、うん、そうね」川上は立ち上がろうとするが、もうほとんど片付けが済んでいるのを見てまた座り「いやー、おもしろ」

テーブルと床をきれいにしてから、和久津が改めてコップにりんごジュースを注ぎ、女子二人に手渡す。「どうぞ」

「ありがとー」「ありがとうございます」

和久津はひと息つき、小野寺の肩に右手を、白岩の肩に左手を置く。「あとはがんばれ」

「うん」「おう」

四人掛けのテーブルに、小野寺と白岩、女子二人が座り、向かい合う。

一瞬の沈黙のあと「えー、本日は、」白岩が口をひらき「えー、お越しくださって、いただき、どうもありがとう」

「敬《うやま》いすぎ。ウケんだけど」派手な子が笑い「てかその黒いシール何？」

「これ？」白岩が左頬を指さし「これね、山田のほくろ」

「えー、やば、超弔われてんじゃん」隣の子に「やばくない？」

黒髪の子は答えず、虚脱した表情で、白岩の付けぼくろを見つめている。

「ミユ？　どした？」

「……山田って、山田くん？」

「ん？」白岩は戸惑い、横にいる小野寺を見る。「んん？」

「夏に亡くなって、金髪で、左目の下にほくろがある山田なんて、あの山田くんしかいなくない？」

「え、嘘」派手な子が、山田のコスプレをした面々を再度見回し「ファイ山ってこと？」

「絶対そうでしょ。こんな特徴の人、そう何人もいないよ」頭を抱え「あれ？　山田くんも穂木高なんだっけ？　いつも制服じゃないし、高校のこと話さないからぜんぜん知らなかった。ハル知ってた？」

「つかファイ山ってなに？」白岩が首をひねり、小野寺に「わかる？　ファイ山」

「わからない。初めて聞いた」

「だからファイ山」コンタクトで拡《ひろ》げた瞳で、白岩を見つめ「ファイア山田」

「ファイア山田？」

「あー伝わんないか、なんだっけ、あいつの本名」ミュと呼ばれた子に「ファイアっぽい名前だったじゃん。なんだっけ？」

「山田ほむら」

白岩、小野寺、川上、和久津が同時にびくんと反応する。

「えっ、」白岩が瞬きを繰り返し「知ってんの？　山田ほむら」

「知ってるも何も、」ハルが伏せた目を上げ「バンド組んでた。ファイ山が死ぬまで」

和久津が音を立てて椅子を引き、白岩と小野寺の間から顔を出し「ナルミちゃん？　君が」

「いや、鳴海はギターで、男。鳴海カズヤ」ハルが答え「アタシが湯浅ハルで、この子が児玉ミユ。アタシがドラムで、この子ベース。ファイ山がボーカルギター」

「いや、まじか」和久津が顎に手を当て「あいつバンドの話めったにしなくて、たまに鳴海とか児玉とか名前出してきてたから、ふつうに男かと思ってたけど、女の子だったのか」

「そだよ。男女混合」ハルが頷き「てかまじびびった。まさかファイ山のカフェあるとは」

「ファイア山田ってなに？　芸名？」川上が座ったまま、少し張った声で尋ねる。

「バンドでの名前。あいつ自分の本名嫌いでしょ？」ハルが苦笑し「だからバンドではファイア山田って名乗ってた」

「わたしは素直に山田くんて呼んじゃってたけどね」ミユがりんごジュースを飲み、やわらかく笑う。「山田くん、懐《なつ》かしいなぁ。あれ？　もう懐かしいとか言っちゃってる。まだ二ヵ月とかだよね？　亡くなってから」

「そう」和久津が頷き「あいつあれかな。男女混合バンドやってるって俺らにバレると色々つっこまれそうだから、あえてそのへん言わないようにしてたんかな」

「そうかもね」小野寺が神妙な顔で「というか、びっくり。山田くんのバンドメンバーが偶然ここに来るなんて」

白岩は口をだらしなく開け硬直し、ミユとハルを見つめている。

「白岩もう、ナンパどころじゃなくなっちゃったな」川上が笑い、空になった紙皿に残りのポテチを全て移す。「ミユちゃんとハルちゃんは、山田が穂木高生って知らなかったの？」袋をゴミ箱へ捨て、座っていた席に戻る。

「知らなかった。あいつ自分のことあんま話さないし」ハルが答え「ここって制服ないの？」

「ないよ」川上がポテチを三枚一気に噛み、コーラで流し込む。「一応学ランあるけど、着用義務ないから、別に何着ててもいい。俺平日も大抵私服だし、山田もそうだったな」

「そっか」

「私服考えんのめんどいし、制服のやつも多いけど」

「へぇ」

「今日文化祭来たのはたまたま？」

「たまたまっていうか、この子の彼氏が、」ミュを覗き込み「あれ？　言っていいよね？」

「うん」

「この子の彼氏がここの野球部で、今日このあと招待試合あるでしょ？　それで来た」

「なるほどね」手元の紙コップにコーラを注《つ》ぎ足《た》し「名前とか訊いちゃっていいの？　彼氏さんの」

「坂下《さかした》くんってわかる？」

「いやー、わかんない。何年生？」

「一年。わたしは二年だけど」

「あぁじゃあわかんねぇわ。一年の野球部はさすがに。俺帰宅部だし」

「そっかぁ」

「山田ってバンドでどんな感じだったの？」

「んー、たまに面白いこと言うけど、基本大人しかったかな。鳴海くんがリーダーで曲とかも書いてたし、よくしゃべって目立ってたから、それに比べて地味だったかも」紙箱から飛び出したポッキーの袋に目を落とし「これ、一本もらっちゃっていいかな？」

「いいよいいよ全然。いっぱい食べて。俺もいっぱい食べてっから」ポテチを口に放《ほう》る。

「ありがとう」袋の端を破り、一本取り出す。「山田くん、学校ではどんな感じだった？」先端が口に含まれ、小気味いい音を立て、折れる。

「超人気者だったよ」川上がコーラを飲み「まじで面白くて、クラスみんな山田のこと大好きで。だからこうやって、山田カフェとか文化祭でやってるわけだし」

「そうなんだ。ちょっと意外」

「アタシ、ファイ山は女子苦手なんだと思ってた」

「そう？」

「うん。鳴海と二人でしゃべってるときのが、なんか素が出てたっつーか。アタシらに対して、緊張してる感じがずっとあった」

「あぁー、それはそうかも」

「あいつ童貞だからなぁ」川上が言うと、

「やっぱそうなんだ！」ハルがきゃははと笑い「ファイ山、彼女とかいそうなタイプじゃないもんね」

目の前の女子と、遠くのテーブルの川上がテンポよく会話を続けるのを、白岩は眺める。

おれも何かしゃべらなきゃ、と、乾いた唇《くちびる》をメロンソーダで潤《うるお》してから「バンドって、もう解散しちゃったの？」

「解散？　してないよ」ミユが袋ごと差し出したポッキーを、ハルは一本抜き取り「ファイ山の次のメンバー入れて、続けてる」

「あ、そうなんだ」

「うん」

「……早いね。切り替えが」

「まぁねぇ。アタシもちょっとどうかと思ったけど、鳴海がもう、ファイ山が死んだ三日後には次のメンバー見つけてきてさ」

「へぇ。三日後」白岩は微笑もうとするが、顔の筋肉が重く、うまくいかない。「そうなんだ」

「つーかね、鳴海がひどくて」ハルが二本目のポッキーに手を伸ばし「あいつファイ山のこと、間違えて勧誘しちゃったとか、ファイ山死んでから言い出して」前歯でこまかく折り、持ち手を短くしていき「ほらファイ山、ほむらって名前、女の子に間違えられて嫌だってよく言ってたんだけど、鳴海が実際そうだったみたいで。アタシらネットの掲示板で知り合ってっからさ、あいつ、会うまで女の子って勘違いしてたらしいんだよね」伏せた目を覆う睫毛《まつげ》が、やけにきらきら光って「でも言い出せなくて、そのまま結成しちゃったらしくて。だから、ファイ山死んで、女の子勧誘し直せてよかったかも、とか言い出してさ。まじ最悪だよね。鳴海のそういうとこ、アタシはどうかと思うわ、まじで」

「そっか」白岩が低い声で相槌を打ち「それはちょっと、ひどいな」

「ね！　ひどいよね！」

「ハル、ごめん、」ミユがハルの二の腕をさわり、携帯を覗き込みながら「彼氏から連絡来て、行かなきゃ。もう席埋まりはじめてるから、早くグラウンド来いって」

「おけ」りんごジュースを飲み干し、席を立つ。笑顔を見せ「またどっかで、ファイ山のこと話そうね」

「お菓子とジュース、ごちそうさまでした」ミユが頭を下げ、二人分重ねたコップと、ポッキーの空袋を手に取る。

「あ、ゴミ、そのままでいいよ」

「いや、ゴミ箱あるので、捨てて行きます」入り口脇のゴミ箱に捨て「ありがとうございました。どこかで、また」

「うん。また来て～」川上が手を振り、白岩もなんとなく手を振る。小野寺はぎこちなく笑い、和久津は難しい顔で去りゆく二人を見つめる。

足音が完全に聞こえなくなるまで待ってから、和久津が「おちんちん体操第二」

〈や、隠してたわけじゃねぇんだよ、女の子とバンド組んでんの〉

「いや、」スピーカーを見上げ「それは別にいいんだけどさ、」

〈もしバンドメンバーの性別訊かれたら、ちゃんと答えてたし〉

「うん、わかってる、」

〈つかあいつら来てまじびびったわ。つか児玉うちの野球部の一年と付き合ってたのかよ。ぜんぜん知らんかったわ。超意外だった。いいなぁ。俺も彼女欲しかったなぁ〉

「なぁ山田、」

〈つか川上お前、俺が童貞だってあいつらにばらすなよ！　名誉棄損だわ、まじで！〉

「山田、」

〈つか俺がバンドでファイア山田って名乗ってんのバレて恥ずいわ。恥ずい恥ずい。顔から火が出る。いや顔ねぇけど、つって。でも個人的にはわりと気に入ってんだけどな、ファイア山田。なんかお前らにバレんのはちょっと恥ずいわ〉

「山田、」和久津が真剣な顔で、スピーカーの無数の穴を見つめ「大丈夫だから。バンドではどうだか知らねぇけど、少なくとも二年E組には、山田の代わりなんていねぇから」

〈あ、やばい、待って、〉無音の数秒を挟み〈そうだ俺、泣けないんだった〉

「ちょっと俺買い出し行ってくるわ」川上が席を立ち「和久津も行こうぜ」

「今？」和久津が眉根《まゆね》を寄せて振り返る。

「だってお菓子足んねぇもん」

「お前がばくばく食ってるからだろ」

「いいじゃんいいじゃん。どうせ足りなくなるんだしさ。早めに補充しとこうぜ」小野寺と白岩に「あんま客来なそうだし、店番ふたりにお願いしちゃっていい？」

「うーん」小野寺が不安そうに「早めに帰ってきてくれるなら？」

「おけ。駅前でちゃちゃっと買って戻ってくるわ」白岩に邪悪な笑みを向け「次はがんばれよ。女子にびびりすぎてジュースこぼすなよ」

「はぁ？　びびってねぇんだけど？」白岩が唾を飛ばし「まじでたまたまジュースこぼしちゃっただけなんだけど？」

「はいはい」尻《しり》ポケットから財布を引き抜き、中身を確認し「買うとき領収書もらえばいいんだよな？」

「うん」小野寺が頷く。

「おけ。じゃあ行ってくる」入り口で和久津を手招きし「ほら和久津。ハリアップ」

「俺、行く必要ある？」

「あるある。ありまくり。ジュースもでかいやつ何本か買い足すし、ひとりじゃ持てねぇよ」

「しょうがないな」一歩踏み出し、白岩と小野寺に「悪いけど、店番頼むわ」

「おう、行ってこい」「早く帰ってきてね」

黙って階段を降り、一階から渡り廊下へ、校門から敷地外へ、人波を縫うように進む。川上がカツラとウィッグキャップを外したのを見て、和久津も外す。

「やっぱ多いな人」横断歩道を渡りながら、和久津は口にする。「つかさっき聞いたバンドのリーダーの話、まじでひどくねぇか？　山田の死をなんだと思ってんだって感じじゃね？」

「俺さぁ、」和久津の問いには答えず、マンション脇の道をしばらく直進してから「ぶっちゃけた話、今の状態が健全だとは思ってないんだよな」

川上が和久津の少し先を歩くため、和久津からは半端な横顔しか見えない。「今の状態？」

「山田が、声になって残ってる状態」

二人の距離は一定で、信号で止まる間も、少しだけ川上が前に立つ。

「あのさ、」川上が意を決したように「山田のこと好きなのは大前提で聞いて欲しいんだけど、」

信号が青になる。川上は進まない。和久津も進めない。「山田はちゃんと死ぬべきだったと思う」

横断歩道を、多くの人が行き交う。

文化祭から帰る人、これから行く人、穂木の街に暮らす人。

まるで和久津と川上だけが、川面《かわも》にそびえる岩になったみたいに、二人をきれいによけて流れていく。

「ごめん、」和久津が声を押し出すように「ちょっとわかんねぇ」

「山田の死を、全員がちゃんと悼むためにも、山田はああいう形じゃなく、きちんと死ぬべきだったと思う」

「……いや、」

「ああやって中途半端《ちゅうとはんぱ》に、声だけになって教室にへばりついてる今の山田は、健全じゃない」

「俺は、」声にならなかった残りの息を、ゆっくりと吐く。自分の心臓の音を聞く。呼吸を整え、もう一度息を吸い「俺は山田が、教室に戻ってきてくれて、嬉しい」

「声だけでも？」

「声だけでも」

「それが山田にとって、本当に良いことだと思う？」

「少なくとも、」また呼吸を整え「少なくとも俺にとっては、良いことだよ。俺は山田とまだ話したいし」

「山田にとっては?」

「山田にとっても、良いことだろ。戻ってきてよかったって、本人も言ってたし」

「そっか」川上は空気が抜けたように笑い「山田カフェをやることで、山田が成仏してくれたらな、って、俺ちょっと思ってんだ」

和久津は返す言葉を探し出せず、川上の後頭部をじっと見る。

川上が振り返る。

悲しそうに笑っている。

信号が青になる。

「行こうぜ。あんま待たせると、白岩が女子にびびっておしっこ漏らしちゃう」白い部分だけを跳ねるように渡っていく川上を、和久津は見つめる。

＊

「行っちゃった」扉の向こう、階段へ消えていく川上と和久津を見届けてから、小野寺が呟く。「どうしよう。お客さん来たら」

「大丈夫っしょ。おれがいるし」白岩が親指を立てるも、

「うーん。不安」立ち上がり、テーブルの上を片付ける。「だって白岩くん、女の子得意じゃないでしょ?」

「でもさっき、手とかすごい震えてたよ？」ウェットティッシュで、テーブルを満遍なく拭《ふ》いていく。

「得意だよ。超得意」

「あれはほら、武者震いっつーか」

「いやぁ、どうだろう」紙皿に三枚だけ残ったポテチの一枚を口に入れ「あと、食べる？」

「おう」残り二枚を食べ、紙皿をフリスビーのようにゴミ箱へ放る。きれいな軌道を描き、水色のゴミ箱へ吸い込まれていく。「入った」

「さすがバスケ部」

「バスケ関係ねぇけどな」

〈白岩がギャルにびびってジュースこぼすとこ、俺も見たかったわ〉

「だからびびってたわけじゃねぇから、まじで」白岩がスピーカーに吠える。「ほらおれ、最近寝不足でさ。疲れててさ。それでちょっと、疲れてたからジュースこぼしちゃっただけで、女子にびびるとかでは全然ねぇから」

小野寺が笑いながら、紙皿を新しいものに取り替える。

〈湯浅、あぁ見えてめっちゃ頭良いからな〉

「湯浅ってどっち？」

〈髪が緑の、ギャルっぽいほう〉

「緑？」

〈あれ？　もしかしてまた髪色変わった？〉

「ピンクっぽい色だったよ」小野寺がブルボンのアソートパックを開封し、紙皿に流し込む。

〈そうなんだ。あいつ、ころころ髪色変えるからなぁ〉

「バスケ部って、」小野寺が白岩に「文化祭なにやってるんだっけ？」

「招待試合あるけど、明日なんだよなぁ」席に座る。「合唱部は？」

「コンサートあるけど、午前中に終わった」誰かが入ってきたらすぐ見えるよう、白岩と並んで座り「明日も十時からあるよ。来る？」

「あー、行きてぇけど、ちょうどその時間試合だわ」

「そっか。残念」

〈行きたかったわ、俺も〉

「録音してるはずだから、今度ここで流せるよ」

〈お！　ありがと。今度聴くわ〉

「ぜひぜひ」

「そういやさ、」メロンソーダを飲み干した白岩が、同じコップにコーラを注ぎ「席替えしてから、小野寺と百瀬ってめっちゃ仲良くなったよな」

「そうそう」小野寺の声が弾み「『おふさいど！』の話ですごい盛り上がって。百瀬くんラグビー部でいかついから、まさか深夜アニメ好きだなんて思わなくてびっくりしたよ」スピーカーを見上げ「山田くん、ありがとうね」

〈いえいえ〜〉山田の声も弾み〈仲良くなれてよかったわ。この二人ぜったい合うと思ったんだよな〉

「『おふさいど！』っておもしろいの？」

「おもしろいよ！」声のトーンがさらに跳ね上がり「高校女子サッカー部のほのぼのとした日常

を描いたアニメなんだけど、出てくるキャラ全員かわいすぎるし、ギャグも笑えるし、普段サッカーの練習そっちのけでお茶会とかしてるわりに試合シーンがかなり本格的で手に汗握るし、みんなかわいいし、観てるだけで幸せな気持ちになれるし、なかでもゴールキーパーの璃々奈《りりな》ちゃんが本当にかわいすぎるし、オープニングもエンディングも最高だし、璃々奈ちゃんが天使だし、」

「いらっしゃいませぇ」熱弁を遮り、白岩が立ち上がる。

小野寺はびくんと身を竦《すく》め、白岩の視線の先を見る。

教室の入り口に、穂木高のものではない学ランを着た男子高生二人が立っている。

「ここって休憩できるとこ？」背の高い、カピバラみたいな顔をした男子が、白岩と小野寺どちらともなく尋ねる。

「そうです。無料でお菓子とジュースを出してます」小野寺が奥のテーブルへ案内すると、揃《そろ》いのロゴが入った重そうなエナメルバッグを引きずるように床へ降ろし、並んで席に着く。「あぁー、超疲れた」

「つーか負けると思ってなかったわ」同じく背の高い、ゴリラみたいな顔をした男子が背もたれに身体を預け「せっかくだから、穂木高生に紛れてナンパして帰ろっかな」

「いやバレバレっしょ。制服ちがうし」カピバラが笑い、アルフォートに手を伸ばす。

少し離れたところに立った小野寺が、白岩に耳打ちする。「女の子じゃなくてよかったね」

「いやぜったい女の子が良かったわ」耳打ちを返し「え、これ接客したほうがいいの？」

「当たり前でしょ」

「男子相手に？」

「もちろん。お客さんなんだから」小野寺がくるっと向き直り「お飲み物、いかがでしょうか？」

「ん？」二人で話し込んでいたゴリラとカピバラが振り返り「あー、」テーブルを見回し「いいよ、別に。テキトーにやっとくから」

「あ、でも、山田カフェならではの特別ドリンクもありまして、」

カピバラが声を発さず、小野寺と白岩の顔をじろじろ眺め「つーかなんでそんな、金髪のカツラとかしてんの？」

「あ、これはですね、というより、これこそが山田カフェの肝でして、」

「山田カフェってなに」

「山田カフェというのはですね、この二年E組に山田という生徒がいたんですが、彼がこの夏に不運な交通事故で亡くなりまして、天国にいる山田くんのために、クラスみんなで何かできないかなと話し合い、みんなで山田くんの格好をして接客しよう、というコンセプトの、カフェです」小野寺がはにかみ、不安そうに、隣の白岩を見る。「補足ある？」

「いや、ない」首を振る。

「へぇ、そんなことやってんだ」カピバラが薄ら笑いを浮かべる。

「はい」

「それで金髪と、ほくろ？」

「そうです」小野寺がシールに指先を触れる。

「へぇ、おもろ」カピバラがゴリラに顔を向けるが、携帯をいじっていてリアクションがない。

「招待試合に来た感じですか？」

「そうそう。サッカー部でさ」カピバラがエナメルバッグのロゴに目を落とし「3対1で負けちゃったよ。前に練習試合したときは勝てたんだけどな。穂木高強いね」

「あー、なんか最近強いっすね」依然立ったまま、白岩が相槌を打つ。「前はバスケ部のほうが県大会の成績とかよかったんすけどね。最近サッカー部、調子いいっすね」

「それでですね、」小野寺が説明に戻り「山田カフェならではの特別ドリンクなんですけど、」

「うん」

「山田サイダー、というものがありまして、」

「へぇ」

「山田くんが生前、ファミレスへ行くたびにドリンクバーで調合していた秘伝のドリンクでして、コーラとメロンソーダを一対一でブレンドしたものなんですけど、いかがでしょうか？」

「それならフツーにコーラ飲みてぇわ」カピバラが笑い、隣のゴリラに「お前は？」

ゴリラが携帯から顔を上げ、小野寺を見る。続けて白岩を見て、また小野寺に視線を戻し、しばらく考える間を置き「山田？」と呟く。

「そうです！　山田くんです」

「……山田ほむら？」

真空のような一秒が空き、小野寺と白岩で視線を合わせる。「え？」

「えっ、」カピバラが目を見ひらき「山田ほむらなん？　このカフェの山田って」

「そうじゃね？　たぶん」ゴリラが妙にかしこまった表情で「なんか死んだって噂回ってきてたし、そういや穂木高行ったみたいな話も聞いた気がする」眉間の皺がみるみる深くなり「あいつファミレスでコーラとメロンソーダよく混ぜてたし、左のほっぺんとこにでかいほくろあったし」

「でも髪黒かったじゃん」

「染めたんだろ？　高校入って」

「えっと、えっと、」小野寺が狼狽《ろうばい》し「お、お知り合いですか？　山田くんの」

「そう」ゴリラが頷き「こいつも俺も、同じ中学。サッカー部の同期」

「あ、そうなんですね」

「つっても山田は二年の途中で部活やめてたけど。あいつハブられてたから」

「え？」

「あいつ空気読めねぇからさ。ほくろもなんかキモいし。あとたしか深夜ラジオが好きとかで、よくわかんねぇノリでしらけさせてくるし、しゃべりかたキモいし」

「え……」

「で、そうだそうだ、ハブられて部活やめて、時間できたから猛勉強して、穂木高受かったんだよ、たしか。そうだよな？」カピバラに同意を求めると、

「あぁ」首を縦に振り「あ、思い出した。なんか葬式のお知らせみたいなのが親経由で回ってきてたけど、結局うちの中学からは誰も行かなかったんだっけ」

「そうそう」ゴリラが口角を上げ「いやぁ、懐かしいな〜、山田ほむら」唇の端が歪み「痛かったよなぁ〜、あいつ」目元も歪んでいき「こんなカフェなんてやってもらって、こっちじゃ人気者になってたんだ。よかったじゃん、高校デビュー出来て。でもそっか、もう死んじゃったのか。それは悔しいな。せっかく高校デビュー出来たのになぁ」

〈えぇー二年E組の小野寺と白岩、小野寺と白岩、至急教員室まで来るように〉

ゴリラが言葉を止め、教室にいる四人全員、スピーカーを見上げる。

「花浦先生?」小野寺が首をかしげる。

「小野寺と白岩って、あんたら?」

「そうだけど、」白岩が当惑し「いや、でも、お客さんいるしな……」

〈えぇー大至急。万難を排して大至急、教員室まで来るように〉

「バン……ナン?」

〈えぇー要は何をおいても、たとえ手が離せない状況であっても、大至急、教員室まで、すぐに、今すぐに、来るように〉

「やべぇ」白岩が入り口まで駆け、振り返り「担任に呼ばれたから行ってくる」ゴリラとカピバラを睨み「帰れ。お前らは」

「はぁ? 俺ら客なんだけど?」カピバラが険《けわ》しい表情を作るが、

「うるせぇ。いいから行くぞ小野寺」「あ、うん、」小野寺の腕を掴み、階段を猛ダッシュで降りていく。

教室には、ゴリラとカピバラだけが残る。

「え、なんか店員消えたんだけど」カピバラがへらへらと笑い「やば。こんなことある?」

「帰れって言われたな」ゴリラも下卑《げび》た笑みを浮かべ「どうする? もう俺らが店員やる?」

「やば。山田の格好すんの?」

「そう。金髪のヅラ被って、ほくろ付けて」

「無理無理。キモすぎる」

「だよなぁ」にたっと笑い「山田が人気者になるとか、レベル低いなこの学校」

「な。やばすぎ」

「とりあえず、菓子だけ食って帰るか」

「いいね」カピバラが紙コップにコーラを注ぐ。「そんでナンパして帰ろう」

「無理だろ」

お菓子を食べ散らかし、ジュースを飲み散らかした後で、カピバラとゴリラは二年E組の教室を出る。三階と二階を繋ぐ踊り場で、パンパンのビニール袋をぶら下げた川上、和久津とすれ違う。

「あれ?」カピバラが立ち止まり「今の和久津じゃね?」

「嘘」ゴリラも振り返り「和久津も穂木高行ったんだっけ」

「たしかうちの中学からは、山田と和久津だけだった気が」重そうな荷物を手に、階段をのぼっていく和久津を見上げ「まぁでもいっか。別に話すことねぇし」

「ほとんどしゃべんなかったしな。最後一緒のクラスだったけど」

「山田と和久津って仲良かったっけ?」

「どうだっけ。わりと一緒いた気もするけど、あんま覚えてねぇ」

「まぁどうでもいいか」

「クソどうでもいい」

進行方向へ向き直り、目を惹《ひ》かれた女子高生を管理棟前の池までそれとなく尾行するが、結局声を掛けられず、模擬店までだらだら歩く。

「えっ? なんで誰もいない?」お菓子とジュースの詰まった袋を入り口近くのテーブルに置き、和久津が声を上げる。「どういう状況? つかめっちゃ散らかってるし」

「まさか白岩のやつ、女子にびびりすぎて逃げた?」かしゃかしゃ鳴る袋を川上も置き、しばし思案してから「や、でも、小野寺もいるしな。白岩はまだしも、小野寺が仕事をほっぽり出して逃げ出すとは思えない」

「もしかして、」和久津は近くの席に座り「白岩がまじで女子にびびっておしっこ漏らして、小野寺やさしいから一緒にパンツ洗いに行ってあげてる？」

「やばすぎだろ」向かいに座った川上が声高く笑い「つか山田に訊けばいいじゃん」スピーカーに「おーい。山田ー」

返事はない。

「おーい、山田ってばー。小野寺と白岩、どこ行ったんだよー？」

「おちんちん体操第二」和久津が唱えると、

〈いま教員室行ってる〉

「なんで？」「二人とも？」

〈なんか花浦先生に呼ばれて〉

「同時に二人とも呼ばれることある？」

白岩がドタドタと教室に入ってきて「おい山田！　花浦先生教員室いねぇし、ようやく見つけたと思ったら、呼んでないとか言われたんだけど⁉」

小野寺も遅れて入り「あ、川上くん、和久津くん、おかえり。買い出しありがとう」

「いえいえ。店番あざす」「つか帰ってきたら誰もいなかったんだけど、今どういう状況？」

「えーとね、」お菓子の包みと紙コップが散乱した奥のテーブルを見て「さっきまでお客さん二人いたんだけど、急に放送で花浦先生に呼び出されて、でも花浦先生にそんなの流してないって言われちゃって、変だね、って帰ってきたとこ」

「山田！　お前だろ！　お前がモノマネして、おれら呼び出したんだろ！」

少し間が空いてから〈……バレた？〉

「やっぱお前か！　なんだよ急に！　つかモノマネ上手すぎだろ！」

「え、というかさ、」川上が不思議そうに「山田はなんでそんなことしたの？　客、いたんでしょ？」意地悪そうに笑い「あ、やっぱあれか、白岩が女子にびびってちびりかけてたから、救出するために呼び出したんだ」

「はぁ？　ちげーよ。つーかお客さん男だったし」

「へぇ」川上は白岩の目を見て静止し「……じゃあなんで？」

「そりゃあ、あれだよ、」白岩は目をそらし「なんかさ、いろいろあって、というか、あれじゃね？　シンプルに、山田のいたずらじゃね？」スピーカーを見上げ「な？　そうだよな？」

「山田そんなことするタイプか？」川上が首をひねり、和久津に「あんまそういう、他人に迷惑かけるようなことはしなくね？」

「そうだな」和久津が頷く。「お客さん、放置されて、結局帰っちゃってるしな」

「つーかお前らさっさとヅラ被れよ。山田カフェやるんだろ？　さっさと片付けて、次のお客さん迎える準備しようぜ。次女の子来ねぇかなぁ」

川上と和久津が納得いかない顔で、視線を合わせる。和久津が小野寺を見るが、下を向いてしまう。

「なぁ山田、」川上が背中をそらし、スピーカーを見つめ「なんかあった？」

静けさが、教室を包む。

座禅の組み方を丁寧に説明する声が、遠く聞こえる。

「別になんもねぇよ」白岩が声を上げ「な？　山田？　なんもなかったよな？」

〈白岩、いいよ、ありがとう〉山田が観念したように〈もろもろ説明したいから、いったん店、閉めてもらえる？〉

「閉める？」小野寺が訊き返すと、

〈テキトーな紙に準備中って書いて、外に貼って、扉閉めといてもらえる？〉

「……わかった」カバンからレポート用紙を取り出し、言われた通りにする。「山田くん、お店閉めたよ」

〈ありがと〉

「どういたしまして」

スピーカーから、かすかな溜め息が聞こえる。

〈それで、さっきあったことなんだけど――〉

山田が一部始終を語り終え、教室をふたたび静寂が満たす。

「別にさ、」張り詰めた空気を破るように、川上が口をひらき「山田が昔ハブられてようがそうじゃなかろうが、俺たちには関係なくね？」

〈でも、〉

「でもじゃなくて、関係ねぇよ。中学時代の山田なんて知ったこっちゃねぇし、高校デビューでこんなおもしれぇやつ出来上がんなら大歓迎だわ」

〈……引いてない？〉

「引いてねぇよ」白岩、小野寺に「お前らも別に引かなかっただろ？」

「あぁ」「びっくりはしたけど、引くとかは全然」

「じゃあなんも問題ねぇだろ」和久津を見て「なーに難しい顔してんだよ」

「いや、」言葉を選ぶ間を置き、強張った表情をゆるめ「ついにバレたか、と思って」

〈和久津、ありがとな〉穏《おだ》やかな声で〈中学時代のこと、今まで黙っててくれて〉

「言う必要ないからなぁ」俯き、持っていたカツラを手櫛《てぐし》で整え「うん、だから、」手元の金髪に語りかけるように「感謝されるようなことでもない。言う必要がなかった、というだけで」

〈でも、ありがとな〉

扉が開かれ、吉岡と竹内が教室に入ってくる。

「なんだよ『準備中』って。サボってんの？」吉岡が笑い、

「お前ら真面目に山田カフェやれよ」竹内も続く。

「びっ、くりした」ウェットティッシュに手を伸ばした姿勢で、彫刻のように固まった小野寺が
「心臓、止まるかと思った」

「なんでだよ」吉岡が壁掛け時計を見上げ「シフト交代の五分前に到着。完璧じゃん。そんなびっくりすることかよ」

「サッカー部さぁ、ノックくらいしろよなぁ」白岩が口を尖らせ「それがマナーってもんだろ」

「すまん」竹内がわずかに頭を下げ「というか、外から様子うかがってて、ちょっと話聞こえてたんだけど、」ばつが悪そうに「山田って、中学のときハブられてたの？」

「おまっ、」吉岡が竹内の肩をばしんと叩く。「それわざわざ言わなくていいだろ！」

「えっ。あぁ」竹内が硬い表情で「すまん」

「山田、安心しろよ。俺も竹内も誰かに広めたりしねぇし、これ知って山田のこと嫌いになったりとか絶対ねぇから」

〈ありがとう。お前らまじで優しいな……〉

「で、そうだ、」吉岡がきょろきょろと見回し「金髪、被るんだよな？」

川上がスーパーの袋からカツラとウィッグキャップを引っ張り出し、吉岡に投げる。「ほい。ほくろシールは教卓の中入ってるやつ新しく付ける感じで。使い回すと粘着弱まるから」

「了解」

「和久津もカツラ渡せば？」川上が和久津の手の中を指差すが、

「いや俺、このあともシフト入ってるから」再び装着し、時計を見て「あと別府も来るはずなんだけど、あいつ遅刻しそうだな」

「招待試合、お疲れさま」小野寺が立ち上がり、テーブルの片付けを始めつつ「勝ったんでしょ？」

「おう」竹内の顔がほころび「楽勝だったわ」

「3対1らしいな」白岩もカツラを外しながら「誰がゴール決めたん？」

「つかなんでお前ら結果知ってんの」

「あれ？　聞いてたんじゃないの？」小野寺が目をぱちくりさせる。

「……ん？　何が？」

同じく目をぱちくりさせる吉岡を見て、試合相手が来ていたくだりは聞こえてなかったんだな、と小野寺は思い「さっき相手チームの人たちが山田カフェ来てて、そう言ってたよ」

「お！　どんなやつ？」

「あぁー、なんて言やいいかな、」白岩がカツラとウィッグキャップを竹内に手渡し「ゴリラみたいなやつと、カピバラみたいなやつ？」

「あぁ〜。いたわ。ゴリラとカピバラ」吉岡が教卓に手を突っ込み「その二人、めちゃくちゃ下手だったわ」黒いシールを取り出すと、竹内に同意を求め「な？」

「うん、ド下手だった」ウィッグキャップを被り「ゴリラのほうなんて、オウンゴールしてたし」

「まじ？　やっぱり？」白岩の顔がぱぁーっと蛍光灯みたいに明るくなり「やっぱそうじゃん！　いやぁ、あいつらどうせ大したことないと思ってたわ。やっぱそうだった。やっぱ大したことなかった。ああいうこと言うやつらに限って、まじで大したことねぇんだよな。うん。だからああいうやつらの言うことなんて、全部シカトでいいわ。もう完全にシカト。もうあいつらしゃべってないのと一緒。無言。無言すぎ。うん、やっぱそうだ、そうだった。思ってた通りだったわ」

満面の笑みを、スピーカーに向ける。

夜

〈ちゃらっちゃ。ちゃっちゃらら、ちゃっちゃちゃちゃ。ちゃっちゃらら、ちゃっちゃちゃちゃ。ちゃらっちゃちゃ。ちゃらっちゃちゃちゃんちゃちゃんちゃん。

こんばんは、ファイア山田です。毎週土曜日のこの時間はファイア山田のオールナイトニッポンをお送りしていきます。

先週はお休みだったので、二週間ぶりの放送ですね。というのも、先週の土日は穂木高の文化祭がありまして。いつ誰が教室に入ってくるかわからなかったので、泣く泣くお休みとさせていただきました。放送を楽しみにしていた架空のリスナーの皆さん、申《もう》し訳《わけ》ありません。お詫《わ》びと言っちゃなんですが、今夜は二週分のエネルギーを込め、通常回の倍は元気に、しゃかりき元気いっぱいでお送りしていきたいと思いますので、最後までお付き合いお願いいたします！

と意気込んではみたものの、最近なかなかショックな出来事が続き、メンタルやられてまして……。まずね、さよシュレの児玉と湯浅が文化祭来てくれたんだけど、どうやらすでに、俺に代わる新メンバーを入れて活動してるみたいで、だいぶショックでしたね。早すぎない？　もうちょっと悼んでくれてもよくない？　俺死んでから三日で新メンバー入れてるとかやばくない？　生き急ぎすぎじゃない？　セミなの？　セミのペースで生きてるの？　というか鳴海のやつ、俺のこと女の子と間違えて勧誘しちゃったとか言ってたみたいで。あいつ俺としゃべってるときは全然そんな感じ見せなかったんだけどなぁ。まじでショックだったわ。あと児玉に彼氏がいたのも地味にショックだった。ちょっと好きだったのに。バンド内恋愛は風紀を乱して良くないからその感じ出さなかっただけで、ちょっと好きだったのに。ちょっとというか、うん、好きだったのに。はぁ。なんかもう、つらいっすわ、まじで。

　あとそう、中学のときのサッカー部のやつらが山田カフェ来て、俺が中学のときハブられてたのバラしたのも最悪だった。まじで気分悪い。あいつらとはもう縁切ったと思ってたのにな。穂木高だと和久津だけが俺の中学時代知ってたんだけど、ずっと何も言わないでいてくれてありがたかったわ。まぁでも、今回バレたのって白岩、小野寺、川上、吉岡、竹内だけで、たぶんみんな言いふらしたりとかはしなそうだから、その点は助かった。……竹内は若干よそよそしくなった気がしないでもないけど、他は態度変えずに接してくれてるし。これがもし、泉か倉持だったら、確実に全校生徒に知れ渡ってたわ。あーいや、でも、どうだろう。あいつらこういうことはあんま記事にしないかもなぁ。死者に鞭打つ《むちう》行為だしな。そういや新聞部、白岩が文化祭でおしっこ漏らして二年E組が黄色い液体に染まったとかテキトーな記事書いて、また允めちゃくちゃ怒られてたな。なにがジャーナリズムやねん、っていう。まぁとにかく、ショックなことが多かったね、先週は。

　ということで、メール募集します。今夜は「ショックを受けた話」。やっぱ生きてるとね、ショックなことが多いと思うんで、この機会にぜんぶ吐き出しちゃいましょう。まぁ俺の場合、死んでからもショックなこと多いんですけどね。死んでからこんなショック受けるなんて思ってなかったわ。えー受付メールアドレスはヤマダアットマークオールナイトニッポンドットコム、ヤマダアットマークオールナイトニッポンドットコムです。メールを送ってくれたリスナーの中から、抽選で五名に番組ステッカー差し上げます。リスナーの数だけデザインがある、という、夢のようなステッカーですのでね、皆さん奮ってメールお送りください。はい。というわけで、〉

「山田」

〈……ん？〉

「おーい、山田。聞こえる？」

〈え？　待って。え？〉

「送っていい？　メール。ショック受けた話だよな。なんだろう。あったっけ、最近、ショック受けたこと。ちょい考えるから待ってて」

〈いや、……えっ？〉

「んー、なんだろうなぁ。ショック受けたこと。うーん」

〈ちょ待って。いったん待って〉

「そうだ忘れてた。おちんちん体操第二」

〈……いや、それもそうなんだけど、〉

「なに？」

〈え、まず今、いつ？〉

「十一月六日土曜日」

〈の？〉

「二十三時九分。あ、思いついた、ショックなこと。ラジオネームいるよな。ラジオネーム、んー、なんにしよう。ラジオネームは、そうね、ペナルティキッスでいくわ。ファイア山田さん、こんばんは。ペナルティキッスと申します。えぇーショックなことですが、」

〈なんでこんな時間に教室来てんの？〉

「あー、そこ気になる？」

〈気になるだろ。つか、え、まじでびっくりしてんだけど。聴いてたん？　ずっと〉

「ずっとかは知らないけど」

〈どこから聴いてた？〉

「えーと、『毎週土曜日のこの時間はファイア山田のオールナイトニッポンをお送りしていきます』から」

〈ほぼ全部じゃん〉

「つーか俺こそびびったわ。え、なに、山田毎週、ひとりでラジオやってんの？」

〈……一応ね〉

「暇すぎて？」

〈暇すぎて〉

「まじかぁ」

〈というかまず、なんでこんな時間に教室いるんだって〉

「月曜一限に、英語の課題、提出しなきゃじゃん」

〈うん。そうだっけ〉

「そうなんだけど、俺まだやってなくてさ。で、さっき家でやろうと思ったら、電子辞書、ないこと気づいて。紙の辞書家にねぇし、携帯でいちいち調べんのも俺あんま好きじゃないから、家近いし、取り行こう、って」

〈なるほど〉

「そしたら山田が一人でずっとしゃべってて死ぬほどびびった。びびりすぎてしばらく声かけらんなかったわ」

〈……なるほど〉

「え、いつからこのラジオやってんの?」

〈死んだ次の週からだから、もう二ヵ月くらい?〉

「まじか」

〈うん〉


〈というか電子辞書見つかったん?〉

「たしかに。捜さなきゃ。山田のラジオが衝撃すぎて忘れてた。……あったわ。机の中に」

〈よかった〉

「で、そうだ、ペナルティキッスです。ショックを受けたことですが、このあいだ、友だちから、携帯の画面は実は便器よりも汚いんだよ、と言われました。毎日さわるものなので、付着している雑菌が多く、」

〈え、続けんの？　投稿〉

「……続けるよ？　ステッカー欲しいし」

〈……ねぇよステッカー〉

「ないの？」

〈ないよ。俺がテキトーに言ってるだけだから〉

「まじか……。それこそショックだわ」

〈分かるだろ。それくらい〉


〈つーかラジオネームダサすぎない？〉

「……そう？」

〈ダサいだろ。なんだよペナルティキッスって。サッカーのペナルティキックと掛かってんの？〉

「うん。オシャレじゃね？」

〈オシャレじゃねーよ〉


〈つーかお前誰だよ〉

〈え、なんで黙ってんの？　答えて？　怖いから。誰？　吉岡？〉

「正解は、」

〈うん。誰？〉

「ジャカジャカジャカジャカジャカジャカジャカ、」

〈ドラムロールとかいいから、誰？〉

「ジャカジャカジャカジャカ、ジャン、吉岡です！　正解！　さすが山田」

〈やっぱそうか〜。声が吉岡っぽいし、家近いのと、ラジオネームがサッカーっぽいので、そうかなって思ったわ〉

「さすが山田」

〈あと声の聞こえてくる方角で、吉岡かなって。席そっちのほうだし〉

「見事正解したので、そうだな、ステッカーいる？」

〈作ってねぇだろ〉


〈つか吉岡いると思うと、なんか照れくさくてラジオ続けらんねーわ〉

「いいじゃん。続けろよ」

〈いやぁ、えぇー、恥ずい〉

「つーか俺そろそろ帰るわ。明日朝早いし。ラジオって今後も続けんの？」

〈……一応ね。土曜の夜から日曜にかけて、寂しすぎておかしくなりそうだし〉

「おけ。じゃあチャンスあったら、これからもちょくちょく聴きに来るわ」

〈……まじで？〉

「まじまじ。深夜に家出るのわりとハードル高いけど、うち親いない日も多いし、行ける範囲で行くわ。誰か聴きに来るかもって思ってたほうが、山田もラジオ楽しいだろ」

〈まじか。嬉しい〉

「おう」

〈あ、でも、あれだ。実際に誰かが聴くことこれまで想定してなかったから、秘密っぽいことも結構しゃべっちゃってるかもしんないわ〉

「それは大丈夫。俺口堅いから。それっぽいこと聞いちゃっても、誰にも言わねぇよ」

〈助かる〉

「……じゃあな。もう行くわ。このあとの放送も頑張れ」

〈あざす。また来週。……いやー、土日までさみしかったから、だいぶ嬉しい。めちゃめちゃ嬉しいわ。というわけで、ファイア山田のオールナイトニッポン、今宵も最後までお付き合いください。ここで一曲。さよならシュレディンガーで「ランデヴー」〉

第五話　死んだ山田と誕生日

んっ、あっ、ぁ、ぁぁ、いぃ、はぁ、ぃ、んんっ、あっ、んっ、は、あぁ、あんっ。

山田が死んで、声だけになり、約四ヵ月が経った冬休み。

あっ、ああ、っはぁん、あぁ、ああぁ、んあっ、ああん、あっ、きもちい、あぁん。

十二月二十四日金曜日。

あっ、ぁあん、あ、あ、あ、はぁんっ、あ、すご、んんっ、あ、ゃっ、ひゃ、あっ。

十四時十六分。

ぁ、ぁ、らめっ、は、ぁんん、あぁん、あ、ぃ、はっ、はぁ、んんっ、んあっ、あ。

教室。

あ、いく、いっちゃう、ぁ、ぁ、ぁ、ぁ、ああぁぁぁ、あっ、あぁあんっ。……はぁ。

「おちんちん体操第二」久保が携帯の再生停止ボタンを押す。「どう？　山田」

〈……どうって、〉明らかな困惑が声に滲み〈なにが？〉

「興奮した？」

〈興奮……？〉長い間を置き〈興奮というか、〉さめた声音で〈恐怖しかなかった〉

「なんだよ〜。つまんねぇな〜」久保が携帯をポケットにしまい「死んでからAVなんて観れてないだろうし、ぜったい喜んでくれると思ったのに」

〈いや、俺の気持ちになって冷静に考えて欲しいんだけど、〉

「うん」

〈なんの前置きもなくいきなり、知らない女の子の喘《あえ》ぎ声聞かされるの、どう考えても怖くね？〉

「それがいいんじゃん〜。な？」隣の川上に同意を求め「いきなり始まるから興奮するんだろ？最初に説明してから流すことも考えたんだけどさ、今からAVの音声流れるぞと身構えるより、気ぃ抜いてるところにいきなり喘ぎ声流れてきたほうが、え、まさか、もしかして、誰か教室でセックスはじめた？　ってぜったい興奮するっしょ」

〈しなかった。怖かった〉

「おかしいな〜。想定とちがうわ〜」久保は納得のいかない表情で、

〈つーか今誰いんの？〉

「俺と川上と、」まろやかな陽が差し込む、冬の晴れた教室に「高見沢と小野寺と吉岡」私服の五人が集まり、立ったままスピーカーを見上げている。

〈なんだそのメンバー〉

「なぁ山田、」吉岡がニヤッと「今日が何の日か分かるか？」

〈いや、全然わからん〉低い声で〈冬休み入ってから、曜日と日付の感覚が飛んだ〉

「今日、十二月二十四日なんだけど、さて何の日でしょう？」

〈……クリスマスイブ？〉

「またまた〜。分かってんだろ？」

沈黙をたっぷり挟んでから、おそるおそる〈……俺の誕生日？〉

クラッカーがぱんっ、ぱんっと続けて発射される。

小野寺と高見沢が紐《ひも》を握る円錐形《えんすいけい》から、火薬の匂いがうっすらと漂う。

「山田、」五人で声を揃え「誕生日おめでと〜！」

〈えっ、うそ、〉嬉しさが自然と溢れ出た声で〈超嬉しい〉

「生きてたら十七歳？」尋ねる小野寺に、

「いや十七歳だろ、生きてたらとか関係なく」久保が被せるように訂正し、

「死んだらカウントは止まるんじゃね？　さすがに」川上が異議を唱え、

「織田信長が五百歳になりました、とか言わないもんね」高見沢が例を挙げるも、

「それとこれとは話が別だろ。山田死んだっつっても、まだ声だけ生き残ってんだから」吉岡が反論する。「だよな？　山田」

〈んー、どうだろう。まだカウント続けていいなら、そのほうがありがたいな〉

「じゃあ十七歳だ。紛れもなく」吉岡が満足そうに頷く。

〈いや〜、嬉しいわ、まじで。まさか誕生日覚えてくれてると思ってなかった〉山田が噛みしめるように、嬉しい、を繰り返した後〈で、訊きたいんだけどさ、〉

「おう」

〈さっき久保がAV流したのはなんだったん？　ドッキリ？　落として上げる的な？〉

「いや、」久保がかぶりを振り「あれは誕生日プレゼント」

〈誕生日プレゼント？〉

「そう」真顔で「だって山田喜ぶと思ってたし」

〈あ、まじか。まじでそう思ってたんだ〉

「つーことで、」吉岡がわざとらしく咳払いし、全員の顔とスピーカーを見回してから背筋をぐいっと伸ばし「第一回、山田誕生日選手権の開催を、ここに宣言します！　拍手！」

久保、高見沢、小野寺が勢いよく手を打ち鳴らし、川上もやや気だるげに手を叩く。

「えー、なお、開会宣言に先立ち、サプライズ性を重視したいという当人の意向により、まずはエントリーナンバー一番、久保選手のプレゼントを先に贈呈《ぞうてい》いたしました。こちら、大会規約の範囲内でのプレーとなっておりますので、皆様どうかご了承ください」

〈待って。付いていけてない。誕生日選手権？　なに？〉

「えぇー、ルールは簡単」吉岡は意気揚々と教室を歩き回り「ここに集うメンバーが順番にプレゼントを贈呈していき、」透明のマイクを持つように、拳を口から少し離して掲げ「山田が最も素晴らしいと認めたプレーヤーが優勝です」

〈……俺が優勝者を決めるってこと？〉

「そう言ってます。ちゃんと聞きなさい。あなた聞くことしかできないんですから」

〈もっと優しくできない？　祝おうとしてる人間に対して〉

「さて久保選手、いかがでしたか？　自ら志願してのトップバッターでしたが」ノリノリの吉岡が、久保の口元に透明のマイクを向ける。

「いや〜、これはちょっと、予想外でしたね」久保もノリノリで渋《しぶ》い表情を作り「山田はセックスに飢えているはずなので、よだれを垂らして大喜びすると思ってましたが、そう甘くはなかったですね」

〈失礼じゃね？〉

「そうですね、私もこの結果は、完全に予想外でした」吉岡が大袈裟に首をかしげ「山田なんてエロい声聞かせときゃ喜ぶと思っていたので、正直驚いています」

〈「なんて」ってやめない？　俺誕生日だよ？　「なんて」とか言っていいわけなくない？〉

「では久保選手、ありがとうございました！」吉岡が周りに拍手を促し、久保は自分の席に座る。「皆さんもいったんお座りください」各自、着席し「いやぁ、通常の誕生日プレゼントとは異なり音声しか使えない、聴覚のみで山田を楽しませる必要がある、というのが、この大会の難しいところであり、最大の醍醐《だいご》味《み》と言えますね」

〈ちょ、吉岡、いったんストップ〉山田が口を挟み〈これを全員分やってくわけ？〉

「そう」吉岡が司会者風の喋《しゃべ》りをやめ、スピーカーに「どう？　楽しくね？」

〈正直、〉山田が溜めを作ってから〈めっちゃ楽しい〉

「そうっしょ⁉　よかった～。企画した甲斐あったわ～」

〈ありがとな、まじで〉

「いやぁ、よかったよかった」再び司会者に戻り「では気を取り直して、次に参りましょう。エントリーナンバー2、誰いきますか？」

高見沢がおずおずと手を挙げ「僕でもいい？」

「もちろん」吉岡が首を縦に振る。

「後半はハードル上がりそうだから、早めにいっておきたい」

「わかるわ」

〈順番は抽選とかじゃないんだ？〉

「決めるの忘れてたから、もうなんとなくでいいかなって」

〈なるほど〉

「ちなみにここにいる久保と高見沢と小野寺と川上と俺の他、和久津が用事あるとかで録音データで参加、別府が遅刻して参加の予定となっております」

「あれ？」久保が声を上げ「たしか竹内も、用事あるから録音提出組じゃなかったっけ？　サッカー部だし強制参加とか言って」

「あー、そうね、俺は出させる気マンマンだったんだけど、」吉岡がきまり悪そうに「すげぇ忙しいとか言って、結局なんも出さなかった。冷血野郎ですわ」

「そっか」久保が薄く笑い「あいつドライだもんな」

〈いや、でも、全然いい。七人も参加してくれたのめっちゃ嬉しい〉

「竹内は今度しめとくわ」

〈いい、いい、しめなくて〉山田が笑い〈というか別府また遅刻？〉

「うん」川上が携帯を見て「今起きた、ってさっき連絡来た」

〈いま何時？〉

「午後二時二十九分」

〈遅《おせ》ぇな。だからバイトの面接いまだに落ち続けてんだよ〉

「成績も留年ギリだしなー」吉岡が高見沢に向き直り「ではプレゼントの提出、お願いします」

「うん、わかった」携帯を操作し、顔を上げ「もう再生しちゃっていいかな？」

「おけ」

「じゃあいくね」

高見沢が携帯のボタンを押すと、ちょろちょろと微かな水の音が聞こえはじめる。

「おしっこ？」尋ねる久保に、

「ちがう。黙って聴いてて」高見沢が冷淡に返し、しばし全員で耳を澄ませる。

水の音はやや不規則に移ろい、岩らしきものにぶつかっては、途切れることなく流れていく。

絶え間ない水の響きの奥で、風が鳴る。

さびしげに枝を揺らしながら、冷えた空気を運んでいくのが聴き取れる。

ぴーぴぴ、ぴーぴぴ、と、高く細い音色が加わる。鳥の声だ。

川のせせらぎ、吹きつける風、鳥のさえずり。冬の山を彩《いろど》るさまざまな旋律が、高見沢の携帯から重層的に聞こえてくる。

〈なんかこれ、すげぇ癒《い》やされる〉山田のとろんとした声が降り〈ヒーリングミュージック的な？〉

「そう」再生を続けながら、高見沢が答える。「小川のほとりの、ブナ林で聞こえる音」

〈すげぇ良い。ひさびさにこういう音聴けたわ〉

「やった」高見沢がちいさくガッツポーズし「喜んでもらえて嬉しい」

「これはかなりポイント高いんじゃないですかね～」吉岡が透明のマイクを握り「ネットで探してきた感じ？」

「ううん、自分で録音してきた」高見沢が誇らしげに「昨日、ひとりで山に登ってきて」

〈まじ？　自前？〉

「そう。自前」顔を綻《ほころ》ばせ「山田くん、こういう自然の音、あんまり聴けてないと思って」

〈えぇー、やばい、最高。超癒やされた〉山田の声が心底嬉しそうに〈こういうの、高見沢らし

くて好きだわ。AVの百倍良い〉

「またまたぁ、照れちゃって」久保がにやつき「ほんとはAVのほうが癒やされるくせに」

〈AVで癒やされたことはない。一度も〉

「癒やしとかではないよな」川上が笑う。

「どうしよう。ハードル上がってきた」小野寺が心配そうに「これを越えられる気がしない」

「じゃあ俺がさらにハードル上げちゃおっかな〜」吉岡が携帯をポケットから抜き取り「よっしゃ。再生するから、心して聴けよ」

……ん、んん、んっ、あっ、だめ、ぁ、んん、ぁっ、はぁっ、んっ、ぁあ、あ、あ、あんっ、ぁ〈いったん止めて〉

吉岡が再生を止め、真顔でスピーカーを見上げる。

〈AV？〉

「そう」吉岡が仏頂面で頷き「AVですけど」

めいめいが笑いをこらえているような沈黙を破り〈モロ被りじゃん、久保と〉

「モロ被りだけど？」吉岡が頭上を睨み「なんか文句ある？」

〈なんで逆ギレなんだよ〉

「うるせぇ。俺だってまさか被ると思ってなかったわ」

〈モロ被りであることがわかってて、なんであんな自信満々に司会できたんだよ〉

笑いの渦が起こり、吉岡も表情を崩しながら「だってもう、司会で取り返すしかねぇと思って」

「なんで三分の一がAVなんだよ」川上も腹をひくつかせ「お前らアホすぎるだろ」

「サプライズ性が加わってる分、俺のほうが上じゃね？」

〈それはない。ともに最下位〉

「なんでだよ～」久保が不服そうに「シンプルAVよりサプライズAVのが良いだろ～」

〈というかAVなんて観てなんぼだから。音だけ聴いても楽しくないから〉

「あっ、わかった、山田あれだろ、みんながいるから照れ隠しでそう言ってるだけで、ほんとは早くみんな帰らせて、じっくりひとりで楽しみたいとか思ってんだろ？」

〈思ってねぇよ〉

「あの、次、行きたい」小野寺が割って入り「ハードルが下がり切ってるうちに」

「ハードル下がり切ってねぇよ」吉岡が即座に返すも、

〈下がり切ってるわ〉山田が声を被せ〈え～、小野寺のプレゼントどんなんだろ。楽しみ〉

小野寺が携帯を掲げ「再生します」ボタンを押すと、
ハッピーバースデートゥユ～♪

ハッピーバースデートゥユ～♪

ハッピーバースデーディア山田くん～♪

ハッピーバースデートゥユ～♪

美しく力強い男声四部合唱で、定番の誕生日ソングが奏《かな》でられる。

再生が止まり、「以上です」すこし恥ずかしそうに、携帯を握る腕を下ろす。

高見沢が手を打ち鳴らし「すごい、上手」拍手の輪が全員に拡がっていく。

「やば、めっちゃハモってる」「うま」

〈うわー、嬉しい〉山田の声が弾み〈これ、合唱部のみんなで歌ったのを録音してくれた感じ？〉

「ではなく、自分で録《と》った」

〈えっ、でも、四人くらいでハモってね？〉

「トップ、セカンド、バリトン、バス、それぞれ自分で歌って録音して、編集して重ね合わせた」

〈レベル高っ〉

「もっかい聴きたいわ」久保のリクエストに応じボタンが押され、豊かなハーモニーが教室に響く。

「すごいなぁ」高見沢が目を輝かせ「小野寺くん、部活ではたしかトップテノールだよね？　低い声もこんなきれいに出るんだ」

「練習したからね」小野寺は頬を掻き「ハードル、越えた？」

〈余裕で越えてる。超嬉しい。ありがとう〉しみじみ感謝を述べたあとで〈えぇ〜、これ高見沢と小野寺、どっちが一位とか決めらんないなぁ。わざわざ山登って録音してくれたのも、練習してきれいにハモってくれたのも、どっちも嬉しすぎ。まじでどうしよう。同率一位じゃダメ？〉

「そんな言い始めたらさ、俺もわざわざ兄貴に頼み込んで、ＡＶ録音してきたんだけど？」久保が主張するが、

〈それはそんな手間じゃないだろ〉山田に一蹴《いっしゅう》される。

「いや、だいぶ手間。俺兄貴と喧嘩《けんか》してたし」

〈知らんがな〉

「これキッカケで兄貴と仲直り出来たんだけど？」

〈じゃあ良いじゃねぇか〉

「ねぇねぇ、」川上がだらりと手を挙げ「ちょいハードル上がりすぎたから、いったん和久津の流してハードル下げていい？」

〈和久津なめすぎじゃない？〉

「おけ。ハードル下げよう」吉岡が承諾し「つーか別府まだ？」

「まだっぽい」携帯を見つめ「和久津のプレゼントのデータって、誰持ってんだっけ？」

「俺持ってる」吉岡がカバンからボイスレコーダーを取り出し「これ流してくれ、って頼まれた」

「つか和久津ってなんで今日来れねぇの？」久保が脚を組み「まさか彼女とクリスマスイブデート⁉」

「いや、それはない。あいつ彼女いないし」川上が答え「なんか外せない用事があるんだとか」

「ぜんぜん詳細教えてくれないよね」高見沢が苦笑し「和久津くん、秋ぐらいからたまに学校休むし、何してるんだろう」

「まぁいいや。とりあえず音源流すか」吉岡がボイスレコーダーの電源を入れ「ほい、再生」

ざーざーとノイズが流れたあと、咳払いが聞こえ、「第一巡選択希望選手ぅ。埼玉西武。山田ほむら。捕手。啓栄大学附属穂木高校ぅ」低くなめらかな、ドラフト会議のアナウンスを真似た声が響き、音が途切れる。

五人で顔を見合わせる。

「……これだけ？」小野寺がおそるおそる尋ね、
吉岡がボイスレコーダーをぽちぽちといじってから、先ほどと同じ音声を流し「これだけっぽい」

「はぁ、よかったぁ」川上が安堵《あんど》の溜め息をつき「めっちゃハードル下がったぁ」

〈うん、そうね、〉山田が低い声で〈でも、嬉しくなくはないかな〉

「山田くんって西武ファンなんだっけ？」

〈うん。一応〉乾いた声で〈多分あれだ。俺が中学の時からずっと、ドラフト会議の日、西武に指名されないかなぁって言う定番のノリがあったから、西武に一位指名されたときの気分を味わわせてくれたんだと思う〉

「なるほど」

〈もっかい聴いていい？〉

吉岡が無言でボイスレコーダーのボタンを押す。

第一巡選択希望選手ぅ。埼玉西武。山田ほむら。捕手。啓栄大学附属穂木高校ぅ。

〈うん。悪くない気分だわ。モノマネ意外とうまいし〉

第一巡選択希望選手ぅ。埼玉西武。山田ほむら。捕手。啓栄大学附属穂木高校ぅ。

第一巡選択希望選手ぅ。埼玉西武。山田ほむら。捕手。啓栄大学附属穂木高校ぅ。

第一巡選択希望選手ぅ。埼玉西武。山田ほむら。捕手。啓栄大学附属穂木高校ぅ。

〈もう大丈夫。そんな何回も再生しなくて〉

第一巡選択希望選手ぅ。

〈もういいって〉

第一巡選択希望選手ぅ。第一巡、第一巡、第一巡選択希望選手ぅ。埼玉西武。山田、山山田、山田ほむら。山田ほむ、ほむ、ほむら。ほむほむほむら。捕手。啓栄大学附属穂木高校ぅ。

〈遊ぶなって。和久津の声で〉

埼玉埼玉埼玉西武。山山山田。ほむほむほむら。捕手。啓栄大学附属穂木高校ぅ。

〈やめて。ＤＪみたいになってるから〉

ほむほむほむら。捕手捕手ほむら。ほむほむほむら。捕手捕手ほむほむほむら。

〈ほむほむほむら気に入りすぎだろ〉

「ポムポムプリンみたいになってんな」久保がけらけら笑い、
川上も笑いながら「やめて。面白くなりすぎるとハードル上がるから。そのへんにしといて」

〈あと俺、なんで捕手なんだよ。投手とかでいいだろ〉

ひとしきり遊んだ後、吉岡は笑い疲れたように再生を止め「はぁ、おもろ」

〈これ評価難しいわ〉山田が唸り〈吉岡のDJプレイは含めて評価すべき？〉

「含めない」吉岡が素っ気《そけ》なく答え「和久津ではなく、俺のポイントに加算すべき」

〈それもなんか違うだろ〉

「ていうか俺早く出したい。別府来る前に」川上がそわそわと「弱いってわかってるし」

「お前そうやって保険かけんなよ」久保が憤り「自信満々で出すのがマナーだろ」

「そんなマナーねぇわ。ないマナーを作るな。悪徳マナー講師か」携帯を操作し「はい、いきます。再生します」

『えーっとー、』甘ったるい、若い女の子の声が聞こえ『山田くん、大好き』

二年E組の教室が、凍ったように静まる。

『もっとかわいく言って』川上の声『俺のこと好きって言うとき、もっとかわいく言ってんじゃん。そんな感じで言ってよ』

『えぇー、できるかなぁ』

『できるできる。もう一回』

『わかった。がんばるね。えっとー、山田くん、大好き。結婚したい。えへ』

『やばっ。かわいすぎなんだけど。ぜってー山田喜ぶわ』

『ねぇ、山田くんってもう亡くなったんじゃないのぉ？』

『そうなんだけど、今度墓参り行くからさ。天国の山田に、リナのかわいい声聞かせたら、絶対喜ぶと思って』

『もう～。てかお墓参りなら一緒行こ～。お墓参りデートしよーよ～』

〈止めて。止めろ。早く〉山田の刺すような声がし、川上が音声を中断させる。〈最下位です〉

「最下位⁉」川上の声が裏返り「リナの声、こんなかわいいのに⁉」

〈断トツで最下位。殺意しか湧《わ》かなかった〉

「うん、わかる、殺したい」久保が暗い声を発し「耳、浄化したい。高見沢、山の音かけて」

「了解」高見沢が携帯を触り、ぴーぴぴ、ぴーぴぴと鳥のさえずりが聞こえはじめる。

〈あぁ、良い、癒やされる。でもダメだ、足りねぇ、まだ耳にこびりついてる、小野寺、歌も流して、頼む、早く〉

「わかった」

冬山の繊細なオーケストラを背景に、小野寺の雄々しい歌声が響き出す。

ハッピーバースデートゥユ～♪「俺のやつ、そんなダメだった？」ぴーぴぴハッピーバースデートゥユ～♪「かわいくない？　リナの『大好き』。癒やされない？」ぴぴぴハッピーバースデーディア山田ぴー♪〈議論する気はない。死んでくれ〉ぴーぴぴぴハッピーバースデートゥユ～♪

「えぇー、喜んでもらえると思ったのに」

〈死んでくれ〉

「ちなみに俺、リナと実際墓参り行って、ふたりでお墓撫でたりとかもしたんだけど」

「〈死んでくれ〉」久保と山田の声が重なる。「人の墓でデートすんな。つか山田ここいるんだから墓行っても意味ねぇだろ」

「意味あるだろ。骨は墓に眠ってるわけだし。山田に気持ちよく天国行って欲しいじゃん」

〈うっせぇ黙れ。あぁーダメだ、高見沢、小野寺、再生して。残《のこ》り滓《かす》が掻き消えるまで、無限リピートしてくれ〉

ぴぴぴハッピーバースデートゥユ～♪　いぃ、はぁ、ぃ、〈喘ぎ声流すのやめろ〉んんっ、あっ、ぴーぴぴハッピーバースデトゥユ～♪　んっ、あっ、ぁ、ぁぁ、んん、ハッピーバースデーディア山田くんっ、は、あぁ、あんっ、あ第一巡選択希望選手ぅぴーあっ、ああ、っはぁん、あぁ、ぁ埼玉埼玉ハッピーバースデーぴーあ、あ、はぁんっ、トゥほむほむほむら。捕手。啓栄大学附属穂木高校ぅあ、ぁ、らめっ、はっ、ぴー、バースぁん、あん、あぁん。

〈カオスすぎる〉

持ち寄った音源を、各々が無秩序に再生し、入り乱れる狂騒にしばし爆笑したのち「つーか別府いつ来んだよ」吉岡が目尻《めじり》の涙を、手の甲で拭いながら呟く。

「知らねぇ」川上が携帯の画面に目を落とし「返信ない」

〈いやぁ、もう、大丈夫。笑い疲れたし、別府いつ来るかわかんねぇし。全員優勝。最高の誕生日だわ。みんなまじでありがとう〉

「俺も優勝?」と尋ねる川上に、

〈川上?　お前は最下位。深く反省してほしい〉

「なんでだよ」

「別府来ねぇし、優勝決めちまうか～」吉岡が組んだ腕を伸ばし、からだをほぐしながら「では審査委員長の山田氏、優勝者の発表をお願いします」

〈だからみんな優勝だって。川上以外〉

「え〜。みんな優勝じゃつまんねぇから、優勝者決めようぜ？」

〈いや、俺的にはさ、誰のプレゼントが一番ってより、死んでからもこうやって俺の誕生日に集まって、くだらないノリで爆笑してくれるのが、一番嬉しいわけよ〉

「うるせぇな。ごたくはいいからさっさと優勝者決めろよ」

〈なんでだよ。いまめちゃくちゃ良いこと言ってただろ〉

また笑い合っていると、ふいに扉が大きな音を立てて開き、息づかいの荒い別府が姿を現す。

「ごめん、寝坊した」ぜぇはぁと浅く呼吸し、生白い額の汗を拭う。

「遅ぇよ」「いま何時だと思ってる？」「寝坊とかいう次元じゃないだろ」「つーか連絡返せよ」

「ごめん、携帯の充電切れちゃって」着席し、眼鏡をいったん外してから、パーカーの袖《そで》に目元の汗を吸わせ「もう選手権、終わっちゃった？」

「まだやってるよ。あと別府だけ」

「よかった、あ、山田、誕生日おめでとう、おちんちん体操、第二」

〈ありがとうだけど、誕生日おめでとうとおちんちん体操で韻踏むなよ〉

「意識してなかった、偶然踏めてた、」リュックからがさごそとポータブルプレーヤーを引っ張り出し「ふつうにこれ、再生しちゃっていい感じ？」

「おけ」吉岡がGOサインを出すと、別府はボタンを押し、音声が流れはじめ、
あっ、んん、あ、んんん、ぁ、いい、そこ、いいぃ、あ、ぁっ、はぁ、もっと、んあっ、らめっ、ん、んん、ぁっ、んっ、あっ、だめ、ぁ、んん、ぁっ、あ、あ、ああ、あぁぁ、はんっ、は

ぅん、ぁ、ひゃっ、んん、んっ、んんっ、ぁっ、ぁあんっ、あ、あっ、きもちい、あ、ああ、あっ、あ、ぁ、ああ、ぁ、あああぁぁ、あっ、あぁあんっ。

〈アホすぎるだろ、お前ら〉

夜

〈……はぁ〉

〈……ちゃらっちゃ。ちゃっちゃらら、ちゃっちゃちゃちゃ。ちゃっちゃらら、〉

「おちんちん体操第二メリークリスマス山田ラジオおつかれ」

〈早ぇって割り込んでくるの。まだ何もしゃべってねぇから〉

「とか言いながら、話し相手が来てくれて嬉しいんだろ？」

〈……まぁそうだけど〉

「どうした、クソでかい溜め息ついて」

〈なんでもねぇよ〉

「なんだよ。悩みあんなら言えよ」

〈……フッーに寂しいだけで、別に悩みとかねぇよ〉

「じゃあ俺が来たから悩み解決だな」

〈……まぁな〉

「メリクリっすね。つってももう十二月二十六か」

〈そっか、日付変わってると、そうか〉

「あぁ」

「そうだ、誕生日おめでとう」

〈ありがとと。昨日もさんざん祝ってくれたけど〉

「……まぁ改めて、つーことで」

〈ありがとう〉

「今日のメールテーマなに？」

〈焦んなって。これから言うから。聴いといて〉

「今日はどうせあれだろ？　『嬉しかった話』とかだろ？」

〈不正解〉

「えー。冒頭に昨日の誕生日選手権の話して、すげぇ嬉しかったから、『嬉しかった話』でメール募集、的な流れかと思ったのに」

〈そんな単純じゃないから〉

「そっか、残念」

〈えー気を取り直しまして、こんばんは、そしてメリークリスマス。ファイア山田です。毎週土曜日のこの時間は、ファイア山田のオールナイトニッポンをお送りしていきます。いやー、クリスマスですねぇ、もう日付変わっちゃったらしいけど。こうやって声だけで存在してると、クリスマスを意識することとって普段あまりないんですが、今夜はクリスマス気分増し増しでやっていきたいなぁー、なんて〉

「冬休み、ぜんぜん人と話せなくて暇っしょ？」

〈だから割り込むなって〉

「いいじゃん、あとでじっくり放送聴くから」

〈んー、ならいいけど〉

「で、暇っしょ？」

〈暇だね。昨日はみんな来てくれて最高だったけど、それ以外は暇すぎて死にそう。死んでるけど〉

「だよな。そう思って、今日はプレゼント持ってきてて」

〈まじで？　え、つーか昨日もＡＶの音声プレゼントしてくれたじゃん〉

「それはそれとして、もっとちゃんとしたプレゼントもあってさ」

〈いいの？　つか吉岡そんな優しかったっけ？〉

「優しかっただろ、前から」

〈そうだっけ？　なんかテキトーなこと言いながら鼻ほじってるイメージしかなかった〉

「どんなイメージだよ。あと鼻ほじってねーわ」

〈てか、え、プレゼントってどんなん？　またエロい系？〉

「や、エロくない系」

〈じゃあどんなん〉

「山田、ラジオ好きっしょ？　自分でやるくらいだし」

〈うん。好き。オールナイトニッポンとかＪＵＮＫとか、中学の頃めっちゃ聴いてた。高校入ってからはあんま時間なくて、前ほど聴けてないけど。というか死んでからは一切聴けてなくてつらいわ〉

「一週間分のオールナイトニッポンとＪＵＮＫ、全部録音してきた」


〈え？〉

〈まじで？〉

「まじまじ。聴かせてやるよ」

〈え、〉

〈やば、〉

〈どうしよう、〉

〈嬉しすぎんだけど、〉

「今夜の山田の放送が終わったら、リピート再生にしたプレーヤー、ここ置いて帰るから」

〈嘘、まじか、やば、〉

「バッテリー切れないように、ここのコンセント繋いだままにしとくわ」

〈えーどうしよう、えーまじで嬉しい〉

「そんで明後日くらいに回収しに来るから」

〈いやまじか、吉岡優勝だわ。完全に優勝。まじでありがとう〉

「じゃあ、放送の続き、どうぞ」


〈……いやもう放送どころじゃねぇわ、早く聴きたい〉

「いいけど、架空のリスナーさん置いてけぼりになっちゃうだろ」

〈そっか、どうしよう、つか架空だから別にいい気もするけど〉

「曲でも流しとけば？」

〈そうね、曲かけよう。……えー、というわけで、ファイア山田のオールナイトニッポン、今宵はあまり話せないかもしれませんが、どうかご容赦ください。ここで一曲。さよならシュレディンガーで「生まれてきてくれて」〉

第六話　死んだ山田と最終回

「まぁ要は、」山田が死んで、声だけになり、半年が経った春。「お前らが二年E組なのも、今日で最後ってわけだ」花浦がふらっと教壇を降り、窓際に佇《たたず》み「晴れてんなぁ、しかし」

体育館での修了式を終え、教室で最後のホームルームが行われる。

「成績はさっき配った通りだから、まぁ各々確認してもらって」花浦があくびを噛み殺しつつ「思ったような成績じゃなかったやつもいるかもしれないが、まぁ要は、まだ二年が終わったとこだから」教卓に手を突き「三年でいくらでも取り返せるし、まぁ逆に言えば、三年でサボっちまうと、希望の学部に行けないってこともあるわけだな。いまがそこそこ良くても」

ひと呼吸置き、教室を見回す。

呆けた顔で窓の外を見つめる別府や、机に齧《かじ》りつきノートに何やら書き連ねている泉を除き、大半の生徒が行儀よく座り、教壇の花浦を見上げている。

「まぁ要は、お前らについては別に、大した心配はしてない。なんだかんだ真面目なやつが多いしな。一名ギリギリだったのもいるが、」別府を見遣《みや》るが、視線は合わない。「けっきょく留年も出なかったわけで」

菱沼が真後ろから別府を小突き、「お前よく進級できたな」と笑う。

「なんか、あと一個でも評点低かったら、留年してたらしい」

「あぶな」

「で、唯一気掛かりなのは、」花浦がスピーカーを振り仰ぎ「山田、お前どうすんの？」

返事がない。

「山田」

誰もが固唾《かたず》を呑み、黒板の上の白い箱を見守る。

「大丈夫。いま、俺と二Eのやつらしかいないから。教師が生徒の前で口にするの憚《はばか》られるし、合い言葉は言わんけど」

息を吸うような音が、スピーカーから漏れ〈どうすんすかね〉声が降る。

「四月からもう、この教室、下の学年の子らが入ってきちゃうけど」

〈そうなんすよね〉

「いまの二Eのメンバーも、三年の各クラスに散り散りになるし」

〈そっすよね〉

「誰にも邪魔されず、全員が揃うの、今日が最後と思うぞ？」

〈そっすよねぇ〉吹けば消えそうな、弱々しい声で〈どうすんすかね、俺〉

体勢がきつくなってきたのか、花浦はひねっていた上半身を元に戻し「山田はさ、自分の意志で、この教室帰ってきたんだろ？」

〈たぶんそうっす〉

「二Eの仲間と、もっとしゃべりたい、とかだっけ？」

〈そっすね。こいつらともっと、くだらないことで笑っていたかったな、っていう〉

「その目的は、もう果たせた？」

〈んー、どうなんすかねぇ〉考える間が置かれ〈ほんとだったら俺、夏休み明ける前に死んでるわけなんで。そこを延長戦つーか、半年追加でみんなと過ごさせてもらって、まじで楽しくて、〉

「あぁ」

〈文化祭で山田カフェやってもらったり、誕生日祝ってもらったり、声だけになった俺に、みんなまじで優しくしてくれて、その点はめちゃくちゃ感謝してますし、満足もしてますし、〉

「うん」

〈そもそも、仮に生きてたとしても、二年E組として過ごせたのは今日が最後なんで、二年E組のみんなともっと馬鹿やってたかったたって願いは、今日で完遂したってことに、なりそうですかね？〉

「いや知らんけど。俺に訊かれても」苦笑し「まぁでも、フツーに考えたらそうかもな。要は今日が、二年E組最後の日ってわけだから、今日が終わったら成仏するかもな」

〈そうかもしんないすね〉

「要は、今日が最終回ってわけだ」花浦が芝居じみた笑みを浮かべ「声になった山田と、二年E組の愉快な仲間たちで紡ぐかけがえのない日々も、今日で大団円だ」

〈うわぁ、なんかそう言われちゃうとあれっすね、なんとも言えないっすね〉

「どうする？　俺、席外す？」花浦が腕時計に目を落とし「俺からはもう、特に伝えることないし、あとは若いお前らだけで、最後の時間を過ごしてもらうってのでも」

〈あー、そうっすね、どうしよう、でも、花浦先生も、いてもらって大丈夫です、むしろいてく

れたほうが〉

「そう？」花浦が小首をかしげ「大人いると、気ぃ遣わない？」

〈いや、そんなに。花浦先生、あんま大人として見てないんで〉

「おい、失礼だろ」と言いつつも嬉しそうに「俺、三十三だから。お前らの倍近く年上だからな」

〈でもほんと、いてほしいっす。花浦先生も、二年E組の一員なんで〉

「なんだよぉ、早く帰れると思ったのに」教卓の下の回転椅子を引き、深く腰を下ろし「しょうがねぇなぁ、そんな言うなら、残ってやるわ」そう言われると帰ってほしくなるな、と白岩は思った。「で、どうすんの？　最終回。みんなで順番に、山田への感謝とか言ってく？」

〈それは、どうなんすかね〉ガサツすぎるし、やっぱ帰ってもらったほうがいいな、と白岩は思う。〈湿っぽくなるのも苦手なんで、くだらない話して終わる感じのほうが……〉

「じゃあくだらない話しようぜ」花浦がチンパンジーみたいに手を打ち鳴らす。「ほい、ほら、くだらない話、ほい。誰でもいいから、ほい」誰か花浦に帰れって言ってくれないかな、と白岩は思う。

〈いや、そんないきなり言われても、難しいと思いますよ〉

「そうなん？」

〈くだらない話って、わざわざしようとしてするのはなんか違うというか、自然発生的にしないと、なんか白々《しらじら》しくて盛り上がらないというか、〉

「じゃあ俺、一回黙ってみよかな。そしたらさ、自然発生的に、なにか生まれるかもしんないじゃん？」

花浦が口を閉ざし、教室を沈黙が満たす。

誰ひとり、口を開かない。

このタイミングで花浦が出ていってくれれば、あいつまじで空気読めねぇよな、だから三十三にもなって結婚できねぇんだよ、という話題でひと盛り上がり出来るのに、と白岩をはじめ多くの生徒が感じるが、山田が「花浦先生も二年E組の一員なんで」と言ってしまった手前「出て行ってください」と言うことは不可能で、なんなら山田も（ミスった……こんなことになるなら花浦先生出てくの引き止めなけりゃよかった……）と思っていたが、今さら「出て行ってくださ い」と頼むのもさすがに気が引けるし変な感じになりそうなので、無音の膠着《こうちゃく》状態は続いた。

「ぜんぜん自然発生しないいな」花浦が右手の中指のささくれをいじりながら「こんなグダグダの最終回になると思ってなかったわ」椅子を右に左にゆらゆら回転させ「どうする？　やっぱ順番に、山田へ贈る言葉を紡いでく？」

〈いや、それもちょっと……〉

「じゃあ誰かテキトーに指名して、くだらない話題でも提供してもらうか」黒板の日付を確認し「じゃあ今日は三月十八日だから、十八から三引いて、出席番号十五番、白岩、」視線がばちっとぶつかり「なんかくだらない話題、提供してくれるか？」

「えっと、」なんで俺なんだよ、いつも足してるだろ、今日に限って引くなよ、と白岩は焦り、隣の田畑に「なんかない？　くだらねぇ話題」と助けを求めるが、

「ない」とすげなく返され、

「いやー、えー、くだらない話題、くだらない話題、」そんなん無理してひねり出すもんじゃねぇだろ「えー、」こんな風に努力してひねり出しちゃったら、それはもはやくだらないとは言えなくないか？「えー、なんすかね、」どうしよう「えー、ちんこ、」とりあえずちんことロにし

「えー、どうしよう、ちんこ、」くだらないの代表と言えばちんこでしょ、と縋《すが》るようにちんこを唱えるも「ちんこ、えー、ちんこ、ちんこ、ちんこ、」ちんこの先に何も浮かばず「ちんこ、えー、すみません、なんも思いつかないっす」ただちんこを連呼した人になって終わってしまった。

しかしながら、白岩が無意味にちんこを繰り返す間に、発言しやすい雰囲気が醸成され「お前ちんこしか言ってねぇじゃねぇか」「発想が小学生」〈ちんこに取り憑かれた？〉「ちんこってそんな万能じゃないから」「将来が心配」「これだから童貞は」「ちんこに謝れ」寄ってたかって白岩にツッコミを入れる。

「いや叩かれすぎだろ」白岩が肩を落とし「めっちゃがんばったのに」

「なぁ山田、」花浦がスピーカーを見上げ「お前が求めてたくだらない会話って、こういうので合ってんのか？」

〈合ってます〉

「合ってんのかよ」

教室が爆笑に包まれ、あとはもう何を言ってもいい空気が出来上がる。

「山田童貞のまま死んだの、まじでかわいそう」川上が呟く。

〈うっせぇな。いいんだよ。来世で卒業すっから〉

「無理だろ」

「来世も人に生まれるとは限らなくね？」菊池が口を挟む。

〈えー人がいい〉

「人じゃなくても童貞は卒業できるくない？」松口が真顔で言う。

〈……交尾ってこと？〉

「そう」松口が頷く。「全然いけるでしょ。人以外でも」

「鮭とかに生まれ変わったらどうすんだよ」川上が言う。

〈なんで鮭？〉

「鮭だって別に、」松口が少し考えてから「産卵とか、受精とか、そういう感じのことはするだろ」

「それ童貞卒業ってことになるか？」川上が渋い顔で「ニュアンス違くね？」

〈なんで鮭？〉

「つか山田、二百円返せよ」米村が口をひらく。

〈二百円？　借りてた？〉

「借りただろ、ラグビー部で飯食い行ったとき」

〈いつ？〉

「高一の六月とか。お前が部活辞める前」

〈それ今さら言う？　めっちゃ前の話じゃん〉

「いや、山田になんか言い残したことねぇかな、って考えてたら、ふと思い出して」

〈俺が死ぬ前に言えよ〉

「これ最終回にする話か？」花浦がささくれを見つめながら、口を挟む。「二百円ぐらい別にいいだろ」

「いや、大事っすよ。金額関係なく、貸し借りはちゃんとしないと」

「でももうどうしようもねぇだろ。死ぬ前に言わなかった米村が悪い」花浦が面倒くさそうに
「他、なんかあるやついないの？　山田に言い残したこととか」

「じゃあ、あの、」西尾がゆっくりと手を挙げ「山田くんと話しそびれていること、僕もひとつ

だけ、あるんですけど、」

「お、どうぞどうぞ。なんでも話しちゃいな」

「あの、山田くん、西尾です。おもしろい話題じゃなくて申し訳ないんだけど、」

〈ぜんぜんおっけー〉

「山田くんに、勉強のコツを教えてもらいたい、って、ずっと思ってたけど、訊く機会がなくて。山田くん、いろいろ忙しそうなのに、一年生の頃からずっと成績良いし、もしコツがあれば、最後に聞きたいな、って」

「それ、僕も聞きたい」高見沢が眼鏡の位置を直し「コツ、教えてほしい」

〈コツは特にないなぁ〉

「そうなの？　天才ってこと？」

〈いや、天才じゃない。シンプルに努力。ガリ勉っぽさを表に出さないだけで、家だとめっちゃ勉強してる〉

「そうなんだ」西尾が納得いかなそうに太い首をひねり「山田くんって、カメラアイ持ってたりする？」

〈なんだそれ〉

「瞬間記憶能力。見た映像をカメラで撮ったみたいに記憶できるから、教科書とか見ただけで全部暗記できるらしくて、山田くん、もしかしたらカメラアイなのかな、って、ずっと思ってた」

〈へぇ、そんなんあるんだ。そんなんめっちゃ欲しいわ〉

「山田くんはちがうんだ」

〈ちがうちがう。いいなぁ、俺もカメラアイ欲しかった。写真みたいに記憶できたことなんて人

生で一回もないわ。道とか前来たことあってもすげぇ間違えるし、試験勉強も毎回必死こいて詰め込んでるし〉

「そっかぁ」西尾が巨体を縮こめ「法学部行きたいし、僕も勉強がんばってるけど、やっぱり近道なんてないよね。ありがとう。目が覚めた。山田くん、天国でも元気に、みんなを楽しませてね」

〈おう。任せとけ。西尾の絵、最後に見たかったけど、見れなくて残念だわ〉

「ありがとう」西尾が思い出を噛みしめるように口を閉ざし、スピーカーを見上げ「山田くんが絵、褒めてくれるの、すごく嬉しかった。本当にありがとう」

「いいじゃんいいじゃん、最終回っぽくなってきたわ」花浦がへらへらと椅子を揺らし「この調子で頼むわ」

「そういうのやめてください」小野寺が立ち上がり、花浦に「あんまり言うと野暮です」

「え、まじか」花浦は椅子の回転をピタリと止め、虚をつかれたように「……すまん、調子乗りすぎた」

「いえいえ。分かってもらえれば全然」小野寺は着席し、何事もなかったかのように前を向く。

小野寺意外とそういうとこあるよなぁ、かっけぇなぁ、と白岩は思う。

「あっ、そうだ、」芝が身を乗り出し「最後に山田のモノマネ聞きたいわ」

〈しょうがねぇなぁ。誰がいい？〉

「えーどうしよう、」後ろを振り向き「二瓶なにがいい？」

「……え、」気を抜いていた二瓶が、困ったように硬く笑い「なんでもいい」

「なんだよ、せっかくリクエストの権利あげようと思ったのに」芝は前に向き直り「えー、どうしよう、じゃあ桑名」

〈おっけ〉裏声を交えながら〈えぇー、石川《いしかわ》たぁくぼぉくの短歌をぉ、特徴づけているもののひとつがぁ、このぉ、三行書きぃ、というぅ、新しいスタァイルなんですね。すなわちぃぃ、〉

「誇張しすぎだろ」芝が腹をふるわせ「どんどんひどくなってるわ」

〈似てるっしょ〉

「もはや似てるとかじゃねぇけど、死ぬほど面白い」教室に笑いが溢れ「もう山田のモノマネ聞けなくなるの寂しいわ」

〈ほぼ毎日してたもんなぁ〉

「もう一回！　ラスト！　難波聞かせて！」

〈欲しがるねぇ〉

「あれ聞きたい。いきなり挿入する難波聞きたい」

〈じゃあまず、普段の難波先生から〉咳払いを挟み、声音を変え〈そうだね、次の練習問題二は、解いてもあまり意味がないから、割愛〉

「うん。そんでそんで、」芝が待ちきれないというように先を促し、

〈では次に、いきなり挿入する難波先生。そうだね、前戯はあまり意味がないから、割愛〉

「はぁ、最高。意味あるだろ絶対」笑いすぎて出た、目尻の涙を拭い「山田最高、ありがと、まじで」

〈毎回笑ってもらえて嬉しいわ。こちらこそありがと〉

「よくないモノマネだな〜」花浦が笑いを隠すように、椅子を黒板側へ回転させ「いやぁ、非常によくない」

「いや花浦先生もめっちゃ笑ってるじゃないすか！」久保が指摘すると、

「ちげぇよ俺はあれだよ、要は苦笑ってやつだよ」花浦が笑いを引っ込めようとするが、余計に漏れ出てしまい「よくないなぁ、ほんとに」しばらく腹筋をひくつかせた後、ふいに真顔になり「え、もしかしてこれ、俺のもある？」

〈……あるっちゃありますけど〉

「やってみてよ」

〈……あんまあれですけど、似てないかもしれないですけど、〉

「いいよ。似てなくても」

〈……実際の花浦先生ってよりは、誇張しすぎた花浦先生というか、ファンタジーの花浦先生って感じなので、〉

「いいから。やってよ」

〈……はい、じゃあ〉意を決したように、声のトーンを上げ〈まぁ要はあれだ、要は平安時代ってのは、要は娯楽がねぇわけだから、まぁ要は、要はあれだ、要はすけべなことくらいしか、要はあの頃のやつらすることがねぇってわけだ、要は古典文学ってのは要はエロ本なわけで、要はまぁ要はそう思えば要はお前らもＹｏ！　要は興味津々でＹｏ！　古文をＹｏ！　読むようにＹｏ！　Ｈｅｙ、Ｙｏ！　チェケラ！〉

教室が特大の笑いで揺さぶられる。

はじめは笑いをこらえようとしていた宇多や倉持も、なんとも言えない仏頂面で頭上を見つめる花浦と、スピーカーから降り注ぐ全力のモノマネの構図にどうしても耐え切れず、足をばたつかせ大声で笑い転げる。

「これさ、」花浦は地鳴りのような笑いが響く教室に向き直り「似てる？」

誰も、頑《かたく》なに、目を合わせようとしない。

「なぁ、似てる？」

花浦の視線から逃れようと、誰もが首を前に倒し、机の模様を見つめる。

「俺こんな、要は要は言ってる？」誰も顔を上げることができず「さすがにこんな言ってなくない？」ちぎれそうに痛む腹筋を押さえる。「こんなラッパーみたいになってる？」

〈まぁその、〉山田が絞り出すように〈誇張した結果なので、普段はそんなには〉

「山田、俺のこと、めちゃくちゃ馬鹿にしてない？」

〈いえ、まったく〉

「馬鹿にしてなきゃ、こうはならなくない？」

〈いえ、馬鹿にするとかではなく、ファンタジーなので、ぜんぜん〉

「先生のこと舐めてないと、これはできなくない？」

〈いえ、ぜんぜん、尊敬してます。ファンタジーなので。あくまで〉

「……まじかぁ。俺そんな感じかぁ」

〈いえ、本当に、気にしないでもらえると。ファンタジーなので〉

「なんだファンタジーってさっきから」

作り笑いを剝《は》がし、周りに合わせて屈んでいた姿勢を戻しながら、二瓶は考える。俺はいつから、山田のモノマネで笑えなくなったんだろう。

笑いの波から顔を出すようにして「スピ山～、」泉が気の抜けた声を発する。「最後になんかスクープねぇの～？」

〈ねぇよ〉

「けちんぼ〜」

〈ねぇって。最後の最後に訊くことかよ〉

「どんな小さな情報でもいいから、冥途《めいど》の土産に、何か教えてくれないかな?」倉持が懇願《こんがん》する。

〈ねぇよ。あと逆だろ。俺が持っていくやつだろ、冥途の土産は〉

「そっか」倉持の頬が赤らむ。「ふつうに間違えた」

「つーかおれはまだ、スピ山の死の真相解明を諦めてないからな!」茶髪の天然パーマに突っこんでいた指を引き抜き、スピーカーにずばっと向け「天国行くからって逃げられると思うなよ!」

〈だから飲酒運転の車に轢かれたって百万回言ってんじゃん〉

「言ってるだけっしょ?」

〈轢かれた俺が言ってんだから真実だろ。つか散々調査した結果、ただの事故って結論になったんじゃねぇの?〉

「それはそうなんだけどさー、真実ってそんな、簡単に割り切れるもんじゃねぇじゃん?」

「とはいえ、もう判決も出たからな」和久津が振り返る。泉を見つめ「酒酔い運転と過失運転致死の併合罪で、懲役二年の実刑。控訴はせず、一審で決着。再犯で執行猶予付かなかったのは幸いだけど、山田殺しておいて二年は短すぎるよな」

「さすが弁護士志望」泉が気圧《けお》されたように声量を落とし「でもまぁ、裁判所の言うことが真実とも限らんし……」ごにょごにょと語尾を濁《にご》す。

〈つか判決もう出てたんだ〉

「あぁ」和久津が低い声で「すまん、伝えないつもりだったけど、今日が最後かもしれないなら、言っておくべきかな、と」

〈そっか、二年の、実刑か〉山田のかすれた声が、重く沈み込んだ教室を滑空し〈そっか、そうなるのか〉

「許せねぇ、まじで」吉岡が拳を固く握り「山田殺して、二年しか刑務所入んねぇのかよ。なんだそれ。ふざけんな。俺が殺してやりてぇ」

それから口々に、山田を殺した犯人への呪詛《じゅそ》が飛《と》び交《か》い「二年でおかしいだろ」「初犯だったら実刑つかない可能性もあったってこと?」「許せない」「裁判所、頭いかれてね?」「俺まで犯人殺しに行こうかな」

〈やめやめぇ!　はい、やめぇ!〉ふいに山田が、とびきり明るい声で叫び〈はい、もう、そこまで!〉陰鬱《いんうつ》な空気を吹き飛ばすように〈こんな最終回やだ!　ごめん!　暗くしちゃって!もう犯人とかどうでもいいから!　明るく終わろう!　ね?　頼むから〉

「でも俺、山田殺したやつが二年で刑務所出てくるとか、まじで許せねぇよ」吉岡が顔をしかめ「そいつの刑期が終わったら、殺しに行っていい?」

〈いいわけねぇだろ〉山田の声が尖り〈死んでもやめろ。俺のせいでお前らの人生がめちゃくちゃになるなんてこと、あっていいわけない〉

「山田のせいじゃないだろ、俺はただ、」

〈うるせぇ。黙れ。やめろっつってんだろ〉有無を言わせぬ口調で〈復讐《ふくしゅう》なんてクソみてぇなこと考えるやつがいたら俺が生き返って殺しに行く。それだけは絶対に許さない。俺が望んでないことはすんな。そんなんただの自己満だから〉声色を徐々に切り替えていき〈まぁ要は、お前らは自由に生きろってことだ。要は山田とかいうやつがいたってことを、要は心の隅に留《と》めて、要は楽しく生きろってことだ、要はあれだ、要は俺が天国から見守っといてやるから、要は俺みたいに、天国の元カノに恥じない生き方を今後していけっつーことだＹｏ！　俺のこと忘れんなＹｏ！　たまに思い出してくれＹｏ！　まじで忘れんなＹｏ！　ここは二年Ｅ組、お前らが俺の人生最大の恵み、最高で最強のクラスにＣｏｍｉｎｇ！　Ｈｅｙ、Ｙｏ！　チェケラ！　Ｆｏｏｏｏｏ‼〉

洟《はな》を啜《すす》る音が、あちこちから聞こえる。

〈ふざけんなＹｏ！　笑えＹｏ！　笑って見送ってくれＹｏ！〉

「山田ぁ」白岩が涙と鼻水で顔をぐちょぐちょにしながら「山田ぁ、天国でも俺らのこと忘れんなよぉ」

〈当たり前だろ〉山田の声も潤み〈つかお前らが忘れんなよ。どうせあと何年かしたら、大学で彼女でも作って、俺のことなんて一ミリも思い出さなくなるんだろ？〉

「んなわけねぇだろぉ、ばかぁ」白岩が気管に流れ落ちた涙に咳《せ》き込《こ》み「忘れるわけねぇだろうがぁ、ばかぁ」

「山田くん、天国でも元気でね」小野寺が泣きながら微笑み「天使のモノマネ、いっぱい習得してね」

〈するする。お前らが来るころには、天国にいる天使全員のモノマネできるようにしとくわ〉

笑いと涙が入り乱れるなか、生徒それぞれが、山田に最後の言葉を掛ける。

「山田、天国で思う存分楽しめよ」「山田くんに一生分笑わせてもらった気がする。本当にありがとう」「山田のこと、毎日思い出すからな」「山田は人類の宝だよ」「天国でも人気者になるんだろうなぁ、山田」「山田くんのおかげで、この一年、ちょっとどうかしてるぐらい楽しかった」「山田に早めに会いたいから、五十ぐらいで死ぬわ」「山田くんありがとう。とにかくありがとう。これまでも、これからも、ずっとありがとう」「山田くんがおもしろすぎて、人生に光が差したよ」「ぜってぇ忘れねぇわ、山田がいてくれたこと」

「山田、山田、」和久津が目から首元へ涙の川を作り、真上のスピーカーを見つめ「やっぱり俺は、山田に、いなくなってほしくない。声だけでも、ここにいてほしい」

「バカ和久津」川上が立ち上がり、和久津の後頭部をはたく。「お前まじで空気読め」

「でも、俺は、」

「でもじゃねぇよ。これでいいんだよ。これが正しい形なんだよ」

贈る言葉が出尽くしたころ、花浦がスピーカーに笑いかけ「山田、お前、幸せだったな」

〈はい〉山田が力強く答える。〈幸せっす〉

盛大な拍手に包まれ、二年E組の最終回が幕を閉じる。

夜

〽ちゃらっちゃ。ちゃっちゃらら、ちゃっちゃちゃ。ちゃっちゃらら、ちゃっちゃちゃ。ちゃらっちゃちゃ。ちゃらっちゃちゃんちゃんちゃん。

こんばんは、ファイア山田です。毎週土曜日のこの時間は、ファイア山田のオールナイトニッポンをお送りしていきます。

いやー、ね、今が、四月十六日、ということですけれども。

もうね、クラス替えからも、二週間ほどが経ちまして。

あの、新しい子たちがね、この二年E組の教室に入ってきまして。

ほら俺、一年のとき、ラグビー部やめちゃってるからさ。一学年下に、知り合いも一切いなくて。

あ、そうだ、たぶんあいついるんだよ、あいつ。坂下ってやつ。児玉と付き合ってるとか言ってた、野球部の。全然そういう話聞こえてこないから、まだ続いてんのかよくわかんねぇけど、なんかむかつくわぁ。あいつの声なるべく聞きたくないんだけど、あいつ、よくしゃべるし声でけぇんだよなぁ、ちくしょう。

いやぁ、日中もほぼね、話せなくなりまして。

知らんやつらの、知らん会話が聞こえてくるだけ、という。

なんで俺、消えてないんだろうなぁ。

消えると思うよなぁ、ふつう。

なに元気に新学期迎えとんねん、って話っすよ。まじで。

恥ずかしいよ。

あんな盛大に見送られてさ。

なにが最終回だよ、ほんとに。

最後だと思って、花浦先生の前で、あんな全力で本人のモノマネしてさ。

恥ずかしいよ。

やんなきゃよかった。

何がＹｏ！　だよ。

俺のこと忘れんなＹｏ！　じゃないんだよ。

恥ずかしい以外ありゃしないよ。

みんな、俺が天国行くからって、泣いてくれて。

天国でも元気でね、今までありがとう、って。

「山田、お前、幸せだったな」って。

「はい。幸せっす」って。

恥ずかしいよ。

なんで消えてないんだよ。

消える流れだったろ、完全に。

修了式終わって、みんないなくなって、誰もいない教室で、俺もついに天国かぁ、って。

意識なくなるのかぁ、って。

意識ありまくりでびっくりしたわ。いつまで経っても。

あの日から一週間くらい経って、水泳部のやつらが部活のついでとか言って二Ｅの教室来てさ。

久保が「山田、もう天国行っちゃったんだな」とか言って。

藁科も「だなぁ。寂しすぎ」とか言って。

『ごめん、まだいる』って言ったら「えっ、まじか、まだいるのか、ごめん……」みたいな。

気まずかったな。

久保に「じゃああれだ、三月三十一日を最後に、意識なくなるんじゃね？」って言われたけどさ。

もう余裕で四月だしさ。

次の学年の授業、もう始まっちゃってるしさ。

意識ありまくりだし。

もう完全にタイミング逸《いっ》してるよね。

二Eの新しい担任も、ぜんぜん知らん先生だしさ。

まぁでも、新学期始まってからも、放課後とか誰もいない時間見計らって、たまに話しに来てくれるやつ何人かいて、それはだいぶありがたいけどさ。和久津とか、白岩とか、小野寺とか。

新聞部のやつらもいまだに「スクープある～？」って来るけどさ。

『山田、新学期を迎えたのに消えない⁉』以上のスクープないよな。

でも、そんなん記事にできないからなぁ。

どうなんだろうね。

この状況。

どうなんだろうね？

だいぶ頻度は減ったけど、元二Eのやつらとちょこちょこ話せてるだけ、まだ幸せなのかも？

修了式の日に消えちゃってたら、昨日の白岩のバカ話も聞けなかったわけだし。

うん。そう思おう。これはこれで幸せって思おう。教室変わっても会いにきてくれる友だちがまだいるってことは、〉

「うっす。おちんちん体操第二」

〈おっ⁉　吉岡？　来てくれたん？〉

「来た」

〈うわ〜、めっちゃ嬉しい。話し相手に飢えてた。まじで〉

「ちょっと前から聴いてたけど、低いテンションでだらだらしゃべりやがって」

〈いや、しゃーないって。日々孤独だもん。新しい二Eのやつら誰も知らんし〉

「メール募集くらいしろよ。架空のリスナーさん寂しがるだろ。ラジオネーム・ペナルティキッスも寂しがってるわ」

〈あとでするよ。とりあえず愚痴《ぐち》らないとやってらんないから。つか相変わらずダサいなラジオネーム〉

「もうあれじゃね？　山田が声だけになって復活してること、公表しちゃえば？　そんで新しい二年E組に馴染《なじ》めばいいじゃん」

〈そんなん無理だわ〉

「なんでだよ」

〈そんな顔も知らないやつらと、今さら仲良くできない〉

「いや、いけるだろ。ネットとかだと、顔も知らないやつらとみんな仲良くしてるわけじゃん」

〈……いや、無理。どう考えても無理。死んでからも俺が二Eでふつうに会話できてたのって、生きてた頃に積み上げてきた関係性が土台にあったからじゃん？　いきなり声同士で、初対面の

複数人と関係築くとか、無理すぎる。俺もともと陰キャだし。つかこんなん根っからの陽キャでも難易度高すぎて無理だわ〉

「なるほどなぁ。そう言われちゃうと、難しい気もしてくるなぁ」

〈まじで無理だよ。声だけの状態で、新しい友だちは作れない〉

「そうね」

〈日中はとにかく孤独だからさ。吉岡とかが、こうやってたまに会いに来てくれるだけで、だいぶ救われるわ〉

「それは、うん、どういたしまして」

〈ありがとな〉


「山田、結局いつまでいるんだろうな」

〈ん？〉

「修了式で消えなかったとなると、次に消えるタイミングって、俺らの卒業式くらいしかなくね？」

〈あー、そうか。そうかも〉

「およそ一年後か」

〈うわぁ……長いな〉

「山田が声だけになって蘇《よみがえ》ったのって、死ぬ直前に『二年E組のみんなとずっと馬鹿やってたい』って思ったからなんだよな？」

〈そのはず〉

「……じゃあ、俺らが卒業するまでは続きそうだな」

〈んー、みんながこの教室いてくれた間はすげぇ短く感じたけど、しゃべる頻度だいぶ減ったし、こっからが長そう〉

「たしかに」


「ま、隙《すき》見てちょくちょく遊び来るから、あんま悲観的になんなよ」

〈……うん、そうする〉

「願ってここにいるわけだから、残りの期間も楽しく過ごそうぜ」

〈ありがと。吉岡いてくれて、まじで助かったわ〉

「今日もラジオの録音、持ってきたから」

〈うぉぉぉ！　最高！　神！　いつもありがとう！〉

「出るとき再生して、また月曜の朝イチ取りに来るから」

〈吉岡なんでそんないいやつなの？　泣いちゃうんだけど。まぁ目ないんだけど〉

「そろそろ曲、流したほうがよくね？　架空のリスナーさん向けに」

〈いやー、それなんだけどさ、もう俺脱退してるし、いつまでもさよシュレの曲流してんのも微妙かな、って〉

「いいじゃん、続けようぜ。そのほうがラジオっぽいじゃん」

〈そう？　じゃあ流すわ。えー、孤独な昼が続きますが、架空のリスナーさんたちのおかげで、いつも賑やかな夜を過ごさせてもらってます。ファイア山田のオールナイトニッポン、今宵もどうか最後までお付き合いください。ここで一曲。さよならシュレディンガーで「ファンファーレ」〉

第七話　死んだ山田と夜

山田が死んで、声だけになり、一年と少しが経った夜。

「つーかさ、なんで俺呼んだの？」先を行く泉と倉持に、米村が問い掛ける。「俺、行く必要ある？」

「めっちゃある」泉が歩みを止めぬまま、振り返る。よく通る声で「もし見回りの警備員に出くわしたとき、おれと倉持と和久津だけじゃ戦えないっしょ」

「用心棒だよね、平たく言うと」倉持が付け足す。電信柱の白い灯《あか》りが、楽しそうに歩く横顔を照らし「新聞部と囲碁将棋部だけじゃ、戦闘力に不安があるから」

「なんで戦わなきゃいけねぇんだよ」米村が口を尖らせ「もし警備員とか先生に会ったら、平謝り一択だろ。戦ったら停学になるって」

「お前らちょっと声でかいわ」和久津が押し殺した声で、三人の耳に忍び寄るよう歩幅を伸ばし「ここ住宅街だから。深夜の。苦情来るわ。そんなボリュームで話してたら」

時刻は二十三時二十五分。深夜に待ち合わせた四人は穂木高の正門を素通りし、裏手の住宅街に入ると、まばらに街灯のともる狭い路地を進む。

九月十日。土曜日。

しんと静まった穂木の街に、四人の靴音と、秋虫の澄んだ声が響く。

「やだわぁ、停学とかなったら」米村がぼやく。「もう三年の二学期だってのに、いま停学なったら良い学部いけなくね？」

「だいじょぶだいじょぶ。山田びっくりさせに行くだけなんだから」

「うまく侵入できるといいけど」倉持が不安そうに呟き、T字路に設えられたカーブミラーを見上げる。

角を曲がる。

街灯にうっすら照らされた、穂木高の野球場が見えてくる。

＊

事の発端は一週間前。

「まーじでネタがねぇ」昼休み、三年A組の教室。「夏休み明けだってのに、ろくな情報が回ってこねぇ。もう休刊しよかな」机に突っ伏して嘆く泉に、

「んー、たまにはルポでも書いてみる？」倉持は声を掛ける。

「ルポ？」泉が上半身を起こし「ルポってどんなん？」左に立つ倉持に視線を定める。

「どこかに潜入取材して、それを記事にするとか？」

「やだよ潜入とか、時間かかりそうだし」再び突っ伏し「あぁあ〜、空からスクープ落ちてこねぇかなぁ〜」

「でもほら、長めの記事書いて連載にすれば、それで何週も稼げるし」

「やだ、めんどい」

昼休みの教室は騒がしい。

特に野球部がうるさくて、三Aに五人も固まってるからそこだけで完結してるというか、二Eのときみたいに他の部活も巻き込んで盛り上がろうという雰囲気がないから、三年になってからはほぼ泉としかしゃべっていない。

「ねぇ泉、」うねる茶髪を見下ろす。「肝試し、しない？」

「はぁ？」泉が跳ね起き「肝試し？　どゆこと？」

「夜の校舎に忍び込むの」見上げる泉から視線を外し、照れを誤魔化すように笑う。「一回やってみたかったんだよね、そういう、どきどきするやつ」

「忍び込むったってあんた、どうやんのさ」泉が急に真面目な顔を作り「セキュリティとかいろいろあるだろうし、フツーに無理くね？」

「そこは新聞部の腕の見せ所でしょ」右腕に作った力こぶを、左手でぽんと叩き「僕たちがこの二年半で培ってきた取材テクと、校舎にまつわるあらゆる情報を総動員すれば、そんなの赤子の手をひねるようなものじゃない？」

「いや～、どうだろうか～、赤子も意外と力強かったりするしな～」髪をわしゃわしゃと掻き乱し「つか侵入してどうするわけ？」

「夜の校舎に忍び込む模様を、記事にする」

「あー、それでルポ」

「あと、」身を屈め、耳元で「山田くんとゆっくり話したい」

「山田⁉」

「ねぇ泉声大きい」泉の肩をはたき、また声を潜め「ほら、学年上がってから、山田くんとゆっくり話せてないでしょ？　二Eの教室に誰もいないとき見計らって、たまに話しに行くけど、いつ誰が入ってくるかわからなくてドアのほうずっと気にしてるし、できたらそういうの気にせず話したいなぁ、って」

「あ～、なるほど」首をこきこきと鳴らし「その気持ちわかるわぁ。おれもスピ山と気兼ねなくしゃべりてぇもん」

「だから大きいって声」

「なぁ、」後ろから肩を摑まれ、心臓が止まりそうになる。「それ、俺も付いていっていいか？」

振り返る。

和久津の顔が、すぐそこに迫っている。

「付いてくもなにも、まだ催行が決まってねーよ」泉が吠え「あと他人の会話に聞き耳を立てるな」

「お前らの日課だろ、盗み聞き」和久津が笑い「いいじゃん、行こうぜ。夜の校舎ツアー」泉と倉持の肩を寄せ、囁くように「俺も山田と、じっくり話したいしさ」

「えぇ～、」人間を疎《うと》む犬みたいに、泉が和久津を押しのけ「まじでやんの？」

「やんねぇの？」和久津がくるっと、倉持に顔を向ける。

「やりたい」倉持は泉の目を見つめる。

「いや～、んん～」泉が悩むそぶりを見せ「いや～、でも幽霊とかいたらやだしな～」

「いないだろ」「行こうよ泉」

「んんん〜」十秒ほど目を泳がせ、観念したように「行ってやってもいいが？」

「やった！」倉持がぐっと拳を握り「ありがと泉！　楽しみ！」

「いやー、ありがたい。夜とか山田に会いに行ってびっくりさせたいと思ってたけど、浅い時間だと運動部のやつらと出くわしそうだし、遅すぎるといろいろめんどくさそうだしで、お前らいてくれてよかったわ」

「和久津のためにやるわけじゃねぇからな！」和久津の眉間に人差し指を突きつけ「あくまで新聞部の取材の一環だからな。和久津はたまたま同行するだけっつーことで」

「それでいいよ」倉持に向き直り「つか倉持的には、俺いてもいいの？　泉と二人がよかった？」

「ううん」首を振る。「最初は二人でと思ってたけど、いてくれたほうが心強い。和久津くん、しっかりしてるし」

「お、嬉しい」

「でもあれだな〜」泉が毛先をねじり「やっぱこのメンバーじゃ不安だわ、文化部しかいねぇし、腕力が足んねぇわ」

「腕力必要か？」

「はぁ？　必要だろ。そんなん言うならじゃあ、マッチョの幽霊出たら和久津がひとりで倒せよ？」

「出ねぇよ」苦笑しつつも「じゃあしょうがねぇから、腕っぷしの強い元二Eのやつ、誰かもうひとり連れてく？」

　教室を見回す。

巨大な弁当を四限が始まる前に食べ終え、購買のコロッケパンとあんドーナツも平らげ鼾《いびき》をかいているラグビー部に、すうっと視線が集まる。

「あいつでいっか」

＊

「いやフツーに閉まってんじゃん」野球場の裏門に辿り着いた米村が、張り巡らされたネットに触れ「これ無理だろ。どうやって入んだよ」

「まぁまぁまぁ、焦るでない」ほくそ笑む泉の顔が、街灯にぼんやり浮かび上がり「毎日早弁してるだけあって、せっかちだなぁ」

「うっせぇ」

「ちゃんと策があるから、安心したまえ」泉が探偵のように指を立てる。

「あ、」倉持の足元に、「猫」白い猫が現れる。「どこから来たんだろう」灯りを浴びた、まっさらな毛並みが眩《まぶ》しい。

「訊いてみよっか？　おれ猫語わかるし」泉がにじり寄り「なぁ猫、お前どっから来たのー？」胴に触れようとするが、ひょいと身をかわし、民家の脇の闇に消える。「なんだよー。教えてくれてもいいじゃんかよー」

「……で、」米村が呆《あき》れ顔《がお》で「どっから侵入できんの？」視線を上げ「門、高くてよじ登るの無理そうだし、そもそもネット張ってて通れなさそうだし」

「ここからは無理なので、逆側へ回ります」倉持が告げ、門から離れる道を進む。突き当たりを左に曲がり、塀に沿って外野のセンター方向からレフト方向へ進んでいくと、ある地点を境に、塀の材質が一面つるつるのコンクリート打ちっ放しからコンクリートブロックとスチールフェンスの二段構造に切り替わる。

「ここなら足引っ掛けられるし、のぼりやすそうじゃない？」

「そうだけど、ネットどうすんだよ」

「まぁまぁまぁまぁ焦んな。夕飯前の腹ぺこキッズじゃないんだから」

「うっせぇなまじで」

泉が踊るように塀沿いを進み「たしかこのへん、」コンクリートブロックにひょいと足を掛けると「おっ、あった」塀の裏側のネットを指差し「ここ、穴あいてんの」

米村も同じようにブロックをのぼり、泉の示す場所を覗く。「どこ？　てか暗くて見えねぇ」

「そこ」携帯電話のライトを灯《とも》し「ぱっと見つながってるぽいけど、よく見ると端っこほつれてて、人ひとり通れる穴あいてるっしょ」

「あー、えー、わかんね、……あっ、あそこか！　あー、たしかに。いけそう」

「前に野球部がふざけて穴あけちゃったらしいんだけど、」倉持が周囲を気にしつつ「目立たない箇所だし、先生には言わずにそのままにしてるらしい」苦笑し「記事にはするなよ、って口止めされてるけど」

「こっから忍び込んで、」泉がフェンスに摑まりながら、ゆらっと振り返り「野球場突っ切って森抜けて、裏側からホームルーム棟を目指すぞい」フェンスの出っ張った部分にスニーカーの先を乗せ、上端を握り「さっそく侵入だぜ！　ひゃっはー！」体重を移動させようとした瞬間、

「待て」和久津が泉のふくらはぎを摑み「一点、確認させてくれ」

「なんだよー」バランスを崩した泉が、地上まで飛び降り「せっかく盛り上がってきたとこだってのに」

「赤外線センサーとか、あったりしないよな？」和久津が怯《おび》えるように「監視カメラに映るかもしんねぇし。ネットくぐった瞬間、音がびーびー鳴り響いて警備会社とか来たら、俺らおしまいだぞ？」

「それは大丈夫」倉持が和久津の背後から答え「穂木高は二十四時間三百六十五日、警備員さんが二名体制で見回りをしている代わりに、センサーやカメラの類《たぐ》いは一切置いていない」

「なるほど」和久津が振り向き「じゃあ警備員と先生にさえ見つからなければ、まずい事態にはならないってことか」

「そういうこと」泉がにかっと笑い「し、か、も！　土曜は午前しか授業がないから、大抵の教員は夕方には学校を出てる。まれに部活の顧問で残ってたりもするけど、活動できるのは最長で夜八時までだから、この時間なら問題ナッシング」

「だから声でけぇって泉」声量をたしなめた後「でもさ、警備員が二十四時間見回りしてんなら、教室で山田としゃべってんの危険じゃない？　いつ警備員来るかわかんねぇし」

泉がふざけて、誰にも聞こえない蚊の鳴くような声でしゃべりはじめるので「それも心配いらない」倉持があとを継ぎ「警備員さんは毎晩二十二時ごろ、ホームルーム棟の全ての窓が閉まっているのを確認してから東側と西側のシャッターを下ろし、以後はホームルーム棟を見回ることはない」得意げに、メモ帳の入った胸ポケットを撫で「その辺は全て、泉と僕でリサーチ済みだから。安心していいよ」

「……さすが新聞部」

「つかさ、」米村がいったんブロックを降り「ホームルーム棟の窓もシャッターも閉まってんなら、山田に会いに行くの無理じゃね？」

「ぐふふふふ。いひひひひ」泉がわざとらしい奇矯《ききょう》な笑い声を上げ「そこは、辿り着いてからのお楽しみっちゅーことで」機敏な動作で、ブロックとフェンスをよじ登り「じゃ、侵入開始だぜい」フェンスに摑まりながら、ネットのほつれた部分を足で探り、勢いよく向こう側へ飛び下りる。どさっと尻餅《しりもち》をつき「着地失敗！　しかし怪我はなし！　尻が汚れたのみ！」短パンに付いた土をぱっぱっと払い、こちらを見て「お前らもかかってこいや」携帯電話のライトで穴を照らす。

「やかましいんだよな、泉、ずっと」和久津が塀に足を掛け、慎重に向こう側へ飛び移る。靴底で着地し「お、いけた」

米村も続く。ネットを通過する際、びりっと穴の拡がる音がするも、無事着地に成功する。

「あ！　米村ネット破った！　い〜けないんだ〜、いけないんだ〜、せーんせいに〜言っちゃ〜お〜」

「うぜぇ」心底だるそうに「元から破れてんだからいいだろ」

「泉まじで声量十分の一にするか黙るかどっちかにしろ」

「黙る‼」

「ぶちころすぞ」

フェンスに足を掛けた姿勢で、上がるのをためらう倉持に気づいた米村が「受け止めてやるから、飛び込んで来いよ」

網目越しの米村と、目が合う。

米村が深く頷くのを見て、倉持も頷く。

思い切りフェンスを踏み、身体を向こう側へ放り投げる。

怖くて目を閉じる。

硬い糸が腕や頬をこする感触がして、温かい何かに包まれる。

目を開ける。

倉持をぎゅっと抱えた米村のつむじが、街灯を浴び、淡く光っている。

「ありがとう」礼を言い、身体を離す。「お待たせ」

踏《ふ》み均《なら》された土のにおいと、米村の汗のにおいが混ざり、倉持の鼻をくすぐる。

「よっし、全員侵入完了」泉が倉持に笑いかけ、前を向く。「隊長に続け」

「暗いな、しかし」和久津が呟き、携帯のライトを点《つ》ける。「足元だけでも照らさねぇと、転びそう」

「俺もそうしよ」ちいさな光が、四つ灯る。米村が足を止め「ごめん、靴紐《くつひも》結びたい」

隊列が止まる。倉持がライトを、米村の青いスニーカーに向ける。

「あ、月」振り返った和久津が、口にする。「すげぇ」

泉も同じ方角を見上げる。

米村と倉持も、靴紐から空へ、視線を移す。

「うわ、月やば」「おぉー」「きれい」

雲のない夜空に、まん丸い、黄色い月が浮かんでいる。

「すご」「絵みたい」「落ちてきそう」

しばらくして「今日、十五夜だっけ?」靴紐を結び終えた米村が、立ち上がる。

「そうだよ」一拍遅れ、倉持がライトを戻し「中秋の名月」

「中秋の名月と十五夜って一緒？」和久津が尋ねる。

「どうなんだっけ」倉持が首を傾げ「一緒だった気がする」

三塁側ベンチの脇から、森へ向かう。

自然とみんな無口になり、辺りをライトで照らしながら、夜の暗がりを進む。

森を抜け、広場に出る。白いホームルーム棟がそびえる。

「着いたぁ」泉が肩の力を抜き、長い息を吐く。

「お疲れ、隊長」後ろから和久津が、泉の左肩を軽く揉む。「誰にも出くわさなくてよかった」

「なんかどきどきしたね」倉持は心臓に手を当て、速い呼吸を繰り返し「夜の森って、怖いね」

「たしかになんか出てきそうではあったな」米村がぼそっと「幽霊とか」

「おいやめろまじで」泉が声を被せ「言うと出る」

泉は暗い顔で米村を睨み、ボディバッグの肩ひもをぎゅっと握っている。

「なんだよ。急に真顔になって」米村は場の緊張をほぐすような笑みを浮かべ「さっきまではしゃいでたくせに」

「いや笑いごとじゃねーから」肩ひもを握る手に、さらに力がこもり「なんかさっきから気配するし、嫌だわ、悪い予感するわ、やべぇ、どうしよう、帰りてぇ」

「とりあえずさ、」和久津が間に入り「ホームルーム棟入ったほうが見つかるリスク低いだろうし、中入っちゃおうぜ、先」

「うぅー、帰りてぇけど、ここまで来たし、うぅぅ」泉が震えながら足を進め、建物に近寄る。

「やっぱシャッター閉まってるぅ」

二年ホームルーム棟の一階西側、広場への出入り口となっている箇所には、予想通りシャッターが下りている。

「逆に安心だね」倉持はシャッターを見つめ「これでもう、見回りは来ないはず」

「で、どうやって入んの？」米村が泉の顔を覗き込み「お楽しみの秘策があるんだろ？」

「ある」すっかりしおらしくなった泉が、南側の三年ホームルーム棟までとぼとぼ歩き、三年A組の窓ガラスに手を当てる。スライドさせると、バツンと音を立て、窓がひらく。「うわっ、開いた、最悪」

「え、なんで？　窓施錠されてんじゃないの？」米村が目をしばたたき「あとなんで残念そうなんだよ」

「うひぃ、最悪だぁ、帰れなくなったぁ」うなだれる泉に代わり、倉持が前に出て説明する。

「教室の窓の鍵《かぎ》、見ての通り半円形の鎌《かま》を引っ掛けるクレセント錠というやつなんだけど、」窓の外から、銀色の金具を指差し「鎌の持ち手の部分が、もう上がってるでしょ？」

クレセント錠は、引き違い窓の外側に受けの部分が、内側に鎌の部分が取り付けられている。開錠時は持ち手が下がっているが、これを上げることで半円形の鎌が回り、外側の窓の留め具に引っ掛かるようになっている。

倉持の示す先を見ると、本来は下がっているはずの持ち手が、なぜか上がっている。

「とりあえず中入ろうぜ。ここで警備員に見つかったらもったいなさすぎるだろ」和久津の提案に従い、全開にした窓から、ひとりずつ三年A組へ忍び込む。

最後に入った倉持が窓を閉め「これ、窓をぐっと押しながら錠を回すと、」言った通りに実演しながら「留め具の手前で鎌を空振りさせつつ、持ち手を上げておくことができるんだよね」

ライトを当て、倉持の指先を見つめていた米村が、眉間に皺をよせ「要するに、閉まってる風にしておくことが出来る？」

「そういうこと」倉持が顔をほころばせ「警備員さんも窓の鍵をひとつひとつ触れて回ってるわけじゃなくて、持ち手が全部上がってるかを目視で確認してるだけみたいなんだよね。だからこの方法を使えば、二十二時の完全施錠後、ホームルーム棟へ侵入することが出来る」

「なんでチェックの仕方まで分かるんだよ」和久津の疑問に対し、

「忍び込む計画が決まってから、実験したんだ。この教室の窓の鍵を閉まってる風にしておいて、警備員さんが気付くか。月曜から五日連続で試してみたけど、朝になって鍵が元通りになっていたことはなかった。穂木高の警備員さんは全部で五人だから、それだけ試せば大丈夫かなって。夜を見張る二人のうち片方は守衛室にいるから、実質ひとりだけでこの広大な敷地を見回るわけで、施錠のチェックは効率化されてるんだろうね」

「なるほど」「すげぇな新聞部」感心する和久津と米村をよそに、

「んなもんどうでもいいから早く二Eの教室いこうやぁ〜」考案した張本人が、落ち着きなく足踏みを繰り返し「ねぇ暗い教室怖すぎるんだが。電気点けていい？」

「ダメだろ」和久津が食い気味に「明かりついてんのバレたら、警備員来るから」

「うひぃ」身をよじり「やばいやばい幽霊出そう」

「言うと出るんじゃねぇのかよ」

「言っても言わなくても出る」

「出ねぇよ」

携帯電話のちいさな灯りを頼りに、暗闇を進む。鉄扉に触れる。持ち手に指を掛け、右に引く。悲鳴のような音を立て、扉がひらく。

「ひぃっ」

「静かにしてろ」

ライトがくり抜く狭い円を、昼間の記憶で補完しながら、闇を歩く。

四人の呼吸と、靴や服が立てる微かな音以外、なにも聞こえない。

一段一段、慎重に、階段をのぼる。

「もう二階？」

「うん」

左に進路を変え、二年ホームルーム棟を目指す。

「ねぇやっぱこれ幽霊いるって」

「静かに」

「なんか気配するもん」

「しない」

「なんかいるよ」

「静かに」

並ぶロッカーを通り過ぎ、二年ホームルーム棟の階段に足を伸ばす。

「うひぃ」

「静かにって」

また一段ずつ、階段をのぼっていく。

「なんか聞こえない？」

「聞こえない」

「聞こえる」

「聞こえねぇって」

「いや、ほんとに」

「……え？」

「ほんとになにか、聞こえる」

「うそ」

四階が近づくにつれ、音の輪郭《りんかく》がはっきりしてくる。

「しゃべってない？　だれか」

「ほんとに？」

「ほんとに」

数段上がった先に、二年E組の教室が待ち受けている。

つめたい鉄の扉から、漏れ聞こえる声に、耳を澄ます。

＊

〈ちゃらっちゃ。ちゃっちゃらら、ちゃっちゃちゃ。ちゃっちゃらら、ちゃっちゃちゃ。ちゃらっちゃちゃ。ちゃらっちゃちゃちゃんちゃんちゃんちゃん。

こんばんは。穂木高のしゃべる屍《しかばね》こと、ファイア山田です。毎週土曜日のこの時間は、ファイア山田のオールナイトニッポンをお送りしていきます。

えー、本日は九月十日ということで、世間的にはどうやら、十五夜というやつらしいですね。最後に月見たのっていつだろうなぁ。死ぬ前の最後に見た月、ぜんぜん思い出せないや。死んだのが去年の夏休み終わる直前だから、去年の十五夜も見逃したってことだよな。おととしの十五夜、ちゃんと見たっけ？　やば、ぜんぜん記憶ない。死ぬって分かってたら、ちゃんと見たのになぁ。……もうね、そんなことだらけなので、いま生きている架空のリスナーの皆さんは、いろいろお見逃しなきよう。

ちなみにこの「十五夜」という言葉、今夜のように旧暦八月十五日の夜、という意味もあるのですが、本来は旧暦の毎月十五日の夜を指す言葉だそうです。十五夜、実は毎月あるんですねぇ。旧暦八月十五日の夜に上がる月が特に美しいことから、「中秋の名月」と呼ばれ、一般に「十五夜」イコール「旧暦八月十五日の夜」となったそう。なぜ「中秋の名月」が一年で最も美しいかというと、実はこれ、大気中の水蒸気量が関係しているんですねぇ。秋は夏に比べ湿度が低いため、月がくっきりはっきりと見えるそうです。……お、良い質問ですねぇ。なぜ冬のほうが空気が乾燥しているのに、秋の月が美しいと言われるか？　これはですねぇ、月の高さに秘密があるんです。一年で最も太陽が高いのが夏、低いのが冬、ですよね？　満月は太陽と逆の動きをするので、夏に最も低く、冬に最も高くなるわけです。あんまり月が高すぎると、見上げているのも大変ですよね？　最前列で映画を観たときみたいに、首がすぐ痛くなってしまいます。それに、今みたいにヒートテックやダウンコートもない時代、冬の寒い夜、ずっと外にいるのは耐えられない。ということで、空気が澄んでいて高さも気温もちょうどいい秋が、月が最も美しい季節とされたわけです。

というのを、今日の古文の授業中、花浦先生が言ってました。ええ、そうです。お祭しの通り、全て受け売りでございます。ただの再放送です。架空のリスナーの皆さん、びっくりしました？　あれ？　いまNHKラジオ聴いてる？　と錯覚しました？　残念。こちらいつも通り、ファイア山田のオールナイトニッポンでございます。

最近はもうね、シンプルに、授業を楽しんでます。みんな気づいてないかもしれないけど、授業って超おもしろいよ？　高二の授業、二周目突入したけど、いっそ一周目よりおもしろいかもしんない。同じカリキュラムをさ、去年とは別の先生が担当したりするわけだけど、進め方とかぜんぜん違って、あ、ここ厚めに説明するんだ、みたいな気付きを得るのが、めっちゃ楽しい。雑談も先生ごとの個性があっておもしろいしね。夏休み中授業なくて、まーじでつまんなかったもん。現二Eのやつらが教室溜まってて、友だちもぜんぜん話しにきてくんないしさ。早く夏休み終われ〜、早く授業聴かせろ〜、ってずっと思ってたもん。授業が最大の娯楽とか、去年の俺が知ったらまじでびっくりするだろうな。

というわけで、今夜もメール募集します。メールテーマは「思い出に残っている授業」。最近はもう、授業しか楽しみがないので、皆さんの授業エピソードいっぱい聞いて、授業最高！　つって盛り上がりたいと思います。小学校でも、中学校でも、高校でも、なんでも大丈夫。あ、大学って可能性もあるのかな。専門学校とかもあるよね。皆さんのお話聞いて、いろいろ想像したいと思います。えー受付メールアドレスはヤマダアットマークオールナイトニッポンドットコム、ヤマダアットマークオールナイトニッポンドットコムです。メールを送ってくれたリスナーの中から、抽選で五名に、番組特製ステッカー差し上げます〉

「はいはい、ラジオネーム、ペナルティキッスです。思い出に残っている授業ですが、やっぱり桑名が自分を童貞だって認めた回ですね。あれは神回でした。長らく童貞疑惑をかけられていた桑名が、」

〈おい合い言葉言えよ吉岡〉

「……そう言ってる時点で、もう合い言葉要らなくね？」

〈要るだろ。こんな時間に話しかけてくんの吉岡一択だからいいけど、学年変わってからはもうだれが教室いるか見当つかねぇし、合い言葉ないと無理〉

「なるほど。まぁ普段はそうだよな」

〈いや、夜とか関係なく常に合い言葉言うようにしとかないと、普段ミスるんだって〉

「合い言葉、変えね？」

〈なんで？〉

「いや、なんか恥ずかしくなってきたから。毎回、おちんちん体操とか言うの」

〈……それはさぁ、あれじゃん、恥ずかしいって思うほうが恥ずかしいじゃん〉

「そんなことないだろ」

〈そんなことあるわ〉

「なんかもう、滑ってる気がする。もう一年以上、おちんちん体操第二とか言ってんの。賞味期限が切れてる。もう言うのしんどい」

〈じゃあお前、賞味期限切れてるからって、『こんにちは』って言うのやめんのかよ〉

「……『こんにちは』は賞味期限切れてないだろ」

〈切れてるだろ。いまどきいるか？　今日《きょう》のこと、「こんにち」ってわざわざ言うやつ。いないだろ？　『こんにちは』なんてどうせ、『今日《こんにち》は良いお天気で』みたいに挨拶《あいさつ》してたのが短く略された形だろ？　だったらもう『きょうは』に変えないとおかしくね？　『こんにちは』とかいま

だに言ってるやつ滑ってない？　何時代だよって思わん？〉
「『こんにちは』はもう、定着してるからいいだろ」
〈『おはよう』も滑ってない？　なに？　『おはよう』って。『お早《はよ》うございます』が元だろ？
時代劇？　現役で使ってるやつ滑ってない？〉
「滑ってねぇって。『こんにちは』も『おはよう』も」

「挨拶にケチつけはじめたらおしまいだって」

「え、なんでそんな、合い言葉変えんの嫌なの？」


「気に入ってんの？　『おちんちん体操第二』」

〈……いや気に入ってるってほどでもねぇけどさ〉

「山田が気に入ってんなら、『おちんちん体操第二』のままでいいわ。無理して変えなくて」

〈まぁ俺も正直、ちょっと飽きたというか、聞くたびに若干の恥ずかしさは感じるけどさ〉

「うん」

〈今さら変えるのは抵抗あるっていうか、〉

「うん」

〈二Eのみんなが、俺のために考えてくれた言葉だからさ〉

「……だよな。ごめん。そうだよな」

〈いや全然、全然。ぜんぜん謝る必要ない。吉岡の気持ちもめっちゃ分かるし。たしかにちょっ

と滑ってる感じはするんだよな。最初は面白かったけど。だんだん飽きてくるよな〉

「……ごめんな滑ってるとか言って」

〈いややめて。大丈夫。気持ち分かるって言ってんじゃん。むしろありがとう、変えようって提案してくれて。新しい合い言葉、俺のために考えてくれようとしたんだよな？　ありがとう、めっちゃ嬉しいわ〉

「いや俺、二Eのみんなが山田を想う気持ち、ちょっと蔑《ないがし》ろにしてたわ……。俺ひとりで勝手に、合い言葉変えようとか言って」

〈そんなことない！　そんなことないから一切！〉

「俺、言い続けるわ、『おちんちん体操第二』って。『こんにちは』とか『おはよう』みたいになるまで。『おちんちん体操第二』が、『こんにちは』とか『おはよう』みたいな挨拶として定着するまで、俺、『おちんちん体操第二』って言い続けるわ」

〈ありがたい！　ありがたいけど！　それはそんな暗い声で宣言すべきことではない！〉

「……ごめん俺、今日はもう帰るわ。反省する。ラジオの録音だけ、置いてくわ」

〈行かないで！　まだいて！　反省しなくていいから！　いて！〉

「じゃあな」

〈いて！　いいから！　帰んな！　おい！〉

「えっ、なんでお前ら、」

＊

扉がひらかれ、バランスを崩す。

「お前ら、なにしてんの？」

ドミノが倒れるように尻餅をついた倉持が、ライトを向けた先に「なぁ、」動揺する百瀬の顔が浮かび上がる。「何しに来た？　こんな時間に」

「いや、こっちのセリフっつーか、」和久津が立ち上がり「なんで百瀬が。吉岡は？」教室に入り、四方八方をライトで照らす。「誰もいねぇ」

泉が教卓の上を照らす。小型のレコーダーから、売れっ子芸人の深夜ラジオの音声が流れている。「これ止めていい？　いったん」返事を待たずに歩き、再生を止める。

〈おーい〉

米村がライトを、百瀬の顔に当て「百瀬お前、なにしてんの？」

〈今これどうなってんの？〉

百瀬が光を振り払うように手をかざし「いや、米村こそ」

〈なぁ。どういう状況？〉

「とりあえずお前ら、教室の中入れ」和久津が手招きし「あと声落とせ。見つかる。入って扉閉めてから話せ」

〈なに？　米村いんの？　百瀬も？〉

米村と百瀬が顔を見合わせ、無言で教室内へ移動する。

〈てかさっき和久津の声した？　まじでどういう状況？〉

泉が教壇を降り、机の間を進み、扉の前でへたり込む倉持に手を伸ばす。「和久津冷静でウケる」ほっとしたように笑い「てか幽霊じゃなくて安心したわ」

「安心できる状況？」腕を引かれ、立ち上がる。「ありがと」

〈おーい。なにが起こってんのって〉

「ほら新聞部も。早く中入れ」

「ごめん」「はーい」

〈ほか誰いんの？　てか夜じゃねぇの？　今。なぁ？〉

全員が教室に入ったことを確認し、和久津が鉄扉を閉ざす。

〈おーい、無視すんなって。俺見えないんだから。なにが起こってんのか、誰か説明してくれよ〉

「なにが起こってるかは、俺もわからん」和久津が応答する。

〈あ、やっと会話できた。いましゃべったの誰？　和久津？〉

「合ってる」

〈お、正解した。てか吉岡はどこ行ったん？〉

「吉岡は、いない」

〈はぁ？　帰った？〉

「たぶん最初からいない」

〈あぁ？　意味わかんねぇ。さっきまで俺、吉岡としゃべってたんだけど〉

和久津がライトを、百瀬のこわばった顔へ向ける。この場を離れたそうに、うずうずと身を揺すっている。「わかんねぇけど、たぶん吉岡が百瀬」

〈はぁ？　まじで意味わからん。てか今誰がここいんの？　いつの何時？〉

「俺、泉、倉持、米村、百瀬の五人がいる」携帯の時刻表示を確認し「日付変わって、九月十一日の午前〇時三十七分」

「てか、寄ってたかって顔にライト向けんな」百瀬が手のひらで光を防ぎ「眩しい」

「あぁ、すまん」和久津がライトを下ろし「一回みんな、ライト消すか?」

「え、やだ、暗い」泉が首を振る。「暗いと怖い」

「大丈夫だろ」窓の外に目を向け「月、明るいし」

和久津がライトを消し、米村、倉持も続く。四階の教室には月明かりが差し込み、互いの表情がおぼろげに分かる程度には薄明るい。泉もライトを消し、近くの席に座る。なんとなく円を作るように、全員が着席する。

「で、」和久津が口をひらき「百瀬はなんでここいるの?」

「それは、」口ごもる百瀬に、

「あのラジオみたいなやつは、百瀬と山田で始めたん?」米村が問いを重ねる。

「いや、ラジオは山田が前からやってた。俺は、」

「つか百瀬どうやって夜の教室入ったんだよ~。おれらめっちゃ苦労してここまで来たんすけど?」泉が尋ねるも、

〈お前ら同時に質問しすぎ〉山田にたしなめられる。

「だって訊きたいこと山ほどあんだもん!」

〈百瀬以外の四人は一緒に来たんだろ? 先そっち説明してくんない?〉

「うん、わかった、えっとね、」倉持が代表し、ここに来た目的と侵入方法を説明する。「山田くんびっくりさせようとしたら、逆にこっちがびっくりしちゃったっていう」

〈なるほど〉山田が呟き、しばし黙ったあとで〈ありがとな。来てくれて〉

「いや、それより百瀬だよ」米村が百瀬を睨み「お前までなんなの？」

視線をそらし、もごもごと「なんなのっつーか、その、」

「まずどうやって侵入したのか教えてくれよ〜」

泉を見返し、口をひらく。「最初は、先生に開けてもらった。忘れ物して」四人の反応を窺いつつ、一語一語を机に並べていくように語り「びっくりしたよ。山田の声が聞こえて。ひとりで、深夜ラジオの真似事《まねごと》してて。おもしろいから黙って聴いてようかと思ったけど、つい話しかけちゃって。それから、夜に出歩けるチャンスがあるたびに、ここへ通うようになった。何度も忘れ物してたら怪しいから、自力で侵入できる方法を探した。敷地内へは、お前らと同じで、野球場のネットの穴を使った。でもホームルーム棟はシャッターが下りてて、山田のいる教室へは行けなかった。だから別の日に、夜の九時くらいから、教卓の中に隠れてみた。警備員が見回りに来て、帰ってった。山田のラジオがはじまるまで、じっと息をひそめて、待った。うまくいった。帰りは一階の教室の窓から。それ以降、警備員が見回りをする十時より前に、ちょくちょく忍び込むようになった」

〈あのさぁ、〉月の光をためこんだ教室に、山田の乾いた声が響き〈なんで吉岡のフリしたん？〉

「それは、」

〈俺お前のこと、完全に吉岡だと思ってたんだけど〉

「……その、」言葉に詰まる。

〈声、似てるよな。言われてみれば〉

百瀬が口をつぐみ、スピーカーを見上げる。

〈深夜に歩いてこれるほど、百瀬、家近くないだろ〉

「それは、引っ越して」声が裏返る。唾を飲み込み、呼吸を整え「親が離婚したから。今まで通学に二時間かかってたし、どうせ引っ越すなら、学校の近くがいいってことで」

〈そっか〉沈黙を挟み〈大変だったな〉

「や、大丈夫。もう落ち着いたし」

〈サッカーっぽいラジオネームにしたのは、俺を騙そうとして？〉

「騙そうなんて、そんな」慌てて首を振り「『おふさいど！』が好きで、それで」

〈……あー、あれか。女子サッカーのアニメか〉

「そう」

〈小野寺もハマってるって言ってた〉

「だから意図的に騙そうってわけじゃ、」

〈あれは？　誕生日選手権の話してたのは？　百瀬あんときいなかったよな？〉

「それも、」また唾を飲み込み「小野寺から、その日のこと聞いて」

〈仲いいもんな。お前ら〉

百瀬が頷く。

〈あとそうか、百瀬と吉岡、席も前後だからか。声聞こえてくる方角、一緒だもんな〉

声を出さず、頷く。

〈俺が、声だけ聞いて吉岡って勘違いして、でも百瀬はそれを訂正せず、ずっと吉岡のフリしてたんだよな？〉

頷く。

〈……返事しろよ〉

「ごめん。そう。合ってる」

〈もしかして頷いてた？　俺、声しか聞こえないから。しゃべってくんないとわかんねぇから〉

「ごめん」かすれた声で、謝罪を繰り返す。「ごめんな」

〈いいけどさ〉溜め息が、スピーカーから漏れる。〈なんでこんなことしたん？　フツーに自分百瀬だって言えばよくね？　なにが目的なの？〉

百瀬が口を開き、何も言葉を発さぬまま、閉じる。倉持は息を潜め、揺れ動く百瀬を見つめる。開いては閉じを繰り返し、やがて、絞り出すように、吐息が声になり「俺、山田のこと、かわいそうだと思ってて」

米村が立ち上がろうとするのを、和久津が制する。

「いいから」和久津が言う。「続けて」

百瀬が和久津を見る。目を伏せる。「……だって死んだのに、」わずかに震えた声で「死んだのにずっと、教室に居残り、させられて、」

声に出すことで、散らかった脳内を整理するように、言葉を継いでいく。だれも口を挟まず、百瀬のふらつく語りに、耳を傾ける。

「死んだのにそんなの、かわいそうじゃん」

「孤独な時間も多いだろ？」

「なんとかしてやりたいじゃん」

「俺ずっと、山田に負い目あって」

「俺が手、滑らせたせいで、ラグビー部やめることになって」

「山田のこと、助けたくて」
「救いたくて」
「でも」
「でも、罪を償うために、そうしてると思われるのは、嫌で」
「深夜に忘れ物、取り行って、ラジオ聞こえてきて」
「山田のこと、救えるかもって」
「俺が孤独を」
「山田の孤独を、なんとかできるかも、って」
「でもそれを」
「罪のため、って、思ってほしくなくて」
「ただ、楽しんでほしくて、夜の時間を」
「貸し借りではないから」
「山田がかわいそうで、孤独を、なんとかしたいだけだから」
「償いじゃないから」
「死んでから償おうなんて、ずるだから」
「かわいそうな山田に、楽しんでほしいだけだから」
「俺、吉岡に間違えられて、とっさに思って」
「俺じゃないほうがいいかもって」
「俺じゃないほうが、ただ楽しめるかもって」
「それで俺、吉岡ってことにして」

「山田に俺、ただ楽しんでほしくて、貸し借りじゃなくて、ただ楽しんでほしくて、」百瀬の頬に、雫が垂れる。「償いじゃなくて、ただ、」こみ上げた嗚咽《おえつ》に「ただ、」言葉がかき消され、顔をいろいろな液体でぐちょぐちょにする。

獣のような声を上げる百瀬に、米村が歩み寄る。

肩を摑もうとした和久津を振りほどき、百瀬の机に太い両腕を突くと、顔を覗き込み「泣けば許されると思ってんのか？」

百瀬がしゃくり上げながら、首を振る。

「お前、甘えてんだよ。ずっと。そうやってうじうじしてれば、みんなが許してくれると思ってる。自分がだれより優しくて、だれより気を遣えて、だれより物事考えられて、だれより正しいと思ってる。俺、嫌いなんだよ。お前のそういうとこ、ずっと。山田の怪我の前から。繊細ぶってんじゃねぇよ。自分がぼけっと生きてんのを、いろいろうまくできねぇのを、自分に言い訳するために、優しいフリすんな。しゃきっとしろ。なぁ？　いつまでも子供じゃねぇんだよ。お前がちゃんとしなかったから、山田が大怪我して、ラグビー部辞めてんだ。向き合えよ。真正面から。へらへらうじうじすんなよ」

百瀬が声にならない叫びを上げ、首を振る。

米村が拳を握る。

「おい米村、落ち着け、」

和久津の声に耳を貸さず、振りかぶった瞬間、

〈ストップ〉山田の声が降る。〈聞いてほしいことがある〉

百瀬の頬に届く前に、拳がぴたりと止まる。

〈米村がさっき言ってたことは、事実と少し違う〉

右腕が勢いを失い、だらりと垂れ下がる。「は？」

〈言ってなかったことがある。誰にも〉

「……なんだよ」

〈俺はそもそも、ラグビー部を辞めるつもりだった。新人戦で怪我をする前から〉

立ち尽くす米村と、肩を竦めた百瀬の目が合う。

沈黙が膨《ふく》らみ、暗い教室の空気を軋《きし》ませる。

〈飽きてたんだ。ラグビーに。向いてないし、これに三年を費やすのは嫌だなって思った。辞めるきっかけを探してたときに、新人戦で、ラインアウトのジャンパーになってさ。怪我でもしたら、すんなり辞められんのかなぁとか思ってたら、ちょうど百瀬が手を滑らせて、頭から落ちた。ぴったりじゃんって。それで、自然とフェードアウトして、ラグビー部を辞めることができた〉

抜け殻のような表情で、百瀬がスピーカーを見上げる。

その瞳には、徒労感と、静かな怒りが宿っている。

「言えよ」百瀬が冷たい刃のような声を出す。「そうならそうと、言えよ」

〈ごめん。単純に飽きて辞めるより、怪我して辞めたほうが格好つくかなと思って、言えなかった〉

「ふざけんな」百瀬の声が、眼光が、鋭さを増し「俺がどれだけ、今まで、」

「帰ろうぜ」米村が百瀬のつむじを、ごつい大きな右手で覆う。和久津、泉、倉持を見て「帰るわ。もう興味なくなった」

連れ立って教室を出ていく筋肉質の男たちを、「え、帰んの？」「どうする泉、追いかける？」「あー追うか、ひとまず」「了解」新聞部が追いかける。

和久津が躊躇していると、「おい。和久津も帰ろうぜ」階段を降りはじめた米村が声を掛ける。スピーカーと米村を交互に見遣り、何度か足踏みしたのち「あぁ」慌ててライトを点け、階段を降りる。

声が遠ざかる。

五人の足音が、遠ざかる。

誰もいない教室を、白い月明かりが照らしている。

「あ、レコーダー、」階下から、うっすら声が聞こえる。「教卓置いたままだ」

「別によくね？　月曜取りに来れば」

「うーん」

「前までそうしてたんしょ？」

「じゃあ俺取ってくるわ」

「え、大丈夫。自分で行く」

「いや。取ってくる」

少し駆け足で、階段を上がってくる音がする。

摺《す》り足《あし》気味の、靴底が床をこするような音が、次第に大きくなる。

息が喉を出入りする、浅い呼吸音が聞こえる。

わずかに動かされた机の脚が、高く小さな音を鳴らす。

床から教壇へ移ると、靴音がやわらかく変化する。

「山田」和久津の声が、はっきりと届く。「俺は、お前の味方だから」

第八話　死んだ山田と卒業

山田が死んで、声だけになり迎えた卒業式。

十時に始まった式典は十一時半ちょうどに終わり、最後のホームルームを終えたクラスから順次、帰宅を許可される。

「いやぁ、」中庭の一角。「なんとも言えねぇ天気だな」水泳部の集まりに交ざっていた久保が、隣の藁科に話しかける。「雨降んなくてよかったけど、雨降ってない以外は、特に良いところねぇなぁ。寒いし」

「まぁね」藁科も空を見上げる。一面厚い雲に覆われ、青空はこれっぽっちも見えない。「桜も咲いてないしね」

「まぁ雨降んなくてよかったけどなぁ」卒業証書を挟んだ布製のホルダーを胸に抱き、寒さに身を震わせる。「どうせなら青空の下、卒業したかったわ」

「ね」

「なんか卒業式って桜のイメージあったけど、ぜんぜんまだだったな」

「たしかに」

「曇天《どんてん》の卒業式かぁ」

「微妙だよね」

「雨降んなくてよかったけど」

「ね」

「この後どうすんだっけ」

「カラオケ行くとか言ってたよ」
二、三人ずつに分かれ、だらだら会話を交わす水泳部の同期を、藁科がちらりと見る。
「AとFがまだ、終わってないっぽい」

「へぇ」

「ホームルーム長そうだもんね。桑名も難波も」

「童貞だもんな」

「童貞関係ないでしょ」藁科が笑う。「それ言ったら僕らも童貞じゃん」

「十八の童貞と、三十一の童貞は重みが違うだろ」久保がにたりと笑い、卒業証書をカバンにしまう。「それに俺、大学行った瞬間に童貞卒業するしな」

「無理じゃない？」

「無理じゃねぇよ」

「卒業証書、しまう感じ？」

「持って写真撮るかと思ったけど、まだ揃ってねぇしなぁ」携帯をポケットから取り出し、時刻を確認する。「山田のとこ行くかぁ」

「山田？」藁科が卒業証書をしまって顔を上げ、大きく瞬きをし「会えるの？　今」

「花浦が二Eの教室の前で見張ってくれてるらしい。他のやつが入ってこないように」

「へぇ」

「もしかしたら今日が、山田に会える最後かもしんねぇし」

「そうだよね」藁科が真面目な顔で頷く。

「よっしゃ」近くの水泳部に「ちょっと藁科と散歩してくるわ」

散歩ってなんだよ、と笑う声を背に、中庭を突っ切り、渡り廊下へ向かう。賑わう三年ホームルーム棟へは進まず、閑散とした二年ホームルーム棟の階段を、四階まで静かに上がる。

椅子に座った花浦が、だるそうに視線を上げる。

「門番すか」声を掛ける久保に、

「あぁ」花浦はあくびまじりに答え「入れば？」

「山田、まだ消えてないんすか？」

「消えてない」閉じた鉄扉を一瞬振り返り「俺と話すより、山田と話せよ」

「そっすね」ちいさく頷いてから「でも花浦先生も、たぶんしばらく会わないんで」

「まぁな」ゆるい笑みを浮かべ「卒業おめでとうってわけだ」

「ありがとうございます」頭を下げ「花浦先生、山田に全力でモノマネされて以降、『要は』って言う回数減ったってほんとすか？」

「いいから入れよ」花浦が立ち上がり、扉を開ける。「おら、入れ」

花浦に押され、教室へ踏み込んだ久保と藁科を、「あ、水泳部」小野寺が迎える。

背後で重い扉が閉まる。

「ひとりだけ？」教室をざっと見回す藁科に、

「うん」小野寺が答え「C組だけ、やたら早く終わって」

「西尾とか二瓶とか、あと別府もCじゃなかったっけ？」

「そうだけど、みんなもう帰っちゃった」

「えー、冷た」

「みんな忙しいんじゃない？」小野寺が無表情に近い苦笑を浮かべ「望月先生、最後のホームルームなのにあっさりしすぎててびっくりした。事務的な連絡だけで終わった」

「いいなぁ」藁科が羨望《せんぼう》のまなざしで見つめる。「そういうとこがエロいんだよなぁ」

「エロくねぇだろ」「エロくなくない？」

〈藁科と久保？〉山田の声がする。

「正解」久保がスピーカーを見上げ「おちんちん体操第二」

〈言わなくていいよ。俺もうしゃべりはじめてるし〉

「言っときたいじゃん、最後に。合い言葉」久保が爽《さわ》やかに笑う。

少し間が空いてから〈最後かぁ〉

「いや、決まってはないけど、最後の可能性もあるじゃん？」久保が取《と》り繕《つくろ》うように「ほら山田、俺らが卒業したら消える説濃厚だし」

〈どうなんだろう〉やや沈んだ声で〈消える気もするし、消えない気もする〉

「山田くん、そろそろ行くね」小野寺がカバンを肩に掛け「合唱部の後輩が音楽室集まってて、三年生を送る会してくれるみたい」

〈お、いいじゃん〉無理矢理弾ませたような声で〈いってらー〉

小野寺が扉の前で振り返り、スピーカーを見つめる。目に焼き付けるように数秒、静止してから息を吸い「山田くん、ありがとう。山田くんのおかげで、楽しかったよ」

〈俺も〉

「もし四月になっても消えなかったら、言ってね。遊びに来るから」

〈来れっかなぁ〉

「来れるよ。合唱部のOBとして後輩指導とかあるし、卒業生なんだから、なんだって理由付けて来れるよ」

〈ありがとな〉山田の乾いた声が響く。〈またな〉

「うん、またね」小野寺が手を振り、教室を出ていく。

扉が閉まり、教室には久保と藁科だけが残る。

「山田、ぶっちゃけ消えそうなん？」久保が席に着き、尋ねる。

二年E組だった頃の、山田が決めた席に座るので、藁科もそれに倣う。

〈んー、わかんね〉

「感覚的にはどうなん？」

〈感覚がねぇもんなぁ〉

「そっか」久保が真剣な顔と声を作り「まぁでも、シンプルに考えたら、今日で消えんじゃね？元二Eのやつらと話したくて、ここ残ってるわけだし」

「山田はさ、消えたいの？」藁科が口にする。

スピーカーから、何も聞こえなくなる。

皮膚をちくちく刺すような無音が続いた後、

〈消えたいな〉

平板な声が、スピーカーから降る。

「そか」久保が短い相槌を打ってから、「まぁでも！」声のトーンを上げ「フツーに消えるんじゃね⁉　願いが叶《かな》ったわけだし、消えないとおかしいもんな！」

〈そうだといいけど〉

「消える前に言っとくけど、俺四月のうちに童貞卒業するからな！　覚えとけよ！　ちゃんとそう思って消えろよ！」

数秒の沈黙の後、ふっと鼻で笑うような声が漏れ〈無理だろ〉

「あ！　いま鼻で笑ったろ！」

〈いや、濡《ぬ》れ衣《ぎぬ》〉また笑うような音がし〈鼻、もうねぇし〉

「ぜってぇバカにしてたわ」

〈してないしてない〉話を逸らすように〈で、結局藁科と望月先生はどうなったん？〉

「どうもなってない」藁科が絶望を濃縮したような溜め息をつき「望月先生、結婚したし」

〈えっ？　まじで？　結婚したの？〉

「したよ」黒く塗り潰したような声で「もうおしまいだよ」

〈え〜。まじか〜〉山田の声が、少しだけ明るくなり〈でもどっちにしろ無理は無理だったし、逆に諦めがついてよかったんじゃん？〉

「よくないよ」沈む藁科を、

「いや、ずっと言ってるけど、俺もむしろ良かったと思う」久保が慰める。

「よくない」

「どうせ無理なんだから、人妻の望月先生を想像したほうが、いろいろ捗《はかど》るんじゃね？」

「人妻だろうが、人妻じゃなかろうが、ずっと拗ってるから」

久保が爆笑し、山田の笑い声も重なる。藁科も笑い、

〈こういう瞬間は楽しいんだけどなぁ〉山田がぼそっと言う。

久保も藁科もへらへらと受け、「なー」「今日で最後かぁ」などと呟く。

張りつめたような、緩んだような、沈んだような、浮ついたような時間が、ぼんやりと過ぎていく。

＊

中庭の、別の一角。

「まじで、雨降んなくてよかっただけの天気だな」竹内が、卒業証書ホルダーをぱかぱかと開閉させながら、吉岡に言う。

「三日ぐらい前まで、雨予報だったもんなぁ」吉岡が手のひらで、降っていない雨を受け止めるような仕草《しぐさ》をする。「まぁでも、雨降んなくてよかったよな」

「な」卒業証書を見つめ「雨降るよりは、な」

サッカー部の集まりの端で、まだ揃わないメンバーを待つ。

「AとFが遅いっぽい」吉岡が口をひらく。

「へぇ」卒業証書に目を向けたまま、竹内が気のない返事をする。

「桑名、話長そうだもんな」

「あぁ」

「なんか泣いてそう。僕はぁ、皆さんの門出をぉ、とか言って。眼鏡びしょびしょにして」

「たしかに」竹内は卒業証書の文字を凝視する。

「童貞のくせにな」

「な」

「なに見てんのさっきから」吉岡が身を屈め、竹内の卒業証書を覗き込む。

「いや、これさ、」卒業証書の『右は本校所定の課程を修め　正にその業を卒《お》えたことを　證《しょう》する』と書かれた部分を指でなぞり「手書きかな、って」

「え、まじ？」吉岡もホルダーをひらき、卒業証書の文字に触れる。「え、わかんねぇ。どっちだろ」指先の匂いを嗅ぎ、首をかしげる。

「これ全員分手書きしてるとしたら、やばくね？」

「やばいな。二百人以上いるもんな」

「手書き風の印刷って可能性あるかな」

「そんなんある？」

「あるだろ。年賀状とかそうじゃん」

「俺もう年賀状やってねぇからなぁ」吉岡は卒業証書の文字をじっと見比べ「これ、同じ字でも微妙に違うし、やっぱ手書きじゃね？」

「うそ」

「ほら、『卒』の上の棒のさ、くにゃり具合が、ちょっと違ぇじゃん」

竹内はまじまじと文字を見つめ「あー、そうかも。手書きだわ。これ」

「すげぇー」吉岡は紙に睫毛が触れそうなほど目を近づけ、離し「めっちゃ字うまい。誰書いてんだろ」

「業者じゃね？」

「業者すげぇー」吉岡は中庭を見回し「まだ集まんなさそうだな」

「あ、でも、米村」竹内の視線の先を、吉岡も見る。「てことはもう、A終わったぽいな」

「そうだ、思い出した」吉岡が小走りで米村を追い「ちょ、竹内も来て」

「なに？　どした？」竹内も後に続く。

「米村、ちょっと」吉岡が米村を手招きし、中庭の端へ連れていく。

「なんだよ」怪訝《けげん》そうな米村に、

「百瀬もいる？」吉岡は訊く。

「いるけど」

「じゃあ連れてきてくんね？」

吉岡の顔を、時が止まったように見つめ「なんで？」

「ちょっと、」声を抑え「山田のことで」

米村は眉を曇らせ「……話すようなことあるか？」ラグビー部で集まる百瀬に視線を遣る。

「話すってか、このあとみんなで会いに行かね？　ってだけなんだけど」

「いや、」また百瀬を見る。吉岡と竹内も、視線を追う。

気配を察した百瀬が、自ら近づいてきて「なにしてんの」

「お、百瀬、」吉岡が笑みを向け「あのさ、」

「うん」

「このあと元二Eのメンツで、山田に会いに行かね？」

「あぁー、」百瀬が相槌を、長く長く引き伸ばし、米村と一瞬目を合わせ、また吉岡に視線を戻し「俺はパス」

「は？」吉岡が口をあんぐりと開け「なんで？　行こうぜ？」

「去年の修了式で、別れの挨拶したしな」

米村も同意するように頷く。

「そうだけど、でも、」眉間や鼻に、徐々に皺が寄っていき「まだ山田消えてねぇし、今日が最後かもしんねぇし、」

「最後じゃないかもだろ？」吉岡の逡巡《しゅんじゅん》を押しつぶすように「だったら今日行かなくてよくね？」百瀬は言葉を連ねる。

「んー、でもなぁ」唸る吉岡に、

「三年になってから、山田の誕生日祝いってやった？」百瀬が質問をぶつける。

「あ、やべ、」吉岡が表情を歪め「やってねぇ」

百瀬は笑い「そんなもんだろ？　べつにこの一年、わざわざ二Eの教室まで、山田に会いに行ってたわけじゃねぇだろ？」

「まぁ、」視線を宙にさまよわせ「五月くらいに一回、会い行ったっけな」竹内を見て「だよな？　一回行ったよな？」

「……それ、」竹内が考え込み「俺と？」

「あれ？　竹内じゃなかったっけ？」

「俺は行ってないと思う。たしか断った」

「あれぇ？　じゃあひとりで行ったんだっけ？」吉岡が記憶を掘り返すように、眉に力を込め

「まぁでも、どっちにしろ一回だな」

「一回」

「もっと行きたかったけど、忙しかったからなぁ。部活とか勉強とか。ほらやっぱ三年になるとさ、」

「でも結果一回だろ？　一回しか行ってないんだろ？」百瀬の語気が強まり「それで、さんざん山田ほったらかしといて、卒業式の日だけ会いに行って、キレイさっぱりお別れは、虫が良すぎねぇか？」

肌寒い曇天の下、頬を火照《ほて》らせた百瀬を、吉岡は見つめる。「……そういうもん？」

「そういうもんだろ」

「じゃあ会いに行けないわ」吉岡はうなだれ「竹内、サッカー部んとこ戻ろうぜ」

「あぁ」

去り際、竹内が百瀬に尋ねる。「ちなみにお前は、何回会いに行ったの？」

「ゼロ回」百瀬が答える。米村を連れ、ラグビー部の写真撮影に加わる。

＊

「雑魚《ざこ》の天気っすね」

扉の前の椅子で、携帯をいじっていた花浦が顔を上げる。

倉持、泉、和久津の三人が、卒業証書を手に立っている。

「雨降ってないだけの、雑魚の天気っす」泉は湿気《しっけ》で膨らんだ茶髪に指を突っ込み「卒業式だってのに、なんでこんな雑魚の天気なんすか」

「雨降ってないだけましだろ」花浦がめんどくさそうに「入れよ。いま教室、誰もいねぇから」

「や、これなら雨降ったほうがいいっすよ。雨降ったら降ったで、雨の卒業式って感じで、思い出に残るじゃないすか？　でもただの、なんもない曇りなんで、いちばんよくないっすよ。どっちにも振り切れてないっつーか。雑魚っすよ。曇りって、天気の中でいちばん雑魚じゃないすか？」

「え、誰も来てないんですか？」泉を無視して、和久津が花浦に尋ねる。

「いや、来てたよ。小野寺とか、久保とか、そのへん」凝《こ》った身体をほぐすように、両肩を回し
「部活の集まりあるとかで、先帰ったけど」

「なるほど」

「まぁ入れよ」扉を振り返り「山田も寂しがってるぞ」

「はい」和久津が扉に手をかける。

「あ、でも、ただの曇りより、降ってるか降ってないかくらいの微妙な雨が、いちばん雑魚かもしんないっす？」

「いいから入るよ泉」倉持が泉を引きずるようにして、教室へ足を踏み入れる。

扉が閉まる。

「おちんちん体操第二」和久津が唱え「和久津。あと泉と倉持がいる」

〈お、嬉しい。三Aだ〉山田の声が、どことなく低い。〈桑名の最後のホームルーム、どうだった？〉

「長かった」和久津が苦笑し、山田の決めた席に座る。「桑名が泣きそうで泣かない時間が、半

永久的に続いた」

倉持が笑い「F組の難波先生よりは早かったらしいけど」

「スピ山〜、なんかスクープねぇの〜？」

〈ねぇよ〉軽くあしらってから〈あ、あるわ。望月先生が結婚したってさっき聞いた〉

「んなもんみんな知ってるわ」泉も二年E組時代の席につき「もっと他にねぇのかよ〜？」

〈ねぇから〉冷たく返し〈つか『週刊穂木』廃刊したらしいじゃん。もうスクープ書く場所ないだろ〉

「一応、休刊。廃刊じゃなくて」倉持も座り、浮かない顔で「僕と泉の卒業で新聞部が部員ゼロになっちゃったから、実質廃刊みたいなものだけど」

〈そうなんだ。寂しいわ〉

「ね」倉持がしおらしく微笑み「でも、泉と僕以外が『週刊穂木』発行するのもちょっと嫌だから、一回区切りがついてよかったかも」

〈そうなん？〉

「うん。泉と二人で、ずっと作り続けてきたものだしねぇ」卒業証書に描かれた、校章を撫で「僕の高校生活そのもの、というか」

〈そっか〉山田がしんみりと相槌を打つ。〈面白かったもんなぁ。泉と倉持の記事〉

「どれがいちばん反響あった？」和久津が訊くと、

「桑名童貞ネタはだいたい全部ウケてたな〜」泉が嬉しそうに笑い「あと最後のほうは、倉持の小説もファン多かったな」

「すごい下手くそだけどね」倉持がはにかみ「あんな小説、みんなよく読んでくれたよ」

〈小説とか載せてたっけ?〉

「三年の秋からね」倉持がスピーカーを見上げ「夜の校舎に侵入したことをルポにしようとしたんだけど、万が一謹慎とかになったら嫌でフィクションにしたら、案外好評で」

〈あぁ、なるほど〉硬い声で〈あったね、そんなこと〉

「ね」倉持も硬い動作で頷く。「あったね」

泉も和久津も口をひらかず、会話が途切れる。沈黙を破るように〈そういや囲碁将棋部って存続してんの?〉

「してる。フツーに」和久津が答える。「俺の代が俺しか部員いないから少なく見えるけど、上も下も四人ずついたし」

〈へぇ〉

「三年生送る会とかやってくんねぇのー?」

「ないない」和久津が手をやわらかく振り「俺、後輩から慕《した》われてねぇもん」

「意外」倉持が目を丸くする。

「嫌われてもないけどな。あんま興味持たれてないっつーか。下の代も上の代も同期仲が良くて、完結しちゃってた感じ」

「なるほど」

「だから山田がいてくれて助かったわ、まじで」和久津がスピーカーに微笑みかける。「ありがとな、ずっと、俺の相手してくれて。山田が俺の居場所だったわ」

〈いや、こちらこそ。今年度の後半とか、和久津がたまに話しに来てくれてなかったら、寂しすぎて死んでた〉

「もう死んでるだろ」

〈ハハ。ね。もう死んでんのにな〉

「なぁ山田、」

〈うん〉

「元気ない？」和久津が心配そうに「声、さっきから沈んでね？」

〈うーん〉言葉を取捨選択する、長い間が置かれ〈もうなんか、わかんなくなってきてさ〉

「わかんない？」

〈消えたいのか、消えたくないのか〉

山田の声に、耳を傾ける。

〈クラス替えあってから、お前らとぜんぜん話せなくなって、消えたいなと思うことも増えてきたし、今日だって、あぁ卒業式だ、やっと消えられるかも、やっと終われるって感じだったんだけど、いざ今日消えるかもってなるとやっぱ怖くて、ああもう全部なくなるんだ、何も聞こえないし、何もしゃべれなくなるんだって思うと怖くて、嫌で、最後にお前らと話すとやっぱ楽しいし、もう話せなくなるのは嫌で、消えたくないなと思いそうになるけど、でもこのまま四月迎えるともっと孤独になるのわかってるし、消えないのも無理だ、怖いな、って、でも消えんのも怖ぇよ、いなくなるんだろ？　この世からもう、俺がぜんぶ。消えたいけど、消えたくねぇよ、わかんねぇよ、もうわかんねぇ。俺、どうすりゃいいの？〉

声が途切れても、響きが残り、教室を圧迫していく。

窓の外に見える厚い雲が、無限に膨らみ、重くなっていくように、倉持は感じる。

うるさい無音を切り裂くように「俺は、ぶっちゃけ、」和久津が口をひらく。「山田に消えてほしくない」まっすぐな目で、山田を見上げ「山田にはずっと、俺の話し相手でいてほしい。ここに来ればいつだって話せる、友だちのままでいてほしい。でもそれが、俺のエゴだってこともわかってる。だから、」声が止まる。

和久津の顔が、苦しそうにゆがんでいる。

糊《のり》を剝がすように、また口をひらき「だから山田には、選んでほしい。どうしたいのか。消えたいのか、消えたくないのか」机に置いた手が、細かく震えている。

山田は答えない。

「いろいろ考えたんだけどさー、」泉が、間延びした声を発する。「やっぱ山田が『二Eのみんなとずっと馬鹿やってたい』ってので蘇ったんなら、今日か、少なくとも三月三十一日には、バシッと消えんのが筋じゃね？」

和久津は振り返り、泉を見る。倉持も泉を見る。

「でさぁ、もし仮に、四月になっても消えないんなら、『二Eのみんなとずっと馬鹿やってたい』とは別の、山田が蘇る動機があったってことにならん？」

数秒の沈黙の後「山田くんが蘇る、別の動機？」倉持は小声で復唱する。

「おーい、スピ山ぁ、」泉がにこやかに問い掛ける。「なんで蘇ったわけ？」

〈……それは、前も言ったけど、二Eのみんなとずっと馬鹿やってたいからで、〉

「腹割ろうぜ」笑みを崩さず「なんで蘇った？」

〈わかんねぇよ。少なくとも俺は、そう思ってる。嘘じゃない。みんなとまだ話したかったから蘇った。それは事実。つかまだ三月に消えないって決まったわけじゃねぇし、〉

扉が開かれる。

高見沢が教室に入り、扉を閉める。

「山田くん、会いに来たよ、最後に」卒業証書を胸に抱き、スピーカーを見上げ「山田くんのおかげで、本当に楽しい高校生活が送れた。ありがとう。感謝してもしきれない。本当にありがとう」

〈おう〉一拍置き、なにげない声を作ってから〈えっと、高見沢？〉

「そう。ごめん。名乗ってなかった」

〈医学部、無事行けた？〉

「行けたよ」満面の笑みで「山田くんが、学校を楽しくしてくれたおかげ」

〈いやぁ、フッーに、高見沢の努力だろ〉声に喜びが滲み〈おめでとう。まじで〉

「ありがとう」

〈そういや和久津は、法学部いけたん？〉

「行けたよ」和久津が誇らしげに答える。

〈さすが〉

「いや、医学部に比べれば全然」

「んん～、みなさんっ、さすがっ。医者やら弁護士やら、ご立派な夢をお持ちで、さすがでござんすなぁ」泉が両手をこすり合わせ、茶化《ちゃか》すように「あっしにはなーんもなくて恥ずかしいでやんすよぉ」

〈泉は学部どこになったんだっけ〉

「文学部！」芥川龍之介《あくたがわりゅうのすけ》のようなポーズをとり「倉持と一緒！」

〈お前らほんと仲良いな〉

扉が開く。別府が納得のいかない表情で、かつての自分の机にカバンを放る。

「どうした別府」和久津が声を掛ける。「そんな難しい顔して」

和久津の問いには答えず、席に座り、溜め息をつく。

「別府くんC組だから、いちばん先に終わったんじゃなかったっけ?」倉持が訊くと、

「うん。だから一回帰った」仏頂面で応じ「で、電車に乗った瞬間、あることに気づき、引き返してきた」

「あること?」

「AVを、返してもらってない」

「……AV?」

「一年のとき、桑名先生に没収されたAVを、返してもらってない」

「はぁ」

「それでさっき教員室行って、桑名先生にAV返してくださいって言ったら、手元にないし、返せないと言われた」また溜め息を漏らし、机に突っ伏す。顔を上げ、和久津を縋るように見つめ「これ裁判で勝てる?」

「勝てねぇよ」和久津が即答する。が、すぐ思案顔に切り替わり「……いや、所有権の侵害か?」ほどけるように笑い「わかんねぇけど、別府の弁護すんのは嫌だわ」

「そんなぁ」くずおれる別府の頭上に、

〈別府来てんの?〉山田の声が降る。

「来てるよ」机に頬を付けたまま答える。

〈卒業できたん?〉

「出来た」机の木目を、至近距離で見つめ「元二Eが全員卒業しないと、山田が成仏できないと

思って、がんばった」

〈……まじか。ありがとう〉

「うい」目を閉じる。「だから安心して消えていいよ」

＊

三年F組の教室。

難波が扉を開け、階段を降りる音が聞こえはじめてから、不満が一斉に噴《ふ》き上《あ》がる。

難波まじで話長かったな。

最後のホームルームで眠くなるってやばくね？

話の尺に対して内容が薄すぎる。

ホームルーム丸ごと割愛してほしかったわ。

F組以外、もうとっくに終わってるらしい。

やば。

寒いし早く中庭来い、だって。

うわ、最悪。待ちくたびれたから俺以外で先飯行ってるらしい。

割愛されてんじゃん、同期から。

最悪すぎる。

川上が立ち上がり、窓の外を見る。「雨降ってねぇじゃん。ラッキー」と、前の席の生徒に話しかける。

「なぁ川上、」白岩が後ろから忍び寄り、川上の右肩を軽く叩く。「ちょっと、」

「ん？」川上が振り返る。前の席の生徒も、つられて振り返る。

白岩と、前の席の生徒の目が合う。「ちょっと、」川上の耳に口を寄せ、声を落とし「他のやつに聞かれたくない」

「なんだよ」川上が面倒そうに、顔を白岩から離す。はっと気づいたように、悪い笑みを浮かべ「あ、もしかして告白？　卒業式だし？」

「ちげぇよバカ」強く否定してから、さらに声を落とし「二Eのことだよ」

「あー」乾いた声を伸ばし、すっと表情が消える。「なるほど」

察した前の席の生徒が「じゃあ俺もう、水泳部のとこ行くわ」と告げ、「またな」教室を出ていく。

「またなー。また連絡するわ」上げた手を下ろし、白岩を見る。周りに聞かれないよう、教室の隅まで移動し「で、なに」

「山田に最後の挨拶、行かね？」

「最後の挨拶？　行かない行かない」ちゃんちゃらおかしいというように、腕をぶんぶん振り「行くわけねぇじゃん」

「なんでだよ」白岩がむっとした顔を作る。「最近あんま話せてなかったけど、最後ぐらい行ってもいいだろ」

「だって死んでんじゃんあいつ」

「はぁ？」眉を吊り上《つ》げ《あ》「今さら何言ってんだよ。そんなんずっとそうだろ」

「墓行くならわかるよ」そっけない声で「死んでんだから」

「いや、おかしいだろ。あいつまだ、あの教室いるんだから」

「あんなん山田じゃねぇよ」ぐらつく白岩の瞳を、さめた目で見返し「あんなの、生きてた頃の山田とは別人だろ。ゾンビみてぇな状態でだらだら居座りやがって。ただの残り滓じゃねぇか」

「おま、」絶句し「そんな言い方ないだろ」

「俺の中ではもう、山田は完全に死んでんの。死んだやつと、いつまでもしゃべってたくねぇの。山田おもしろくて良いやつだったな、あんなやつがこの歳《とし》で死ぬなんて可哀想《かわいそう》だったな、でいいじゃん。さっさと死なせてやれよ。最初は一応相手してやってたけど、去年の春からもう、一切話すのやめたわ。お前もそうしろよ。お前らが構ってっから、あいついつまで経っても消えねぇんだよ」

視線を逸らす。息が止まっていたことに気づく。吸おうとするが、うまく入らない。胸に手を当て、ゆっくり深く吸い、かろうじて空気を肺に流す。川上の目をもう一度、おそるおそる見つめ「でも今日でほんとに、消えるかもしんねぇし、最後に一回だけ、一緒に」

「行けばいいじゃん。お前だけ」

「行こうぜ川上も。最後じゃん。最後に会って終わろうぜ」

「行かねぇっつってんだろ」白岩を睨みつける。「もうとっくに終わってっから」

「でも、」

「でもじゃねぇよ」卒業証書をカバンに突っ込むと、大股で教室の出口へ向かう。「彼女待たせてんだよ。もう行くわ。じゃあな」

「でも最後だし、」

「あーもーうっせぇな！　お前が自分で考えて、自分で選べよ」吐き捨てるように言い「もう大学生だろ来月。そんなんだから童貞なんだよ。主体性持てよクソが」階段を駆け下りていく。

白岩は佇み、打ちひしがれたように、窓の外の雲を見上げる。しばらく考えたのち、二年E組の教室へは向かわず、バスケ部の同期が待つゲームセンターへ向かう。

＊

四月七日、土曜日。二十二時十八分。

教卓の下から這《は》い出《だ》した和久津が、こわばった身体を揉みほぐしながら、弱い月明かりに浮かぶスピーカーを見上げる。

「山田、」平淡な声で「まだいんの？」

微動だにせず、返事を待つ。

永遠と錯覚するような、長い時が過ぎる。

やっと息を吐く。

足元を照らし、扉を目指す。

〈いるよ〉

声が降る。

〈まだ、いる〉

「そっか」和久津はスピーカーを振り仰ぐ。「わかった」

第九話　死んだ山田と憂鬱《ゆううつ》

懐かしい声がした。

「いや花浦先生、変なこと言わないでくださいよ。これから教師としてやっていくわけですから。出鼻くじかないでください」

「教師ってお前、まだただの実習生だろうが」

「そうですけど、ゆくゆくはちゃんと、教師としてここに戻ってくる予定ですから」

「あ、そう。うち教員の採用厳しいから、せいぜいがんばれよ」

「頑張ります。ご指導ご鞭撻《べんたつ》のほど、何卒《なにとぞ》よろしくお願いいたします」

「いい、いい、そういう堅苦しいのは。気楽にやろうぜ。……えーつーことで、要は今日から三週間、この和久津先生が教育実習生として、二年E組を担当するわけだ。最初のうちは俺の授業を見学してるだけだけど、来週の後半あたりから和久津先生も教壇に立つわけで、みんないじめないように。そんじゃ先週の復習から——」

俺が死んで迎えた、五度目の梅雨だった。

＊

雨の音が、ずっとしている。

ずっとだ。

教室に人がいても、いなくてもずっと。

もういつからか分からないくらい、ずっと雨の音がしている。

声なんて、もう出さないと思っていた。

「おちんちん体操第二」

だからその言葉を聞いたとき、すぐには反応できなかった。

「おちんちん体操第二」

皮膚があったら、鳥肌が立っていた。胸があったら早鐘を打っていたし、目があったら見ひらいていた。声を出そうにも、やり方を忘れてしまった。

「おーい山田。おちんちん体操第二。おちんちん体操第二」

〈……あ〉

「いるじゃん、山田。久しぶり」

〈ああ〉

和久津が応じてくれたことで、声を出せたのが分かった。そうだ、こうやるんだった。こうやって、声を出すんだった。

「びっくりした？」懐かしい。この声。「俺が卒業した春以来だから、もう三年ぶりか」

〈ああ〉

「『ああ』しか言えねぇの？」和久津の息に、弾むような笑いが混ざった。「会話、忘れた？」

〈忘れた〉声がやっと、言葉になる。〈久々すぎて〉

「なんでだよ。会話って、やり方忘れるようなもんじゃないだろ」

〈いや、忘れる。まじで〉

「スキーみたいなもん？」

〈スキー？〉

「一度習得しちゃえば、しばらく経って再開しても、すぐやり方思い出せる的な」

〈……わかんねぇけど〉スキーやったことないし〈つか、なに？　まじでびびったんだけど。教育実習ってなに？〉

「教職課程の必須《ひっす》単位で、実際の教育の現場に触れながら、」

〈そうじゃなくて、和久津、弁護士なるとか言ってたじゃん〉

「あー、やめた」

〈やめたの？　なんで？〉

「んー、」しばらく考え込むような間が空き「なんか法律に、あんま興味なくなっちゃって」

〈そうなんだ。まじか。和久津は弁護士になるもんだと思い込んでたわ〉だって中学のときから弁護士目指してるって言ってたし、法律の本とかよく読んでたし。

「俺もそう思ってた」和久津の声が笑う。「でも、文学のほうに興味出てきて」

〈へぇ。というか、そっか、花浦先生が指導教官てことは、国語か〉

「そうそう」

〈和久津、法学部だったじゃん。途中で移ったりできんの？〉

「できる。第二学年編入試験ってのがあって、それに受かると、大学二年から別の学部に行ける」

〈なるほど〉知らなかった。〈努力して法学部行ったのに、もったいないな〉

「まぁでも、したい勉強するほうがいいしな」

〈……それもそうか〉

「というか、ごめんな、全然話しに来れなくて」

〈ほんとだよ〉和久津なら時々会いに来てくれると思ってた。でも、今日まで、結局大学上がってから一回も、話しに来てくれなかった。〈寂しくて死ぬかと思ったわ〉

「いや、まじでごめん」声が硬く沈み「何回か来たんだよ。部活の後輩指導とかで。で、そのたび二Eの教室覗いたんだけど、いつも誰かいて、山田に話しかけらんなくてさ」

〈ほんとかぁ？〉

「まじまじ」和久津が気まずそうな顔をしているのを、思い描こうとする。「大学上がってから五回は穂木高来たけど、まじでタイミング悪すぎて」顔の上半分で笑いながら、下半分がかすかに引きつっているのを、思い描こうとする。「ごめんな」和久津の顔を、最後に見てから、何年経ったっけ？「今日から三週間は、日曜以外、毎日学校来るから」記憶のなかの表情が、どんどんぼやけていく。「今みたいに、二Eの生徒が移動教室で出払ってて、俺も授業見学とかないタイミングで、ちょくちょく話しに来るから」和久津、今、どんな顔してんの？　なぁ和久津。お前どんな顔だっけ？「……おーい。聞いてる？」

〈ごめん。聞いてる〉

「ぼーっとしてた？」

〈いや、〉と反射的に言ってから〈してた〉

「してたんかい」和久津が笑う。「じゃあ『いや』じゃないだろ」

〈たしかに。謎に嘘ついたわ〉発した自分の声に、笑いが含まれているのが分かる。〈というか、楽しいわ、人と話すの。最近ずっと、教室の音聞いてるだけだったから。楽しい。しゃべるって楽しいな。思い出したわ。ありがとな〉

「おう。それならよかった。つか俺そろそろ行かなきゃだわ。授業の指導案、作んないといけなくて。図書室行ってくる」

〈うん。また〉

雨の音が、しなくなった。

〈なぁ雨、上がった?〉

一足の革靴が、教壇を降りる音。窓を開け、湿った風が、教室に流れ込む音。

「上がったっぽいな」

〈おー〉

「じゃあ行くわ。またな」

雨が上がると、視界が急にひらけたように、遠くの音がくっきり聞こえるようになる。

和久津が跳ねるように階段を降り、一階から外に出ていく音を、それが聞こえなくなってからも、繰り返しなぞる。

＊

それからは毎日、どこかのタイミングで、和久津が話しに来てくれるようになった。

「花浦先生、授業案の指導めっちゃくちゃ厳しい」

〈まじで？〉

「『気楽にやろうぜ』とか言ってた割に、死ぬほどダメ出ししてくる」

〈詐欺じゃん〉

「つか俺平安時代の文学とかぜんぜん専門じゃないのに、『枕草子《まくらのそうし》』やるハメになってしんどいわ」

〈なんの授業するかって、こっちで選べないの？〉

「選べない選べない。花浦先生の授業を三コマ借りてやるわけだから、花浦先生のカリキュラムに合わせなきゃいけない。文法忘れたから、久しぶりに古文の単語帳とか昔のノート読み返したわ」

〈和久津の専門は近代？〉

「江戸。松尾芭蕉《まつおばしょう》とか」

〈古文じゃん〉

「いや、ギリ近代。微妙なとこだけど、江戸はギリ近代。というか近世」

〈へぇ〉

＊

「卒業してから、山田に会いに来てくれたやついねぇの？」

〈んー、ほとんどいない〉

「まじか。寂しいな」

〈いや和久津もじゃん〉

「いやいや、俺は、会いに来てはいるから。教室に人がいたから話せなかっただけで、ちゃんと会いに来てはいるから」

〈それまじで疑わしいんだよなぁ〉

「いや、まじでまじで。目ぇ見て。嘘じゃない目をしてるから」

〈見れねぇんだよ〉

「ほとんどってことは、会いに来たやつもいんの？」

〈小野寺が、大学一年のときに一回来てくれたな〉

「へぇ」

〈あとあいつらも。新聞部の二人も〉

「おおー」

〈あと久保も一回来てくれたわ。大学二年の時かな。童貞卒業したって言ってた〉

「まじか。ついに」

〈それくらいかなぁ。去年は結局だれも来なかった〉

「薄情だな」

〈お前が言うなよ〉

「だーかーらー、何度も言うようだけど、俺は五回、教室来てるから。タイミングがことごとく悪かっただけだから」

〈嘘くせぇなぁ。夜中の、人がいない時間帯に来ればいいだろ〉

「いや、それがさ、野球場のネットの穴、塞がったんだって」

〈まじ？〉

「まじまじ。だからもう、こっそり侵入は無理なわけ」

〈まじかぁ〉

「それに在学中ならまだしも、卒業してから校舎忍び込むの、だいぶハードル高いわ。バレたらフツーに逮捕されそうだし」

〈たしかになぁ。で、和久津は卒業したの？〉

「……何が？　高校？　したに決まってんじゃん」

〈じゃなくて、童貞〉

「……卒業、してない、というよりは、大切に守り抜いてる」

〈ダセぇ〉

「は？　お前も童貞だろうが」

〈いや、そこでマウント取り合うのはやめにしようぜ。そのバトル、俺もう一生勝ち目ないわけだから〉

「たしかに。すまん」

〈いいよ、分かってくれれば〉

「でも最初に煽《あお》ってきたの山田だったよな」

〈すまん〉

＊

「もうラジオってやってねぇの？」

〈……ラジオ？〉

「なんかやってたじゃん。深夜に。一人で」

〈あー、あれ？　やってない〉

「そうなんだ」

〈なんかさ、和久津とか新聞部が夜中に来てくれたときあったじゃん？　百瀬と米村もいて。あれ以降やってないわ〉

「へぇ」

〈なんか恥ずかしくなっちゃって〉

「あれだよな、『ファイア山田のオールナイトニッポン』だったよな」

〈……そう〉

「なんかノリノリで十五夜の解説とかしてたよな」

〈やめて。もう。恥ずいから。ていうかあれ聴いてたのかよ〉

「聴いてた。その回だけ。扉の隙間から」

〈恥っずいわぁ〉

「再開すれば？」

〈しないしない〉

「でも声の出し方忘れるくらい、しばらくしゃべってなかったんだろ？　誰も会いにきてくれない間、ひとりで声出したくなんなかったの？」

〈んー、なんだろうなぁ、お前らが教室いた頃は、なんかずっと楽しくて、ふわふわしてて、だから土曜夜から月曜朝にかけてがすげぇ寂しくて、ひとりでしゃべってたけど、今はもう寂しいのが常というか、ほぼ屍って感じだから、ラジオとかやる気になんねぇなぁ〉

「そっか」

〈まじでこの一年くらい、声出してなかったしな〉

「花浦先生、話しにきてくれないんだ」

〈んー、なんかいろいろ忙しいみたいで。部活の顧問もやりはじめたし、たぶん教科書の編纂《へんさん》？　みたいなのもやってて。俺に対する興味が、もうほぼゼロだね〉

「そっかぁ。たしかに俺が在学中のときより、忙しそうに見えるわ。作った指導案をもとに、花浦先生の前で授業のシミュレーションみたいなのやるんだけどさ、すげぇ忙しそうだから、時間とってもらうの申し訳ないんだよな」

〈なるほど〉

「あと去年の秋くらいに一回、花浦先生に連絡とってさ、山田に会いたいから機会作ってほしいって頼んだんだけど、忙しいから今度でいいか？　って断られた」

〈まじで忙しいんだな。てか和久津そんなん頼んでくれてたんだ〉

「まぁな。直接知ってる後輩もうあんま残ってないし、穂木高来る理由ひねり出すのも難しくて」

扉が開く音。

和久津と誰かの、少しだけ張り詰めた息遣いが聞こえる。

「……和久津先生、」

「あぁ。どうした？」

「いや、忘れ物、取りに来て」

「そっか」

「……しゃべってました？　誰かと」

「んぁー、その、電話」

「あ、そうすか」

「うん、ほら、誰もいないから、電話」

「……なるほど」

「うん。じゃあまた。気を付けて」

「あ、はい。また」

軽やかに階段を駆け下りる音がし、扉が閉まる。

「あっぶねぇ〜。心臓止まるかと思った〜」

〈いや、そりゃ忘れ物取りに来るやつも、たまにはいるだろうよ〉

「いつ誰が入ってきてもいいように、スピーカーモードにして電話してる設定に今後しよかな」

〈あー、それ自然かもな〉

＊

〈別府とかどうしてんの？〉

「別府？」

〈ほら、いたじゃん、色白の〉

「あー、別府ね」

〈俺、あいつの進路がいちばん心配だわ。バイトの面接落ちまくってたし、留年スレスレだったっぽいし〉

「本人と連絡とってるわけじゃねぇけど、聞いた話だと、もう大学辞めたっぽい」

〈まじで？〉

「まじまじ」

〈え、なんで？〉

「なんでかは知らねぇけど、二回留年だかして、そのままフェードアウトらしい」

〈まじかぁ。あいつよく高校いるあいだ留年しなかったな〉

「……山田がいたからじゃん？」

〈そうなん？〉

「うん。『ボクが卒業しないと、山田が成仏できない』って、高三のときめっちゃ言ってたらしい」

〈あー言ってたかも。卒業式の日〉

「別府、それを元二E以外の前でもたまに言っちゃってたから、『山田の幽霊が見えるやばいやつ』みたいなキャラになってた時期あったな」

〈……さすが別府。期待を裏切らんな〉

「なー。別府のキャラだから、それで誤魔化せた感あるよな」

〈たしかに。てか俺、別府卒業したのに成仏しそびれたわ〉

「ほんとだ」

〈別府に申し訳ない〉

「ま、しょうがないっしょ。俺的には、山田とまた話せて嬉しいし」

〈んー、そう言ってくれんのはありがたいけど〉

「しばらく来れなくて悪かったけど、俺、ちゃんとまた戻ってきたわけだし」

〈それはまじでありがとう〉

「いえいえ」

〈そういや新聞部の二人、元気にやってる？〉

「やってるよ。いまだにべったりくっついてるわ。ふたり揃って仏文《ふつぶん》進んだし」

〈そりゃよかった。ちなみに仏文ってなに？〉

「フランス文学専攻。文学部の中でも、いろいろ専攻わかれてんのよ。ちなみに俺は国文学専攻」

〈なるほど。あの二人にフランス文学のイメージねぇなぁ〉

「そうだ、倉持が去年、小説家デビューしたわ」

〈え、まじ？〉

「まじ。なんか書籍化はされてないけど、文芸誌の新人賞？　みたいなの獲って、大学生作家としてデビューしたらしい」

〈うわー、すげぇ。才能あんだなぁ〉

「な。すげぇわ」

＊

〈念のため確認したいんだけど、お前ほんとに和久津か？〉

「どうした急に」

〈いや、不安になってきて〉

「なんでだよ。どう考えても和久津だろ。周りの生徒とか花浦先生も、俺の名前ちゃんと呼んでんじゃん」

〈そうなんだけど、ほら、……百瀬の件思い出してさ〉

「……あー」

〈俺ずっと、百瀬のこと吉岡って勘違いしてたから〉

「あったな、そんなこと」

〈なんかお前が和久津だって証拠ないの？〉

「えー、なんだろう、なんかあるかな」

〈じゃあ俺が中三のとき好きだった女の子の名前言ってみろよ。こんなん和久津ぐらいしか知らねぇだろ〉

「石崎《いしざき》真昼《まひる》」

〈和久津じゃねぇか〉

「だから和久津だっつってんだろ」

〈つーか百瀬元気かな〉

「あー」

〈あの一件以来、いっさい話してないわ〉

「……そう」

〈百瀬には悪いことしたな〉

「直接は話してないけど、まぁ元気にやってるっぽいよ」

〈そうなん？〉

「うん。大学でもラグビー続けてるらしい」

〈まじ？　それ聞いてだいぶ安心したわ〉

「ずるかったよな、あれ」

〈……ずるかった？〉

「いや、俺も百瀬みたいに家近かったら、しょっちゅう山田に会いに来れたのにな、って。うち、家厳しいからさ。高三のあの夜はなんとか許してもらえたけど、日頃から深夜に出歩くとか、無理だったんだよな」

〈あー、厳しいもんな、和久津んとこ〉

「いいなぁ、百瀬。俺も穂木住んでりゃなぁ」

〈百瀬って、まだこのへん住んでんの？〉

「いや、たしか引っ越したとか言ってたな」

〈あ、そうなんだ〉

「うん。大学の近くに」

〈なるほど〉

「あ、でもそのあとまた引っ越したみたいな話も聞いたわ」

〈まじ？　引っ越しすぎじゃね？　葛飾北斎じゃん〉

「……葛飾北斎ってそうなん？」

〈たしかそう。九十歳の生涯で、九十三回引っ越ししたとか聞いたことある〉

「……生きすぎだし、移りすぎじゃね？」

〈な。あとベートーヴェンもそうらしい〉

「多かったの？　引っ越し」

〈うん。たしか五十六回の生涯で、〉

「五十六回？」

〈間違えた。たしか五十六歳の生涯で、七十九回引っ越したらしい〉

「五十六回の生涯って、『100万回生きたねこ』みたいになってんじゃん」

〈いや、ちがう。言い間違え〉

「ベートーヴェン、五十五回転生したことになってんじゃん」

〈だからちげぇって〉

「五十五回転生して、七十九回しか引っ越ししてないなら、むしろ少ないほうじゃね？」

〈うるせぇな、さっきから。たった一回のミスでいろいろ言われすぎだろ。弘法大師《こうぼうだいし》か俺は〉

「……弘法にも筆の誤り的な？」

〈そう。たった一回のミスで、諺《ことわざ》にまでなっちゃってる〉

長い間を置いた後で「なんか懐かしいわ、この感じ」

〈……どの感じ？〉

「なんか、山田がすげぇ喩《たと》えてくる感じ。中学のとき思い出す」

〈中学？〉

「そう。覚えてる？　中一のときの。プールの前の休み時間」

〈え、なんだっけ、ぜんぜんわからん。……てか俺と和久津がしゃべるようになったのって、中

三で同じクラスになってからじゃね？〉

「そうなんだけど、中一のときから、俺山田のこと知ってて」

〈え？　なんで？　しゃべったことあったっけ？〉

「直接しゃべったわけじゃないんだけどさ、」

〈うん〉

「その日、初めてプールの授業があった日で、俺、水着忘れちゃったのね」

〈うん〉

「前回の体育の授業を、風邪かなんかで休んでて。学校来てから、えっ今日プールなの⁉　って焦ってさ。誰かが伝言頼まれてたのかもしんないけど、俺まったく聞いてなくて」

〈うん〉

「体育の笠木《かさぎ》って覚えてる？」

〈あー、あの、ヒスっぽい、〉

「そうそう。けっこう理不尽なこと言ってくるおばさん。で、職員室行って、笠木に、『今日の体育がプールだと知らなくて、水着を忘れてしまったので、見学させてください』って言ったら、急にぶち切れはじめて。『前回伝えたはずです。忘れるなんてありえない』みたいな。『いや前回休んでたので聞いてなくて』みたいに言ったんだけど、『あなたの怠慢が招いた結果です。あなたの責任です』みたいな意味わかんないことキーキー言ってきて。しまいには『水着がないなら、パンツで泳げばいいじゃない』とか言われて。俺悪くないのに、なんでこんな怒られなきゃいけねぇんだよ、ふざけんなよって、惨《みじ》めな気持ちになって、下向いて泣きそうになってたら、後ろからぼそっと、声が聞こえてきて」

〈うん〉

「『マリー・アントワネットじゃん』って」

〈おお〉

「俺、噴き出しちゃって。思わず振り返ったら、山田と目が合ったんだ」

〈俺？　俺そんなこと言った？〉

「言った。はっきり覚えてる。違うクラスで、たぶん山田もなんかの用事があって、職員室来てたんだよ。で、俺と笠木のやりとり聞こえてて、去り際に、思わず言いたくなっちゃったんだろうな。目が合ってすぐ、逃げるように職員室出てったわ」

〈えー、まじか、ぜんぜん覚えてない〉

「笠木には『マリー・アントワネットじゃん』は届いてなくて、でも俺噴き出しちゃったから、『なに笑ってるんですか？』ってさらにぶち切れられて、反省文まで書かされて。でも『マリー・アントワネットじゃん』を聞いてからは惨めな気持ちが吹き飛んで、キーキー怒られてる間も『マリー・アントワネットがなんか言ってんなぁ』って心の中でにやにやしてたし、反省文書いてる間も『マリー・アントワネットに反省文書かされてんなぁ』って状況がおかしくて、ぜんぜんつらくなくなって」

〈そんな面白いか？　マリー・アントワネット〉

「面白かった。死ぬほど面白かった。それで、あいつと友だちになりたいな、ってずっと思ってて、中三で一緒のクラスになれてめちゃくちゃ嬉しくて、勇気出して話しかけて」

〈まじか。ぜんぜん知らなかった〉

「初めて言ったからな。今まで恥ずかしくて言えなかったけど、こんだけ時間経ったから、言ってもいいかと思って」

〈……なんだよー。照れるじゃんかよー〉顔があったら、きっと赤くなっていた。

「俺も照れてる。たぶん今、顔めっちゃ赤いわ」

〈二人とも赤くなるとか、あれじゃん、あれみたいじゃん、まるで、あれじゃん、りんごみたいじゃん〉

「褒められた結果、キレめちゃくちゃ悪くなったな」

〈うっせぇよ〉

＊

〈お前、友だちいないんじゃないかって話題になってるぞ〉

「そんな悲しい第一声あるか？」

〈いや、まじでまじで。話題になってる。今の二Eの子ら、みんな言ってる〉さっきの休み時間も、その話題で持ちきりだった。

「嘘だろ？　なんで？」

〈なんかあれなの？　いま同時に何人か、教育実習生いる感じなの？〉

「あー、そうね。俺以外にも、理科で二人、公民で一人、英語で一人来てるね」

〈で、なんか待機室みたいなの、ある？〉

「ある。特別教室Bが実習生の待機室になってて、授業見学の合間とか、そこで過ごすことになってる」

〈そこにお前がぜんぜん寄り付かないから、和久津先生なじめてないんじゃないか、友だちいないんじゃないかって、みんな心配してるぞ〉

「余計なお世話すぎる」

〈あと、他の教育実習生の誰かが、和久津先生はコミュニケーションを取りたがらないって言ってたらしい〉

「誰だまじでそれ言ったやつ」

〈人とのコミュニケーションを諦め、空き教室で誰かと電話してるフリで、時間を食い潰してるって〉

「やばいやつじゃん。てかそれ、俺が山田にちょくちょく会いに来てるからだろ」

〈そうなんだよ。申し訳ねぇ〉

「……まじかぁ。俺そんなこと言われてんのか。悔しいからもうちょいコミュニケーションとってみるわ」

＊

〈和久津先生、めっちゃ授業上手いじゃん〉

「まじで？　まったく手応《てごた》えなかったんだけど」

〈いや、ほんとに上手い。ハキハキしゃべってて聞きやすいし、知識も深いし、ちょうど飽きてきた頃に挟まる雑談も絶妙〉

「えー、超うれしい。個別指導塾のバイトは経験あんだけど、大勢に向けて授業すんの初めてで、自分だとぜんぜん出来てる気しなかったから、そう言ってもらえて嬉しいわ」

〈自信もって大丈夫。ここで高二の古文を五年以上受けてる俺が言うんだから間違いない〉

「嬉しすぎる」

〈『枕草子』とか、別に専門じゃないんでしょ？〉

「そう。だからがっつり予習した」

〈さすが和久津〉

「いやー、嬉しい。まだあと二コマあるから頑張るわ。……そういやさ、実習最終日の夜、元二Eのやつら何人か集めて、山田と話す会しようって、花浦先生に提案してみたわ」

〈えっ〉

「花浦先生に見張っててもらって、みんなで飲み食いしながら、この教室で話そうって」

〈え、まじで？　てか花浦先生忙しいんじゃねぇの？〉

「めっちゃしつこく頼み込んだら、しぶしぶ引き受けてくれたわ」

〈えー、まじか、楽しみすぎる〉

「な。俺も楽しみにしてる」

＊

思い出す。中三の春のこと。クラス替えから二日経った、帰り道のこと。

とにかく眠かった。いつもは録音で聴いてる深夜ラジオを、たまにはリアルタイムで聴こうと、四時半まで起きていた。

授業中に寝るのは嫌だった。先生に失礼だし、授業についていけなくなる。授業の合間にこまかく寝たが、放課後になっても眠かった。

今日も、昨日も、一昨日《おととい》も、ひとことも話さなかった。別によかった。友だちはいなくていい。休み時間は睡眠か勉強に充てればいいし、家に帰ればラジオも漫画もある。満ち足りている。

ほとんど目を閉じながら、歩き慣れた道を進む。去年の冬に部活を辞めてから、学校が終わると、家に帰るだけ。それでいい。簡素な生活が気に入っていた。起きて、学校へ行って、授業を受けて、帰って、ラジオを聴いて、勉強をして、眠る。週に三回、塾へ行く。塾にも友だちはいない。別にいい。ひとりで問題なく過ごせる。

声をかけられた気がした。足は動かしつつ、半分どころじゃなく寝ていたから、夢の声かと思い、一度無視した。

「山田くん」

振り返る。クラスメイトだ。名前が出てこない。

「山田くん、だよね？」

地味な顔。クラスメイトであることは間違いない。誰だっけか。

「同じクラスの、和久津だけど」

「あぁ、和久津くん」そうだ、そんな名前だ。たしか成績が良い。

「うん」頷いたきり、言葉を継がない。

「なに？」待ちきれず、促す。

「山田くん、家、この辺なの？」

「まぁだいたいこの辺」あと五、六分歩けば家。「和久津くんは?」

少し間が空いて「家は逆方向なんだけど、今日こっちに用事あって」

「そうなんだ」

「うん」歩道橋脇の、木の看板を指差し「パン、買ってくるよう、頼まれて」

「へぇ」わざわざ買いにくるほど、おいしいんだっけ。うちでたまに出るパンが、ここのパン屋のパンか、よくわかっていない。

「山田くん、すげぇ勉強できるよね」

「いや、」反射的に否定するが、できる。勉強は好きだし、成績で苦労したことがない。それはそうだけど、「和久津くんのほうが、成績良くないっけ」

「あー、まぁ、テストによっては、って感じだけど、」気まずそうに目を伏せる。ふたたび目が合い「山田くんって、将来どうなりたいとかある?」

初対面で訊くことか? 「……なりたい職業的な?」パン屋に行くんじゃないのか? 俺にまだ用がある?

「うん」

「医者かな。いまんとこ」

「親が医者?」

「いや、ふつうにサラリーマンだけど、医者のドラマ観て、憧《あこが》れて」

「へぇ。すげぇ」

「まだなってないし、すごいとか別にないけど、」眠い。本題があるなら、早めに入ってほしい。

「和久津くんは?」訊かれたから、訊いてみる。

「俺は、弁護士」

「へぇ」頭良さそうだもんな。「親が弁護士？」

「いや、ふつうにサラリーマン」

「へぇ。じゃあなんで」

「人を救いたくて」

「おぉ、すげぇ」真顔でよく、そんなことを。「なんか、きっかけとかあんの？」

「きっかけってほどじゃないけど、弁護士のドラマ観て、依頼人を救う主人公がかっこよくて、それで」

「じゃあ一緒じゃんか」笑ってしまった。「俺と一緒じゃん。『弁護士のドラマ観て、憧れて』でいいじゃん。なんでちょっと上回ろうとしたん？」

「え？」和久津は一瞬固まり「してないしてない。上回ろうとしてない」手を高速で振って笑う。

「だって、人を救いたいのは、本当だし」

「んなこと言ったら、俺だってそうだよ。きっかけはドラマだけど、人を救いたくて、医者目指してるよ。なんでそっちだけカッコつけようとしたんだよ」笑いながら、いつぶりだろうと思う。

同級生の言ったことで笑ったの、いつぶりだろう。

「じゃあ山田くんも、『人を救いたくて』でよかったじゃん」

「やだよ、いきなりそんな、恥ずかしい」

「俺と友だちになってください」和久津が急に頭を下げ、手を差し出すので、驚く。

「……告白？」友だちって、そうやって作るもんじゃなくない？

「人を救いたい同士で気が合うし、友だちになってください。お願いします」

ぼさぼさの後頭部を見下ろす。数秒、考えてから、手を握る。

「いいの？」バネのように上体を起こす。うららかな日差しが、和久津の嬉しそうな顔を照らしている。

「いいよ」

友だちなんて、別に、いなくてもよかった。

「人、救ってこう」

和久津が教壇で話す声を聴く。聴きながら、また思い出す。

＊

今日が最終日ということは分かっていた。

和久津の、実習生としての最後の授業が、一限にあった。

まるで本当の教師みたいな授業をした和久津は花浦先生に褒められていて、謙遜の言葉を繰り返し口にしていた。

二限は音楽だった。二年E組の生徒は全員、音楽室に移動していた。

和久津を待ったが、来なかった。おそらく、最後の授業のフィードバックのようなものを、花浦先生から受けているのだろうと思った。

三限は世界史だった。四限は英語だった。どちらも二年E組で行われたので、和久津が来ることはなかった。

昼休みも当然、教室にずっと人がいたので、和久津は来なかった。

五限と六限は理科だった。化学選択の生徒は化学室で、地学選択の生徒は地学室で、それぞれ二コマ連続の授業を受けた。その間、誰も二年E組を訪れることはなかった。もしかしたら二限の時間にフィードバックは行われておらず、いま行われているのかもと思った。だとしたら二限はなにをしていたんだろう。五限と六限の二コマにわたるほど、フィードバックは時間が掛かるものだろうか。教育実習について、細かいことはわからない。最終日なのだから、きっとまとめのレポートを書いたり、いろいろと忙しいんだろう。窓が二ヵ所あいていた。風が通り抜ける音がした。六限の終わりを告げるチャイムが鳴った。

放課後は、現役の生徒が教室に溜まっていた。ホッケー部の涌井《わくい》と、新設された軽音同好会の鮫川《さめかわ》、帰宅部の荒巻《あらまき》。この三人はよくつるんでいる。ホッケー部は毎週金曜日が休みだ。くだらない話を延々してから、教室を去っていった。

風が、夜の音を纏《まと》いだした。生ぬるい、曇りの一日だった。

雨はもちろん、晴れているか、曇っているかも、音で分かるようになった。温度や湿度も、空気がこすれ合う音に耳を澄ませば、ある程度は分かった。

諦めかけたころ、声がした。

「山田、ごめん」発声をためらうような息遣いを何度か漏らしてから、和久津が深刻そうな声を出した。「人、集まんなかった」

落胆と、来てくれた安心感が、同時に湧き起こった。

〈そっか〉ひとまず相槌を打った。〈残念だけど、〉和久津すら来ないと思ったのだ。〈しょうがないわ。企画してくれてありがとな〉来てくれただけ、嬉しかった。

「ごめんな」和久津が暗い声で、謝罪を重ねる。「本当にごめん。いろんなやつに声かけたんだけど、わりと急だったし、みんな忙しいとかで来れなくて、流れたわ。ごめん」

〈いいって全然。気にしなくて〉

「ごめん。まじで」

〈平気平気。俺が人望ないのが悪い〉

「いや、山田の人望じゃない。俺の人望だわ。ごめん」

〈いやいやいや。というかこれ、人望とかじゃないっしょ。みんなも忙しいだろうし。というかほんと、企画してくれたことが嬉しかったから。ほんとに〉

「ごめんな」

〈いいっていいって。ほんとに〉

静寂が、ふいに横たわる。湿った夜の音だけが聞こえる。

〈あのさ、〉思い切って、尋ねてみる。〈和久津のこと疑ってるってわけじゃないんだけど、一応、確認したいことがあって〉

「……なに？」声が揺らぐ。

〈昼休み、二Eの子たちが話してるの聞いたんだけど、〉

「うん」

〈今日、教育実習の最終日で、実習生全員が参加する打ち上げあるんでしょ？　もしかして和久津、そっち行きたいから、元二Eの集まりキャンセルしたんじゃないかなー、なんて、ふと思って〉

「いや、」絶句したような間が空く。「それ俺、知らないわ」

〈……知らない？〉

「え？　打ち上げあんの？　今日」

〈……やるって聞いたけど〉

「まじで？」心底驚いたような声が、教室にとどろく。「今日？」

〈……今日って聞いたけど〉

「嘘でしょ？」和久津の声が、切なく反響する。「今日？」

〈今日だって〉

「じゃあたぶん、俺だけ誘われてないわ」

〈あぁー〉

「……まぁ俺、あんま馴染めてなかったしな。うん。しょうがないわ。うん」

〈たまたまじゃない？〉

「たまたま？」

〈たまたま誘い忘れたんじゃない？〉

「たまたま誘い忘れることあるか？」

〈……ないかも〉ん？　ということは、すなわち、〈待って。じゃあ元二Eのやつら集まんなかったってのも、ほんとなのか〉

「ほんとだよ。最初からそう言ってんじゃん」

〈まじかよ。俺てっきり、和久津が実習生の打ち上げ行きたいから、ほんとは元二Eのやつら何人か集まってんのに、集まってないって嘘ついてんのかと思った〉

「いや、ごめん。まじで集まってない」

〈……ゼロ？〉

「ゼロ」

〈ゼロなことある？〉

「ゼロだった。まじで」

〈えっ、みんなちゃんと誘った？　新聞部とか、久保とか、小野寺とか〉

「みんな誘ったけど、来れないって」

〈えー。嘘だよ〉

「みんな忙しいらしくて。あと花浦先生も忙しくて、やっぱそんなんしてる暇ないって」

〈まじかよふざけんなよ。逆に傷ついたわ。いらんこと訊かなきゃよかった〉

「いや、俺も傷ついたわ。まじかよ。五人で実習来てて、ひとりだけ打ち上げ誘われないなんてことある？　やばくない？　一応ひと声かけてもよくね？　それすらされないってやばくない？」

〈それはお前が、コミュニケーションを諦めてるからだろ〉

「諦めてねぇって。山田にそれ言われて以降、ちゃんとみんなと馴染もうとしたって」

〈それで打ち上げ誘われてないの、逆に凄《すご》いな〉

「ゼロが何言ってんだ」

〈いや、つか俺ゼロじゃないだろ。和久津がいるわけだから。イチだろ〉

「俺が今から打ち上げに参加したら、ゼロになるんだが？」

〈呼ばれてない打ち上げに行くなよ。みんな気まずすぎるって〉

和久津が笑い、俺も笑う。

笑い合い、笑わせ合い、夜が更けていく。

幸せだと、たしかに思う。

この幸せのために、俺の日々がある。

この幸せのために、どれだけの孤独を味わってきたか、どれだけの孤独をこれからも味わっていくかなんて、今は絶対に考えたくない。

「俺、教師になって、必ずここに戻ってくるから。山田に、会いに来るから」

〈あぁ。待ってるわ〉

最終話　死んだ山田と教室

待ちくたびれた。とすら、もう思えなくなった。

夏が来て、秋が来て、冬が来て、春が来た。

和久津は来なかった。大学を卒業したはずだった。なんで来ないんだと思った。裏切られた気持ちだった。

また夏が来て、秋が来て、冬が来て、春が来た。

和久津は来なかった。大学を卒業して、一年が経ったはずだった。

音を拾う屍としての日々が、また続いた。

意識が切れてくれれば楽だった。

『待ってる』なんて、言わなければよかった。

言ってしまったから、約束が生まれてしまったから、こんな日々を過ごしているのだ。

さっさといなくなりたかった。

そうだ、きっと和久津は、ここではない場所で働いているのだ。

そうに違いない。俺のことなんてすっかり忘れ、どこかの企業で働いているのだ。

それならそうと、伝えてくれればいいのに。

人間のクズだと思った。

修士課程に進んだのかもしれない、と、ふと思いついた。

二年間だから、次の春で卒業だ。そうだ。修士だ。そうに決まっている。

次の春で来るだろうと思い、聴き飽きた授業を聴き続けた。

人が入れ替わっているのに、二年E組の教室には、毎年同じような会話が溢れた。

男子高校生は基本的に、バカしかいなかった。

花浦先生は結婚して子供が出来たらしい。俺のことは忘れたらしい。

俺に構う人間は、もう誰もいなくなった。

夏が来て、秋が来て、冬が来て、春が来た。

和久津は来なかった。

終わったと思った。

卒業して二年が経ったのだ。どこかで元気にやってるんだろう。人間のクズだと思った。

糸が、ぷつりと切れた。

本当の屍になったのだ。

常に音がしていた。無音すらやかましかった。

もう聴きたくないが、耳をふさぐことは出来なかった。

夏が来て、秋が来て、冬が来て、春が来た。

「山田、まじごめん。だいぶ遅くなった」

懐かしい声がした。

＊

和久津は常に、穂木高のホームページの採用情報をチェックしていた。

花浦先生には「国語科の採用をする際はご一報ください」と伝えていたが、年々忙しくなっている気配があり、信用ならなかったので、毎朝のチェックが日課となった。

大学四年の十二月、初雪の降る朝に、国語科の非常勤講師の募集を見つけた。

跳び上がったが、応募資格の『・大学院前期博士課程（修士課程）在学以上の方』という文言が目に入り、布団に伏した。

花浦先生に、勤務開始の四月から修士に進む予定であるが、応募は可能かと問い合わせるメールを送った。

返事が一週間来なかった。

痺れを切らし、採用情報に記載された番号に電話を掛けたところ、「応募時点で修士課程在学以上の必要がある」との回答を受けた。

ついでに採用方針を伺うと、「基本的には修士卒以上で、他校で二年以上勤務した経験のある方を採ることが多い」という話だった。

穂木高は県内最難関の私立だ。そう甘くはないらしい。

慌てて他校の求人情報を漁《あさ》り、修士に進むと同時に、都内の中堅進学校で非常勤講師の職を得た。

松尾芭蕉の研究を続けながら、週に二度、教鞭《きょうべん》を執る日々が続いた。

学期の途中で前任者が辞め、急遽採用が行われるケースもあると考え、修士一年の間も毎朝の採用情報チェックは欠かさなかった。

しかし、国語科の募集が出ることは一度もなく、修士一年目を終えた。

翌年は倍以上に忙しくなった。指導教員のスパルタを受けながら、外部の研究会での発表もこなしつつ、非常勤講師の職を続けながら、修論の準備に勤しんだ。芭蕉の道のりを辿り直そうと、東京を離れることも多かった。

山田に会いたかった。山田と話したかった。

こんなことをしてる場合じゃないが、こんなことを積み重ねた先にしか、山田の待つ未来は存在しなかった。

目まぐるしい日々を過ごす間も、毎朝のチェックは欠かさなかった。

十二月のある朝、国語科の非常勤講師の募集を見つけた。手が震えた。

一月中旬に修論の提出を行ってすぐ、応募書類の一つである「高校教育への抱負」を何度も何度も何度も書き直し、他の書類と併せて郵送した。

二月の初めに、書類選考通過の連絡が来た。叫んだ。

二次選考の面接のため、教育実習以来、二年八ヵ月ぶりに穂木高を訪れた。

思いの丈《たけ》をぶつけた。面接はひとりずつ行われたが、待機室である特別教室Aには、和久津以外にも二名の候補者がいた。面接官は三人いたが、うち一人が桑名先生で、懐かしい顔と声に心がほぐれた。花浦先生の姿はなかった。

面接後、二年E組の教室へ行こうか迷ったが、やめた。

「教師になって、必ずここに戻ってくる」と誓ったのだ。

ここで声を掛けるのはダサいと思った。

穂木高で職を得て、約束をしっかり果たして、ついに声を掛ける光景を繰り返し夢想していた。

面接の手応えはあった。二年E組には立ち寄ることなく、穂木高を後にした。

一週間後、不採用の通知を受けた。

しばらくは抜け殻のように過ごした。

博士課程で芭蕉の研究を続けながら、非常勤講師の職を増やした。

経験があればあるほど、採用には有利なはずだった。

研究領域も拡張した。広く深い知識を、いつでも語れるよう準備した。

冬に熱を出した。病院でただの風邪と言われたが、体温は四十度に上がった。

意識が朦朧《もうろう》とする中、半ば自動的に日課の採用チェックをすると、「国語科」の文字が目に飛び込んだ。今年も非常勤講師の募集があった。安堵し、節々の痛みが溶けていくように感じた。

回復後、応募書類の作成に取り掛かった。履歴書や研究業績一覧表に書ける内容が去年よりも増え、嬉しかった。山田の笑い声が、脳裏にこだましていた。待ってろよ、もうすぐだからな、と、何度も胸の内で唱えた。

書類選考を無事通過し、一年ぶりに穂木高へ赴いた。

冷静に、かつ熱を込めて、自分がどれだけこの校舎で働きたいかを語った。かつてここで受けた授業がどれもすこぶる面白かったこと、自分もそのバトンを次の世代に繫げていきたいということを語った。自信はあった。

去り際にふと気になり、「花浦先生はお元気にされていますか」と、桑名先生に尋ねた。去年の春に辞めたとのことだった。連絡は一切なかった。なんて薄情な奴《やつ》だと怒りが湧くと同時に、おかげで非常勤講師の採用枠が増えたのだな、と、なんとも言えない気分になった。

二年E組へは行かなかった。

待ってろ山田、もうすぐだぞ、と、ホームルーム棟に背を向け、拳をぎゅっと握った。これで落ちるなら、誰が受かるんだと思った。

一週間後、採用の通知を受けた。涙が出た。嗚咽の手前で、電話を切った。大学のトイレへ駆け込み、拳を腿《もも》に打ちつけながら、ぼろぼろ涙を流した。

四月から、週に一度、穂木高で授業をすることになった。

受け持つのは一年D組とF組の二クラスで、D組が月曜一限・二限、F組が三限・四限と、それぞれ二コマ連続で「日本語総論」の授業を担当する予定だ。

三月も終わりかけたある日、桑名先生から連絡があり、穂木高に呼び出された。

ソメイヨシノが舞う校門をくぐり、管理棟の教員室へ向かうと、桑名先生が眼鏡のレンズを拭っていた。ゆっくりと装着した後、和久津を見上げ「おかえりなさい」と口にした。

「日本語総論」だが、残りのA組、B組、C組、E組は専任教論の桑名が担当することになっていた。通常の高校であれば、専任教諭と同じカリキュラムで授業を進めるのが常識だが、穂木高は難関私大の附属高であり、偏差値が七十を超えるため、現場の裁量が非常に大きい。試験も独立しており、専任教諭と同じ内容の授業をする必要はなかった。

「和久津先生には一年間、松尾芭蕉についてだけ授業をしていただいても結構です」

「え」驚いた。桑名先生が専門としている『古事記』について、ともに授業を進めるものだと思っていた。

「和久津くんはたしか二年生と三年生のとき、私の授業を取ってくれていましたよね。とても優秀な生徒でした。あなたのことは信頼しているので、好きに授業をしていただいて構いません。

そのほうが生徒も喜ぶでしょう」

嬉しかった。その足で大学の図書館へ向かい、急ピッチで授業準備を進めた。

四月五日の入学式の後、専任教諭と非常勤講師の全員が体育館へ集い、新入職の紹介が行われた。懐かしく広い天井を見上げ、実感が湧いた。やっと戻ってこれたのだ。

翌週の月曜日は健康診断が予定されているため、初回授業は十日後の四月十五日だった。

二年E組へは寄らず、大学の図書館へ移動し、授業準備に勤しんだ。「教師として戻ってくる」と誓ったからには、初回授業を完璧に終えた後で、山田に会いたかった。

桜も散り切った四月十五日、和久津は二クラス分の初回授業を無事に終え、教員室で胸を撫で下ろした。自宅で何十回と練習したのだ。心地よい緊張感とともに、楽しく授業をすることが出来た。

約束は果たした。

あとは山田に会いに行くだけだった。

二年E組の時間割は、五限が体育、六限が世界史だった。

五限が始まって五分が経過してから階段を上がり、おそるおそる二年E組を覗いた。

誰もいない。

あの頃と変わらない風景だった。

床には運動部が落とした土が散らばり、どの机の上にも、脱ぎっぱなしのシャツやズボンが折り重なっていた。

汗と整髪料の匂いが、微かに立ち昇る。

あいた窓から、春のぬるい風が吹き込んでいた。

狭い机の間を進み、教壇の前で足を止めた。

見上げた。

スピーカーは、変わらずそこにあった。

心臓がうるさかった。どくんどくんと音を立て、和久津の胸を突き破りそうに跳ねた。

声を出す前に、深く息を吸った。長い時間を掛けて吐き、また吸った。

「山田、まじごめん。だいぶ遅くなった」

一息に言った。

返事がない。

心臓が痛んだ。

そうだ、名乗っていなかった。

「山田、俺だよ、和久津。久しぶり」

返事がない。

心臓が暴《あば》れ、視界が白くなっていくように感じた。

ほとんど気絶しそうになりながら、「おちんちん体操第二」と呟く。

返事がない。近くの椅子にへたり込んだ。手を突いた机が傾き、知らない生徒の黒いスラックスが、ベルトの重さに引きずられて床に落ちた。

拾う気力もなく、目の前のワイシャツに突っ伏した。

俺の三年間はなんだったんだ。

知らない男子の匂いが鼻から脳へ抜け、意識が遠のいていった。

〈和久津〉

声がした。夢の中かと思った。

〈和久津、おい、ふざけんな〉

やはり声がした。見上げる。耳を澄ませた。

〈遅ぇよ〉

霞《かす》む視界の端で、白い箱がしゃべっていた。

〈待たせすぎだろ〉

「山田、」声が、口から零れた。「山田、ただいま」スピーカーに焦点が合うと同時に、視界が濡れ、また見えなくなった。「帰ってきた。ちゃんと、教師になって」

〈『ただいま』じゃねぇよ〉

山田の声に、怒りが滲んでいた。

〈どんだけ待たせせんだよ。いい加減にしろよ。俺がどんだけ寂しかったと思ってんだ〉

「え？」

〈もう四年近く経ってんだよ。前にお前が来てから。誰も話しに来ねぇし。なんなんだよ。いい加減にしろよ。ふざけんなよ。まじで〉

山田の声が尖り、熱い湿り気を帯びていく。

〈お前さぁ、帰ってくりゃいいってもんじゃねぇだろ。俺の気持ちになってちょっと考えたらわかんだろうが。どんだけ寂しかったと思ってんだよ。なぁ？　四年放置すんなよ。人の気持ち考えろよ。ふざけんな〉

「違うって山田、俺ずっと、ここに戻ってくることだけ考えて、今日まで過ごしてきたんだって、」激昂《げきこう》する山田に、和久津は非常勤講師として採用されるまでの経緯を説明する。自分がいかに山田のことだけを考え、ストイックな日々を送ってきたかを語った。「だから、ずっと待たせてたのはごめん、一回も話しに来なかったのはごめん、それは謝るけど、でも、これから毎週、山田と話せるから。そのために俺、死ぬほど頑張ったんだから」

大きな溜め息を漏らした後、山田が呆れたように、〈お前、モテないだろ〉と言う。

「……はぁ？」

〈いたことあるか？　彼女〉

「……ねぇけど」

〈そういうとこだわ〉

「何が」

〈今日で全部分かった。お前が二十五にもなって一度も彼女できないの、そういうとこだわ〉

「だーかーらー、何度も言ってっけど、」イラッときて、口調が荒くなる。「俺、お前のために、ここの採用勝ち取るために、ちょっとでも経験積んで、ちょっとでも研究実績増やしてってしなきゃいけなかったから、まじで彼女作る余裕とかなかったわけ。聞いてた？」

〈それはそうなんだけど、忙しさとかはいったん抜きにして、あ、こいつモテねぇな、とは、話聞いてて思った〉

「どこがだよ」

〈なんか安心したわ。和久津が変わってなくて〉

「安心すんな。どこがモテないか説明しろよ」

〈自分の胸に手を当てて、よーく考えてみな〉五限の終わりを告げる、チャイムが鳴った。〈和久津、頭良いけど不器用だよな。昔から〉

「そうか？」むしろ器用なタイプだと思っていた。頭良い、は嬉しいけど。

〈早くここ出ないと、二Eの子ら戻ってきちゃうぞ〉

「そうだよな。もう出るわ。また来週月曜の五限、ここ来るから」

〈おう。またな〉

「それに俺、今は週一の非常勤だけど、専任教諭として採用されるよう頑張るから。そしたら週六でここ来れるし、山田も寂しくなくなるだろ？　俺、頑張るから」

〈ああ。というか早く出ろよ。勤務初日から泥棒だと思われるぞ〉

「そうだよな。またな。また来週な」落としたスラックスを拾い、机の間を抜け、扉に手を掛ける。

〈そうだ和久津、〉声がして、振り返る。〈一個言い忘れてた〉

「なんだよ」

〈帰ってきてくれて、ありがとな〉

「……おう」と返し、続けて何か言おうとするが、ぞろぞろと階段を上がってくる音が聞こえ、慌てて踊り場まで駆け下りる。大声で下ネタを言い合う、あの頃の俺らと何も変わらない男子高校生の集団とすれ違う。

山田の声を反芻《はんすう》しながら、ふわふわと帰路につく。

＊

〈えっ？　花浦先生って穂木高辞めたん？〉

「そうだよ。知らなかった？」

〈知らなかった。いつ?〉

「去年の春とか言ってたな。それで国語科のコマが埋まらなくて、非常勤の採用を増やしたっぽい」

〈へぇ。まじか。ぜんぜん気づかなかった〉

「ずっと学校いるのに、気づかないもん?」

〈この教室にしかいないからなぁ。二年E組の授業持ってない先生はあんまわかんない。たしか剣道部の顧問やってて、結婚して子供できたみたいな噂はちらっと入ってきたけど、まさか辞めてるとは思わなかった〉

「というか花浦先生、山田になんの挨拶もなく辞めんのどうかしてね? 学校残ってる人間で唯一、山田がこうなってんの知ってたのに」

〈もともとドライな人ではあったからなぁ〉

「にしてもだろ」

〈和久津たちが卒業してから、結局一回も俺に話しかけにきてくれなかったな〉

「怖っ」

〈ドライだよな〉

「いや、もうそれ、ドライとかじゃないだろ。カッピカピだろ」

〈カッピカピとドライは一緒だろ〉

「パッサパサだろ」

〈それも一緒〉

「カッサカサだろ」

〈ぜんぶ一緒。カッピカピとパッサパサとカッサカサをひっくるめてドライでいいだろ〉

「いや〜、ドライじゃ足りないわ。カッピカピでパッサパサでカッサカサだわ。というか花浦先生、めっちゃフランクな感じなのにドライなのが余計怖いんだよな」

〈あー、たしかに〉

「顔は笑ってるけど、なんなら目も笑ってるけど、目の奥だけが笑ってない、みたいな表情よくしてたわ」

〈しばらく見れてないけど、そうだったかもな〉

「な」

〈花浦先生ってなんで辞めたん？　子供も生まれたのに〉

「詳しいことはわかんねぇけど、桑名先生が言うには、お父さんが具合悪くなったとかで地元帰ったらしい」

〈へぇ〉

「というか桑名先生めっちゃくちゃ優しい」

〈そうなんだ。でも前から優しそうではあるよな〉

「うん、そうなんだけど、部下になってみると、より優しさが沁《し》みるっつーか。というか生徒のときはそこまで意識してなかったけど、穂木高の先生、みんな頭良すぎるわ。自分で目指してみてわかったけど、ここの先生になるの、難易度えぐい」

〈穂木高、なんやかんや偏差値高いもんな〉

「そうなんだよ。他の進学校も非常勤で入ってんだけど、だいぶ違う。ここの生徒、やっぱ地頭が良い」

〈アホっぽく見えるけどなぁ〉

「アホだけど賢い」

〈つか桑名先生ってまだ童貞なん？〉

「知らん。どうなんだろ」

〈今いくつだ？〉

「俺らが高二のとき三十ちょうどって言ってたから、あれから九年経って、もう三十九？」

〈やば〉

「あれから九年経ってんのか。やばいな」

〈え、それで、三十九でまだ童貞なん？〉

「だからわかんねぇって。少なくとも、奥さんいるみたいな話は聞いてない」

〈こんど訊いてみてよ〉

「なにを」

〈桑名先生に、まだ童貞ですか？　って〉

「訊けるわけねぇだろ。上司だぞ？」

〈元教え子なんだからいけるっしょ〉

「現部下なんだよ。お前見たことあんのか？　入社一年目の新人が、四十近い上司に『童貞ですか？』って訊く光景」

〈やばいな。即解雇だわ〉

＊

〈みんな元気してんの？〉

「みんな？」

〈新聞部とか、小野寺とか、そのへん〉

「あー、あんま会ってないけど、元気してるっぽいよ」

〈そうなんだ。よかった〉

「うん」

〈誰も遊びに来てくれなくて寂しかったなぁ〉

「みんな忙しいんだろ？」

〈これずっと思ってんだけどさ、そんなみんな、ずっと忙しい？　一回も来れないほど忙しい？　たまには俺のこと思い出して、遊びに来てくれてもよくない？〉

「みんなもう社会人だからなぁ」

〈社会人つっても、それなりに時間あるだろ〉

「……俺もみんなと連絡とってるわけじゃねぇし、状況わかんねぇな」

〈いや、というか、冷静に考えて、声だけになった友だちとか気持ち悪ぃもんな。顔も身体もある友だちと遊んでるほうが、フツーに楽しいよな〉

「そんなことないだろ」

〈そんなことあるって。みんなもう大人なんだし、俺としゃべるよりちゃんと胃袋あるやつと飲み会してるほうが百倍楽しいだろ〉

「んなこと言ったら、俺も酒飲めねぇし、あんま飲み会誘われねぇよ」

〈どーでもいいわ。そういうこと言ってんじゃねぇの。お前、口も喉も食道も胃袋もちゃんとあ

るだろ。俺は一個もねぇの。くれよ。どれか一個でいいから〉

「……あんま卑屈になんなよ」

〈なるわ。卑屈にも。声だけの生活何年やってると思ってんだ。むしろ明るく元気に頑張ってるほうだわ〉

「山田に会いに来るの、けっこうハードル高いんだよ。直接知ってる後輩はみんなとっくに卒業してるし、花浦先生もぜんぜん連絡つかなかったし」

〈いや、それが理由じゃないね。仮に会いに来やすい場所に俺がいても、みんな絶対会いに来ないね。声だけのやつに会ってもしょうがねぇから〉

「会いに来てんじゃん、俺が」

〈四年ほったらかしにしといてよく言うよ〉

「だーかーらー、もう百回くらい言ってっけど、穂木高の先生になるのが思ってた千倍難しかったから、早く確実に採用されるために、ずっと努力してたんだって」山田とまた過ごすための最短ルートを、全力で走ってきたつもりだ。

〈それを途中で説明しに来てくれりゃよかったのに〉

「だからそれはごめんて」

〈まじでもう、全人類から忘れられたかと思ったわ。不老不死って、こんなしんどいのな。舐めてた。いろんな漫画とか読んで、不老不死ってしんどいんだろうなぁってなんとなく思ってたけど、実際こんなしんどいのな。心壊れるわ。まじで〉

「ほんとごめんな。だけど、これからは俺が、山田の孤独を取っ払うから。そうだ、今度こそ元二Eのやつら集めて、ここで話す会やろうぜ」

〈……どうせまた流れるんだろ？〉

「流れないって。教育実習のときはわりと直前に声かけたから集まり悪かったけど、次は時間に余裕もって声かけるし」

〈和久津まだ、一年目の非常勤だろ？　そんな、昔の友だち集めて、現役生の教室占拠してたら感じ悪くね？〉

「んぁー、それはそうかもしんないけど……」

〈下手したら契約切られるだろ。非常勤なんて、まだ立場弱いんだから〉

「あ、じゃあ、ちゃんと専任になったら、開催する。みんなに声かけて、ここで山田と、ひたすら話す。専任になればさすがに許されるっしょ。だからそれまで待っててくんね？」

〈お前さぁ、〉

「…………」

〈待たせてばっかだな〉

「ごめん」

＊

「別府いま、新興宗教の教祖やってるらしい」

〈なにやってんの？　どういうこと？　まじで〉

「いや、みんなどうしてんのか気になってさ、こないだ久々に、小野寺に連絡してみたんだよ。そしたらそう言ってた」

〈なに？　どういうこと？　教祖ってそんな簡単になれんの？〉

「小野寺も詳しくは知らないって言ってたけど、聞いた話だと、今かなり勢いのある宗教らしい」

〈『かなり勢いのある宗教』ってなに？　そんなアイドルグループみたいな言い方する？〉

「わかんねぇけど、そうらしいよ」

〈いや、だってまだ、あいつ二十五とか六とかだろ？　そんな若くて教祖になれんの？〉

「人を惹きつける才能があれば、年齢は関係ないんじゃね？」

〈まぁたしかに、あいつ独特の魅力あったけど……〉

「びっくりだよな」

〈だってなんか、大学辞めたとか言ってたじゃん〉

「大学辞めて、いろいろ経て、教祖らしい」

〈ほぉ〜。すげぇな。そんな人生あるんだな〉

「小野寺はメガバンクで元気にやってるらしい」

〈経済学部だっけ？〉

「そう」

〈王道だなぁ〉

「な」

〈他は？〉

「久保が大手ゼネコンで、藁科が公認会計士」

〈おぉ、すげぇ〉

「高見沢は国家試験受かって、どっかで研修医やってるらしい」

〈さすが〉

「百瀬は商社で、米村はたしか、コンサルとか言ってた気がする」

〈すげぇなぁ。みんな大人になってんだな〉

「吉岡は保険会社で、そうだ、結婚したらしい」

〈結婚？　まじ？〉

「まじ。大学一年から付き合ってた彼女と、新卒一年目で入籍したらしい。もう子供もいるとか」

〈はぇ～。意外。川上とかのが結婚早いと思ってた〉

「川上は知らねぇなぁ。情報ない」

〈白岩は？〉

「白岩もわかんね」

〈そっか〉

「ぜんぜん消息掴めないやつも、けっこういる」

〈なるほど。新聞部は？〉

「そうだ、忘れてた、倉持が超すげぇ」

〈えっ、なに？〉

「前にさ、小説家デビューしたとか言ったじゃん？」

〈聞いた〉

「こないだ芥川賞候補になってた」

〈うお～っ。やば。めっちゃすごくない？〉

「すげぇ。結局獲れなかったらしいけど、候補になるだけですげぇ」

〈いやぁ。すごすぎ。頑張ってんなぁ〉

「泉は出版社って言ってたかな」

〈まじで？　記者？　またスクープ掻き集めてんの？〉

「編集、って話だったかも。大手じゃなくてちっちゃいとこだけど、いきいき働いてるらしい」

〈へぇ。いいなぁ。みんなすげぇなぁ。大人になってんだなぁ〉

「な。もう俺ら、今年二十六になる代だし、みんないろいろやってるよな」

〈……なんか、俺だけ時間止まってんなぁ〉

「……いや、まぁ止まってるっていうか、うん、」

〈俺だけなんもねぇなぁ〉

「山田を囲む会、やるなら行きたい、って、小野寺言ってたぞ」

〈まじ？〉

「うん。絶対行きたいって」絶対とは言ってなかったが、そう伝えた。

〈まじか。嬉しい。小野寺とも、久しぶりにしゃべりたいわ〉

山田の孤独を、少しでも癒やしたかった。

そのために、ひとつのお願いごとを、元二年E組のみんなに送った。

「な。だから俺、早く専任になれるよう頑張るから」

扉が開く。

振り返る。

体操着姿の大人しそうな生徒が、扉に手を掛けたまま固まり、和久津を見据えている。

「……なに、してるんですか？」

「あぁ、ごめん」教壇を降り、歩み寄る。「びっくりさせてしまったよね」

「なにをしてるんですか？」

「えっとね、」

「誰ですか？　まず」生徒が後ずさる。

明らかに和久津を警戒している。「和久津と言います。この春から、穂木高の国語科の非常勤講師をしていて、一年D組とF組を教えています」出来るだけ柔らかい笑みを浮かべながら、教室の外まで、生徒をゆっくりと追いかける。

「その、一年の先生が、なんでここにいるんですか？」顔がこわばっている。

「あぁ。怖いよね。泥棒じゃないから安心して」両手を上げ、丸腰の姿勢を見せる。ベストを脱ぎ、ワイシャツとズボンのポケットを裏返す。出てきた携帯電話と財布を床に置く。「ほら、なにも盗《と》ってない。これは私の携帯と財布。他には持ってない」

生徒は未《いま》だ警戒を解かず、身体を和久津に正対させながら、後ろ歩きで階段に近づく。「なんでここにいるんですか？」

「実は私、穂木高の卒業生でね。九年前、この二年E組の生徒だったんだ。一年と三年もそこそこ楽しかったけど、あるクラスメイトのおかげで、二年E組時代がダントツに楽しくてね。この教室に来ると、いろいろと大切なことを思い出せるから、授業の後によく、ここで休憩してるんだ」

生徒の動きが、ぴたりと止まる。「……ちゃんとした人ですか？」

「ちゃんとした人だよ、もちろん。桑名先生に訊いてくれれば分かるはず」改めて、にっこりと、微笑みかける。

生徒の緊張がほどけ、風船の口がひらかれたように、ほっと息が漏れる。「あぁ〜、焦った〜、不審者かと思った〜」

「だよね、ごめん。そう思うよね。本当にごめん」

「まじびびりました」

「そうだよね、ごめん」財布と携帯をポケットに戻し「君はどうしてここに？　体育の授業中だよね？」

「あー、なんか具合悪くなっちゃったやついて、今保健室で寝てるんすけど、もう帰るらしいんで、そいつの着替えとカバン取りに来ました」

「なるほど」

「あー、てか、怖かったぁ。まじで心臓止まるかと思いました」

「ごめんね」ともに教室に入り、最前列の右から二番目の席の荷物がまとめられるのを、そっと見守る。「というか優しいね。友だちの荷物、取りに来てあげて」

「保健委員なんで」

「あ、そっか」

服がカバンに詰められ、机が綺麗になる。その席はちょうど、九年前に和久津が座っていた席だった。山田が考えた、最強の二年E組。

「じゃあ俺、もう行きます」

「うん。また」軽く手を上げ、生徒を見送る。「あ、そうだ」

「なんすか？」扉の手前で、訝しげに振り返る。

「学校、楽しい？」

問い掛けると、生徒は数秒考えた後、照れたように笑い、答える。「まぁまぁっす」

「そっか」和久津もつられて笑う。「気を付けてね」

「はい」

軽やかな、飛び跳ねるような足音が、やがて聞こえなくなる。

和久津も階段を降り、教員室へ向かう。

＊

外階段をのぼる足音が聞こえ、キーボードを叩く手を止める。倉持は書きかけの原稿を上書き保存し、玄関扉がひらくのを待つ。

「うい〜、疲労困憊《ひろうこんぱい》〜」

すでに赤ら顔の泉は、コンビニ袋をぶら下げた左腕の先にフライドチキン、右手に発泡酒を握り、捨てるように靴を脱ぐと、PCシャットダウンを見守る倉持の鼻に缶を当て「まだ仕事してんの？　もうよくね？　いっしょ飲もうぜぃ」

「ん、今日はもう終わり」顔をそむけ、真っ暗になったPCを閉じる。もう二十五時。「まずただいまを言いなよ。あと手を洗ってうがいして」

「儀礼的だなぁ〜」

「儀礼じゃなくて衛生の話してる。ほら。手洗いうがい。早く」

「ただいまは儀礼っしょ」

「いいから。早く。ここも追い出すよ」泉がうちに転がり込んで三週間になるけど、こっちから言わないと手洗いうがいしてくれないし、部屋はみるみる散らかるしで、「座卓に直接フライドチキンを置かないで」彼女さんに追い出された理由がよくわかる。

「飲もう飲もう。校了祭り」もう一本の発泡酒を開け、倉持の前に突き出す。「校了〜、校了〜、校了祭り〜」ミックスナッツを座卓にぶちまけようとするので、慌てて小皿を用意する。

「終わったの？　無事」

「終わった終わった」泉が恐竜みたいにチキンを齧り、発泡酒を喉に注ぐ。「ふい〜、終わり〜」

「お疲れさま」アーモンドを噛み、缶に口をつける。「終電で帰ってこれてよかったね」

「まぁ今月は楽勝よ」泉がチキンを平らげ、指を舐める。卓上に衣や脂が飛び散っているのを拭きたいが、いま拭いてもどうせまた汚れる。「倉持も、今日は遅くまで書いててえらいじゃん」

「昼間あんまり、集中できなかったから」

「どう？　芥川賞、獲れそ？」

「わかんないよ、そんなの」缶を揺らし、はぁと息を漏らす。「獲れたらいいけど、わかんない」

「獲れたらバイト辞めれんの？」

「……多分」一度芥川賞候補になったとはいえ、作家の収入だけでは生活できないから、週に三日、書店でアルバイトをしている。

「これ前から思ってたんだけど、いっそ正社員になるってのはどうよ？　経済的に安定するし、そのほうが心に余裕できて、良いもの書けそうじゃん。毎回、これが芥川賞獲れなきゃやばい、って追い詰められて書くよりさ」

「……体力ないしなぁ」

「そっか。まぁ難しいよなぁ」ナッツを数粒まとめて口に放り、天然パーマを分け入って頭皮を掻く。「そうだ、和久津から連絡来た？」

「あ、来た」

「寄せ書きって言われても、じゃね？」

「正直な話、なに書けばいいかわかんないよね」倉持は苦笑する。夕方、ずいぶん久しぶりに、和久津くんからメッセージが届いた。非常勤講師として穂木高で働いていること、山田を囲む会をやりたいが専任になるまで待っていてほしいこと、時間が掛かりそうなので取り急ぎ山田に寄せ書きを送りたいことが書かれていた。色紙で送っても山田くんには読めないから、集めたメッセージをひとつずつ、和久津くんが読み上げてくれるらしい。泉にも同じ内容が届いたみたい。

「山田くん、しばらく会ってないなぁ」

「な」

「大学一年のときに、二人で会いに行ったよね？」

「行った」泉が指先の匂いを嗅ぐ。「じゃああれか、もう七年くらい会ってないのか」嗅いでは酒を口に運ぶので、匂いをおつまみにしてる？　と思う。

「山田くん、元気にしてるかな」

「わかんね」泉が凝りをほぐすように、首をひねる。「身体もうないし、死んでるし、元気とかいう概念まだあるん？」

「ないかも」笑って少し、むせそうになる。立ち上がり、水道水をコップに注ぎ、飲み下す。

「山田くん、ずっとあのままなのかな」

「じゃね？　おれら卒業しても消えなかったし、もう消えるタイミングないっしょ」

「うーん」もう一度水を注ぎ、座椅子に戻る。「可哀想としか、もう言えない」

「辛辣《しんらつ》じゃん。珍しく」

「だって山田くんの時間、ずっと止まってるんだもん。こっちはもう大人になってるのに、どんな言葉掛けたらいいかわかんないよ。なにを言っても傷つけそうだし、正直もう、会いたくないかも」

「んな深く考えず、昔みたいに話せばいいじゃん」泉が冷蔵庫に手を伸ばし、林檎《りんご》のチューハイを開ける。僕が買ったやつだけど、もう言っても無駄だから言わない。「大人とか関係ない、くだらない話なんて、いくらでも出来るっしょ」

考える。山田くんに会ったとして、教室まで会いに行ったとして、なにを話す？

やっぱり、「ずっとあの頃みたいに、山田くんと接するのは、無理だよ」

「無理かねぇ」泉の表情が翳《かげ》る。癖《くせ》や話し方は高校時代からほとんど変わらないけど、疲れが滲み出た目元を見ると、泉も泉なりに歳とってるんだな、と思う。「まぁ難しいか」

「泉は寄せ書きのメッセージ、和久津くんに送ったの？」

「送ってない」泉がカシューナッツを齧り、チューハイで流し込む。「だって特に、言うことねぇし」林檎の爽やかな香りが、泉の口から漂う。今度から、飲みたいお酒は二本ずつ買うことを決意する。「そういや小野寺から、寄せ書きどうする？　って連絡きたわ。あいつも書く内容困ってるらしい」

「だよね。困るよね」残りの発泡酒を飲み干し、流しで缶を洗う。「寄せ書き、どうしようかなぁ」泉の空けた缶も、ついでに洗ってあげる。繰り返し缶をすすぐ間も、山田くんのことを考えるのは最初だけで、気づけば自分のこと、今日書いた描写のこと、明日の朝食のことを考えている。

＊

五限の終わりを告げる、チャイムが鳴った。

「やばい、もう出なきゃ」

〈もう終わりか。早いな〉

「生徒と出くわすとまずいから、もう行くわ。またな。また来週」

〈おう。またな〉

階段を駆け下り、教員室へ戻る。携帯を見る。メッセージの通知が一件。久保からだ。

「お先に失礼します」と告げ、教員室を出る。駅まで歩き、電車に乗ってから、中身を確認する。あれからいろいろ考えたけど、山田に今さら何を言えばいいかわからない、ごめん、という、お決まりの返事だった。そうやって真摯《しんし》に返してくれるのはまだ良いほうで、みんなに寄せ書きを呼び掛けてもう二週間経つが、大抵は無視されるか、軽く流されていた。

吊《つ》り革《かわ》に体重を預け、溜め息をつく。

どいつもこいつも。

クソ。

薄情なやつらめ。

みんな、山田にどれだけ楽しませてもらったか、山田がどれだけ教室を明るくしてくれたか、忘れてしまったんだ。

もういい。もうお前らには期待しない。俺がいればいい。

俺が山田を楽しませる。

俺が山田を、幸せにしてやる。

＊

思い出す。中三の春のこと。クラス替えから二日経った、帰り道のこと。

ずっと授業でいいのに、と思っていた。休み時間なんて来なければいい。誰かと話していないだけで、自分が丸ごと欠陥品みたいに感じるあんな惨めで意味不明な時間は、ないほうがいい。休み時間に話す相手がいる、それが、そんなに、えらいことか？　この中学には、おもしろいやつがいない。塾にもいない。だから友だちを、作っていないだけ。出来ないのではなく、作っていない。周りのやつらにはそれがわかっていない。

マリー・アントワネットのあいつと、同じクラスになった。始業式を終え、二つ前の席に座る顔を見て、電撃が走った。あいつだ。マリー・アントワネットのあいつ。俺を救ってくれた、あいつ。その一瞬で、走馬灯みたいに、あいつと過ごす数十年を夢想した。まだ交わしてない会話、食ってないラーメン、乗ってない電車、浴びてない夜風、叩いてない肩、あいつの笑い声、俺の笑い声が、雪崩のように脳を襲った。俺は友だちが欲しかったんだと、そのときようやく気がついた。

横井《よこい》が憎かった。横井さえいなければ、山田と俺は出席番号が並んで、前後に座れるはずだったのだ。ヤマダとワクツの間にヨコイが挟まるから、俺はクラス替え当日も、その翌日も、山田に話しかけることが出来なかった。

今日は死んでも話しかけると誓った。休み時間が来るたび、山田は寝ていた。勉強中も話しかけにくいが、睡眠中はさらに話しかけにくい。機会は訪れず、気づけば帰りのホームルームが終わっていた。

下駄箱《げたばこ》までに、校門までに、あの角を曲がるまでに話しかけようとしたが、できなかった。どうやって話しかければいい？　第一声の正解はなに？　いきなり話しかけたら気味悪くないか？　尾行は止められず、自宅がどんどん遠ざかる。

山田はふらついていた。身体が不規則に揺れ、時折足がもつれ、車道に飛び出しそうになる。寝ながら歩いてる？　そういえば日中も、やたらと眠そうにしていた。緊張が心配に変わる。大丈夫か？　この調子で歩いてたら、轢かれるぞ？　また足が、縁石を踏み越えそうになり、「山田くん」慌てて名を呼んだ。反応はない。もう一度。「山田くん」

山田が振り返った。寝ぼけた目をしている。

「山田くん、だよね？」怪訝そうに、俺を見る。「同じクラスの、和久津だけど」

「あぁ、和久津くん」

「うん」頷き、途方に暮れる。なにを話す？　寝てたよね？　は違う？　趣味を訊く？　ぜんぜん合わない趣味だったら？　どうすれば仲良くなれる？　どうすれば、友だちになれる？

「なに？」山田にせっつかれ、焦り、「山田くん、家、この辺なの？」わかりきったことを訊いた。

「まぁだいたいこの辺」そりゃそうだろう。「和久津くんは？」

自宅は逆方向だ。脳を高速で回し、パン屋に用があったことにした。

そこから無我夢中で言葉を継いだ。

ここまで必死に、人と会話したことはなかった。

「じゃあ一緒じゃんか」山田が笑った。「俺と一緒じゃん。『弁護士のドラマ観て、憧れて』でいいじゃん。なんでちょっと上回ろうとしたん？」

マリー・アントワネットのあいつが、俺の言ったことで笑っている。

山田の笑いが響くたび、未来が拓《ひら》け、人生のすべてがうまくいくような気がした。

「俺と友だちになってください」頭を下げ、手を差し出した。

「……告白？」山田の戸惑う声が、後頭部に降る。

「人を救いたい同士で気が合うし、友だちになってください。お願いします」

身体を折ったまま、何時間も経ったように感じる。

手に、体温が触れた。

「いいの？」跳ね上がる。

「いいよ」うららかな日差しが、山田のカッコつけた顔を照らしている。「人、救ってこう」

山田のいない教室で、授業を進める。

山田と友だちになった日のことを、また思い出す。

＊

〈なぁ和久津、話あるんだけどさ〉

バレずに「ちんこ」を忍ばせるのに最も適した早口言葉は何かという話題が、一段落ついたタイミングだった。ひゃひゃひゃひゃひゃと笑っていた声がふいに翳り、直前の明るさを半分くらい残したトーンで、それは切り出された。

「なんだよ」和久津も明るい声音を維持したまま、返した。「毎週話してるだろ」

〈そうなんだけど、ちょっと、大事な話したくて〉山田の声は、まだ明るかった。

「なんだよ、」〇〇かよ、という、気の利いたことを言おうとしたが、とっさに出てこなかった。言葉では茶化せなかったので、少しだけまた、声を明るくした。「なに話すんだよ」

　嫌な予感が、ずっとしていた。

　もう、何週間も前から。

　予感が現実になりそうな雰囲気が、押し黙るスピーカーから漂っていた。

〈途中で遮られたくないから、また夜、来てくんね？　この時間だと、誰か入ってくるかもしんねぇし〉

「いいけど」と返した。声が沈まないよう、真剣にならないよう、気を付けた。「てか夜っていつ？　俺いつも四時くらいには帰っちゃってんだけど」

〈二十二時以降。見回りが終わって、誰も入れなくなってから〉

「じゃあ俺、入れなくね？」ふざけた声で言った。心がざわざわして、目いっぱいふざけていたかった。「シャッター突き破って入ればいい？」

〈教卓の下に隠れてて。前やってたように〉

「……おっけー。懐かしいな」懐かしい、楽しいことが待っているんだと念じ、声を明るく保《たも》った。「そんじゃ、続きはまた、夜話すかー」バカな話題が続くように、いつまでも続くように、語尾を出来る限り、軽く長く伸ばした。

＊

息を殺していた。腕時計を見る。狭い闇に、夜光塗料をまとった文字盤が浮かび上がる。二十二時を、少し回ったところだった。

雨の音がしていた。夜から降り出したようだ。警備員はまだ来ない。縮こめた身体が痛かった。

一度、夕食をとるために外へ出た。駅前のファミレスで、ドリアとドリンクバーを注文した。ドリアは喉を通らなかった。メロンソーダとコーラを、一対一で混ぜたものを飲んだ。昔から、あまり美味《おい》しいとは思えなかった。この席で、新聞部の取材を受けたことがあったなと思い出した。暗くなってから戻り、教卓の中に収まった。

雨に紛れ、足音が聞こえた。懐中電灯の光が、反射してわずかに届いた。十秒もしないうちに、人の気配がしなくなった。念には念をと、それから百数えて這い出した。

真っ暗だった。

月のない、雨に覆われた夜は、闇が異様に濃かった。

手探りで回転椅子に座り、スピーカーがあるはずの場所を見上げた。

なにも見えなかった。

「おちんちん体操第二」口にしてすぐ「話ってなに？　合い言葉変えたいとかそんな感じ？」と続けた。闇を振り払うように、なにかに蓋をするように、とびきり明るい声を出した。

〈和久津、〉声がした。硬い声。

「早口ちんこ言葉、あれからもっと良いの思いついたんだけどさ、」

〈俺のこと、殺してくんね？〉

手を離された気がした。

地面も重力もない、宇宙みたいな暗闇で、手を離された気がした。

闇を泳いで、言葉を発した。「もぅ死んでんじゃん」あっぷあっぷと息を吸い、かろうじて明るい声を返した。

〈そうじゃなくて、もう話すことも聞くことも、出来なくしてくんね？〉

まるで血が出ているみたいに、胸が痛かった。なにも見えないので、本当に出ているかもしれなかった。

〈俺もう、終わりにしたい〉

「ダメだろ」考える前に声が出た。「ダメだろ。そんなの」

〈なんで？　なんでダメ？〉

「そんな、自分で望んで死ぬなんて、ダメだろ。許されねぇだろ」

〈もう死んでるのに？〉

「ダメだろ、関係ないだろ、もう死んでるとか」おかしなことを言っている気がした。ダメだろ、ダメに決まってんだろ、と、脳を通さず繰り返し口にした。

〈和久津だって、本当はわかってんだろ？〉

「はぁ？　何を？」

〈俺がずっとここにいるのはよくない、って〉

「よくないも何も、いるんだから仕方ねぇだろ。まだ消えたくないからいるんだろ？　なのに殺してくれとか、無茶苦茶だって」

〈消えたいんだよ、ずっと。消え方わかんねぇから、お前が殺してくれよ〉

「ダメだっつってんだろ」そんなの、許されるわけない。「俺がいるからいいじゃん。ダメ？

俺がずっとそばにいるよ。俺がずっと、お前を楽しませるよ。それでいいじゃん。俺以外だれもいなくなっても、俺がいるよ。俺が死ぬまで、じじいになっても、お前を楽しませるよ。声とかしゃがれて、歯もなくなって、だんだん聴き取りづらくなるかもしんねぇけど、それも含めて、お前を楽しませるから。約束するから。山田を絶対、ひとりにさせないから。それじゃダメ？」

　声がしない。

　なんなんだよ。

〈俺、考えたんだ〉ようやく声が聞こえた。〈もうどこ行ったかわかんない脳味噌《のうみそ》で、必死に考えたんだ〉もう終わったことみたいな、すっきりした声で話されるのが、たまらなく嫌だった。

〈俺、ここにいるわけにはいかない。俺を殺してください〉

「やだよ。ぜってぇやだ。つか殺すってどうやんだよ」

〈スピーカーぶっ壊してよ〉

「やだよ。できるわけねぇだろ」

〈親友だろ？　俺ら〉闇のなかに、山田が見えた気がした。〈お願いだよ。頼むよ〉両手を合わせ、ノートでも貸してもらうみたいに、懐かしい顔で笑っていた。

「無理」声が震えた。「俺、お前と話すために戻ってきたのに」

〈ありがとう。めちゃくちゃ嬉しかったわ〉

「じゃあずっといろよ。ふざけんなよ」山田に殴りかかると、消えた。「ふざけんな。ずりぃだろ。出てこいよ」山田は九年前に死んでいて、そこには闇があるだけだった。

〈ごめんな、和久津。俺、和久津にはいちばん感謝してんだ〉

「感謝とかいらねぇから、ずっとここいろよ。ずっとここで、くだらねぇ話してようぜ？　な？

それがいいじゃん。俺、戻ってきたんだよ。お前と話すためだけに、戻ってきたんだよ」

〈……ごめん〉

「ごめんじゃねぇよ！　俺、弁護士なるの諦めて、お前のためだけに戻ってきてんだよ！　お前をひとりにさせないために、そのためだけに、ここ戻ってきてんの！　わざわざ文学部行って、博士課程まで行って、必死こいてここ戻ってきてんの！　ぜんぶお前のためなんだよ。お前のために、俺の人生があるのに、殺してくれなんて言うなよ」

咽《むせ》び泣《な》くような声がした。自分から聞こえているのか、山田から聞こえているのか、もうわからなかった。

〈ごめん〉

「ごめんじゃねぇって」

〈ごめん〉

「ごめんしか言えねぇのかよ」

〈……じゃあ言うわ。これ言ったら和久津、俺のこと殺してくれるよな？〉山田の甘えるような声が、闇に響いた。〈俺、九年前、ただ轢かれたんじゃなくて、〉

「自殺だろ？」この単語を、ずっと鍵を掛けて仕舞っていたこの単語を、九年ぶりに引っ張り出して、声にした。「わかってんだよ、そんなこと」

〈……え？〉

「そんなんずっと前からわかってんだよ。わかってて、俺は山田に消えてほしくねぇって、ずっと言ってんの」

今さらする話ではなかった。

そんなわかりきったことを理由に、山田を殺すわけにはいかない。

〈なんで？〉

「最初からおかしいと思ってた。お前、ナンバープレートの四桁《けた》の数字、記憶してたろ」

――なんか、でっかい赤い車が突っ込んできて、

――ナンバープレートがたしか、俺の誕生日で、

「車が猛スピードで突っ込んできてんのに、そんなん読む余裕あるか？　ないだろフツー」

〈一瞬だけ見て、目に焼き付いてたかも、〉

「お前、瞬間記憶できないタイプだろ。長い付き合いだし、ぜんぶ知ってんだよ。車の前で、じっと立ち止まって、頭ん中で数字読み上げながら、ナンバープレート眺めてたろ」

――いいなぁ、俺もカメラアイ欲しかった。写真みたいに記憶できたことなんて人生で一回もないわ。

〈でも、自殺では、ない〉山田の声が揺れる。〈ただ、〉

「死んでもいいと思ったんだろ？　猫逃がして、遠くから突っ込んでくる車眺めながら、よけてくれるかな？　よけてくれなかったら死んでもいいや、とか、自分の誕生日見て考えてたんだろ？　ほぼ自殺じゃん」

〈……全部、和久津の想像でしょ？〉

「被告人が言ってたよ。『被害者の少年は、猫を逃がしたあと立ち止まり、じっとこちらを見つめていました』って」

〈なんで知ってんの？〉

「傍聴、ぜんぶ行ってたから。俺、山田が死んでから、平日たまに休んでたろ？　誕生日選手権

のときも、録音だけ渡して、当日ここ来なかったし。あれ、裁判所まで行って、山田の事件の傍聴してたんだ。被告人が酒飲んでたのは事実だし、ドライブレコーダーも監視カメラもなくて、裁判では保身のための嘘って扱いだったけど、本当にそうなんだろ？　お前、死んでもいいと思ってたんだろ？」

返答がない。図星なんだろう。あのときも死にたかったから、ずっと死にたかったわけだから、殺してくれるよな？　と言わせないために、山田の告白を潰す必要があった。

「お前、高校デビューして、ずっと無理してただろ？　ほんとは人気者ってタイプじゃないもんな？　中学のときもサッカー部にうまく馴染めてなかったし、外部のバンドでも大人しくしてたらしいじゃん。知る人ぞ知る、仲良くなってみると実は面白いやつ、って感じだもんな、本来。それでよかったじゃん。なんで無理したの？　金髪にしたりしてさ。俺みたいなのと、似た者同士で、ずっと仲良くしてりゃよかったじゃん。それで楽しいし、人気者じゃなくてよかったじゃん。ラグビー部もわざと怪我して辞めちゃうしさ。なぁ山田、無理する必要なかったじゃん。なんで無理したの？　だから死にたくなっちゃったんだろ？　そんなんやめて、俺とのんびり仲良くしてりゃいいじゃん。もう死ぬ必要なんてないだろ？」

〈そうじゃない〉山田の声が、低く冷たく響いた。〈それは違う〉

「ちがくないだろ」

〈違う。俺は無理なんて、一度もしてない。高校に入ってからの俺も、ちゃんと俺だった。何かを演じてたわけじゃない。無理なんてしてない〉

「じゃあなんで」

〈バカバカしくなっちゃって〉

「……は？」

〈俺、小学生のとき、無口でいじめられてたんだ。こいつぜんぜんしゃべんねぇ、きもちわりぃやつ、って。あ、そうなのか、しゃべらないと気持ち悪いのか、と知った。それで、中学に入ったら、たくさんしゃべるようにしようと思った。中学に入って、サッカー部のみんなから、しゃべりすぎて空気読めてないとハブられた。親が録音してた深夜ラジオが好きだったから、それを参考にたくさんしゃべるようにしたんだけど、どうやら気持ち悪いみたいだった。高校に入ったら、ちょうどいい量をしゃべるようにしようと思った。そしたら人気者になった。なんかバカみたいだな、って。こんなんでいじめられっ子から人気者になれるなら、人生って意味あんのかな、とか思って〉

「……なんだよそれ」

〈空っぽだな、って、ずっと思ってた。楽しいのは楽しいよ？　二年E組のみんなといるのは、特に楽しかった。それは嘘じゃない。でも、しゃべる量を調整するだけで、こんなに周りの反応が変わるのかと思って、人生バカみたいだな、って。ラグビーやってるときも、なんかバカバカしくなって、わざと怪我しちゃった〉

雨が強くなっていた。

〈もういいかな、って。百瀬には悪いことしたよね〉

淡々と語る山田の声が、教室を飲み込むような雨の音と混ざった。

〈空っぽなんだよ、とにかく。生まれた日から、今日までずっと。面白いことを言ったほうがいいから面白いことを言うし、優しくしたほうがいいから、優しくするんだ。そうしたほうがいいから、そうしてるだけなんだ。片目の潰れた猫が、道路で動けなくなってて、誰が見ているわけでもないのに、気づいたら助けてた。助けたほうがいいから、自動的に助けてた。あ、今かも、って、そのとき思った。遠くから赤い車が、俺目がけて走ってきて、12－24だ、俺が生まれた日だ、いいかも、死ぬなら今かも、とか思った瞬間にもう死んでた〉

声が途切れ、雨の音が膨らんだ。

〈だから俺、消えてもいいよね？　元から空っぽなわけだし〉

「カッコつけんなバカ」殴るように言った。笑えてきた。「さすがにカッコつけすぎだろ。お前それ、ただの面白くて優しいやつだから」

〈ちがう。俺、ほんとに空っぽなんだよ。なんとなく生きてただけなんだ〉

「みんなそうだから」バカすぎると思った。「お前だけじゃないから。みんな、なんとなく生きてるから」

〈そんなことない。まじで空っぽ。俺の人生、まじで意味ないと思う〉

「うっせぇ！　死ね！」

〈だから死んでるし死にたいんだって〉

「意味、めちゃくちゃあるから。舐めんなよ。お前の『マリー・アントワネットじゃん』に、俺がどんだけ救われたと思ってんの？」

〈そんな面白くないだろ、それ〉

「面白ぇわ！　こんな面白いこと他にねぇわ。少なくとも俺は、お前の『マリー・アントワネットじゃん』に支えられたまま、人生なんとかやってんの。空っぽのお前が言ったひとことに、お前が笑ってくれることに、俺は死ぬほど救われてんの」

〈和久津は死んでないだろ〉

「誇張表現だから」

スピーカーから、ふっと笑い声が漏れる。

和久津も声を出して笑う。

いつまでもこうして、山田と笑い合っていたかった。

いいじゃん、このままでいいじゃん、と笑い続ける声が、虚《むな》しく教室を満たした。

暗闇でへらへら笑いながら、もうダメなんだ、もう終わったことなんだと、どうしようもなく悟っていた。

〈で、いろいろ踏まえまして、和久津の命の恩人であるわたくし山田から、和久津様にお願いがあるのですが、〉

「なんだよ」

〈やっぱ俺のこと、殺してくんね?〉

「ダメだよ」と口にする。無理と分かっていても。

〈命の恩人の頼みなのに?〉

「話聞いてた?　ダメだよ」

〈一生のお願い!〉

「もう一生終わってるだろ」

〈俺やっぱ、いつまでもここいるわけにはいかないいって〉

「そんなことないだろ」

〈俺だけ大人になれないの、和久津が思ってるより、ずっとつらいんだから〉山田の穏やかな声が、耳に届く。〈わかるっしょ?　想像してみてくんね?　めちゃくちゃつらいから〉

和久津は口をつぐみ、山田の苦しみを思い描く。

山田が閉じ込められた、どこまでも深い闇を思い描く。

山田の味わってきた孤独を。永遠に味わい続ける孤独を。ゆっくりと時間を掛け。鮮明に思い描く。

雨が止んだ。

〈終わらせなきゃ、ダメだと思う〉

「わかった」和久津は頷く。「今度は、俺がお前を救ってやるよ」

＊

午前三時の教室。

整然と並べられた机と椅子が、月明かりで濡れたように光っている。

和久津は最前列の右から二番目、山田があの日選んでくれた机の上に立ち、スピーカーの前に位置をずらした教卓に目を凝らす。窓枠の影を映し、おぼろげに浮かび上がる天板に、そっと跳び移る。

バランスを崩さないよう、体幹を意識し、まっすぐ立つ。

ウエストポーチから、プラスドライバーを一本取り出す。

「山田」

スピーカーに言う。

「お待たせ」

〈ぜんぜん。いま来たとこ〉

「九年前からいるだろ」笑う。この距離で対峙《たいじ》すると、声がやたら大きく聞こえ、耳が少し痛んだ。「野球場のネット、切ってきちゃったよ」

〈まじで？　なんで？〉

「今からやろうとしてること、フツーに犯罪だから。月曜しか学校来ない俺が、土曜のド深夜に守衛室前の正門から外出たら、どう考えても犯人だろ」

〈たしかに〉

「いやぁ、俺もバカだねぇ、こんな、ガチの犯罪に手を染めて」

〈……不法侵入と器物損壊くらいじゃん？〉

「それを『ガチの犯罪』と言うんだよ」教卓の上に立つと、ちょうど和久津の顔の高さに、スピーカーの中心部が来る。「始めちゃっていい？」

〈おう〉

声が、皮膚を震わせる。

〈頼むわ〉

深呼吸をする。

薄闇に目が慣れてくる。

スピーカーの前面に、無数の穴のように見える、薄い布が貼られている。

四隅《よすみ》を、十字の丸ネジが留めている。これを外すことで、山田を解体できる。

「おっけー。じゃあネジ外してくわ」

〈優しくしてくれよな〉

「初夜か」

左上のネジに、ドライバーを差し込む。回し、取り外す。

「取れた。一本」

〈早っ〉

「わりと簡単にいける」小さなネジを、ポケットに忍ばせる。「どんどんいくわ」

〈味気ねぇなぁ〉

「まぁな」

左下のネジに、ドライバーを差し込む。

〈俺、なんで消えなかったか、考えてみたんだよ〉

手を止めるか迷い、ゆっくりと回し続ける。「あぁ」

〈消えてもよかったはずじゃん？　二年の修了式か、三年の卒業式が終わったタイミングで〉

ネジが外れる。

〈『二Eのみんなともっと馬鹿やってたい』ってのは、嘘じゃねぇんだよ。でもそれだけだったら、とっくに消えてるはずじゃん？　だから、他に後悔がなかったかな、って、いろいろ考えてみたんだ〉

ポケットにしまい、右下のネジに、ドライバーを差し込む。

〈で、たぶん、みんなに嘘ついたまま死ぬのが嫌だったのかもなぁ、って〉

ドライバーを回す。

〈俺、二Eのみんなに、自分が空っぽって言ってなかったから〉

ネジが外れる。ポケットにしまう。

〈みんな騙したまま死ぬことを、最後の一瞬で後悔したから、ここに残ることになったのかなぁ、って〉

前面を手で押さえながら、右上のネジに、ドライバーを差し込む。

「じゃあ元二Eのやつら全員集めて、俺、実は空っぽ野郎なんですって告白するか？」

〈……それはやだなぁ〉

「なんなんだよ」笑った。全てのネジが外れ、ポケットに収まる。「この板、取り外しちゃって平気？」

〈うん。よくわかんねぇけど、好きにやってくれ〉

「わかった」前板を取り外す。中は空洞になっている。「まだ聞こえる？」

〈聞こえるよ〉

「なんか、教室の壁からコード二本伸びてて、板の裏の機械っぽいとこに繋がってるわ」

〈へぇ〉

「お、ちょっと聞こえづらくなった。この、木の箱みたいな空洞に、音響かせてたんだな」

〈そうなんだ。今さら構造知ったわ〉

「このコード切ったら、山田死ぬんかな」

板を片腕で支えながら、ウエストポーチからハサミを取り出す。

〈もう死んでるわ〉

「そうなんだけど、まじでもう、終わりなのかな。山田と、しゃべれなくなるんかな」

〈たぶん。だってそのコードで電源とかと繋がってんでしょ？　それ切ったら終わりなんじゃん？〉

「そっか」

〈うん〉

「もう、いいよな」

〈うん〉

「散々話したもんな」

〈うん〉

「……弁護士、なってみたかったなぁ」

〈今から目指せばよくね？〉

「……え？」

〈ぜんぜん遅くないだろ。今からでも〉

「……そう？」

〈うん。まだ二十五だろ？　むしろ早いくらいじゃね？〉

考える。「ロースクールの、社会人枠みたいなやつ？」

〈知らんけど。いろいろあるだろ〉

「……でも、文学研究も教師も、なんやかんや楽しいんだよなぁ」

〈どっちだよ〉山田が笑う。〈好きにしろよ。生きてりゃなんでもできんだから〉

「だよな。ありがとう」

〈おう〉機械に耳を近づけ、山田の声を聴く。〈今までありがとな。まじで〉

「こちらこそありがとう。山田いなかったら、俺の人生めっちゃつまんなかったわ」

〈そんなことないだろ〉

「そんなことある」

〈……ありがとう〉

「こちらこそ」二本のコードに、刃先を当てる。「じゃあ切るわ。山田、お前のおかげで楽しかった。またな。天国で会おうな。ありがとな」

切った。

教室を、静寂が満たす。

〈おう、楽しかったわ。またな〉

「なんでまだ声してんだよ！」深夜であることを忘れ、全力で叫ぶ。「おかしいだろ！」声を上げて笑った。

〈え、もう切ったん？〉

「切ったわ」縒《よ》れる二本のコードに、目を凝らす。「完全に切り離されてる」

〈えー、まじか、じゃあ俺、なんでまだしゃべれてんだ〉

「というか、」

〈ほんとに全部切った？〉

耳を澄ます。

〈別の線で繋がってるとかない？〉

「スピーカーじゃない場所から、声が聞こえる」

〈え？〉

板を教卓に置き、飛び降りる。

「なんでもいいから、なんかしゃべってて」

〈お前『なんでもいい』がいちばん困るんだぞ〉

「校歌歌ってて」

月明かりだけの教室を、足元に気を付けながら、ゆっくりと一周する。

「均等に聞こえる」

〈……ん?〉

「天井、床、壁。教室を取り囲む全てから、均等に、山田の声が聞こえる」

〈……つまり?〉

考える。山田はスピーカーに憑依《ひょうい》したんじゃなかったのか? 俺がスピーカーのコードを切ったから、別の場所に憑依した? いや、待て。山田はそもそも、なぜ俺たちの声を聴けるんだ? 解体して思ったが、スピーカーはあくまで音を出す機械であって、マイクのような集音機能はない。たまたまスピーカーがあったから、発声に適した器官があったから、そこから声を出していただけであって、本当は、
山田は、

「教室だったんだ」

〈は?〉

「お前、スピーカーじゃなくて、教室になってたんだよ」

〈よくわからん。みんな俺のこと、スピーカーになったって言ってたじゃん〉

「だからそれが勘違いだったんだ。そこから音が聞こえちゃうから、みんなそう思い込んでた。スピーカー壊して、やっとわかった。ほんとはお前、教室そのものになってたんだよ」

〈……感覚ないし自分じゃよくわかんないんだけど、スピーカー壊しただけじゃ、俺は消えない

ってこと？〉

「そうね。実際消えてないし」

〈……教室ごとぶっ壊すこと、可能？〉

「無理だろ。業者じゃないんだから」

〈えぇ〜〉山田の不服そうな声が、薄闇に響く。〈じゃあどうすんの。俺、消える気まんまんだったのに。どうやったら消えんの〉

「元二Eのやつら全員集めてみるか？」

〈消えんの？　それで〉

「お前が言ったんだろ。みんなを騙したまま死んだのが心残りだって」

〈可能性としてはそうだけど、それでほんとに消えるかは自信ないな〉

「なんなんだよ」足が疲れてきて、山田の決めた席に座る。この椅子ももしかしたら、山田の一部かもしれない。

〈やっぱ業者呼んで、教室ごと解体してもらえないかな？〉

「だから無理だって。現役の生徒がフツーに使ってる教室だし」スピーカーはなんとかなったが、教室ごと破壊するなんて無理だ。

教卓の上、無惨に解体されたスピーカーを見つめる。

山田だと思っていたものはただの板と金属に成り果て、新たに大きな山田が俺を包み込んでいる。

こいつ、なんでこんな死にたいんだろう。山田の自殺願望に、俺はいつまで付き合えばいいんだろう。

〈無理かぁ。どうにかして、早く消えてぇなぁ〉

「『生きたい』と言え」思いつく。考えるより先に、声が出ている。

〈……へ？〉

「山田お前、声だけになってから一回でも、『生きたい』って思ったか？」

〈……思ってないかもしんないけど、それが？〉

「じゃあ、心からそう思って、『生きたい』と言え」

〈なんでだよ。どこの海賊王だよ〉

「やっとわかった。お前がいつまでも消えなかったのは、空っぽ気取りのお前に、神様が与えた罰だ。お前、ずっと孤独で、消えたかっただろ？　素直に死んでりゃよかったって、何百回も思っただろ？　当然だよ。お前が復活したのは、褒美じゃなくて罰だ。ラグビーの試合中にわざと落ちたり、わざと車に轢かれたりするような常習自殺クソ野郎が、すんなり消えられるわけねぇだろ。お前が『消えたい』と思ってる限り、お前は一生消えねぇよ。だから『生きたい』と言え。生まれ変わって、寿命で死ぬまで『生きたい』と言え」

〈……嫌だ〉

「言えよ」

〈生きたくないから、〉山田のか細い声が、あらゆる角度から耳に届く。〈言えない〉

「ダメだ。生きろ。生まれ変わって、まっとうに生きろ」

〈生きたい〉棒読みの台詞《せりふ》が揺れる。〈これでいいんだろ？　生きたい〉

「いいわけねぇだろ。ちゃんと心からそう思って、『生きたい』と言え」

〈生きたい〉

「声が小さい」

〈生きたい〉

「もっとはっきり」

〈生きたい〉

「足りねぇよ」

〈生きたい〉

「足りねぇ」

〈生きたい！〉

「足りねぇ！」

〈生きたい！〉

「足りねぇ！　ぜんっぜん足りねぇ！」月が隠れる。「甘《あめ》ぇよ山田。そんなんで生まれ変われるわけねぇだろ。もっと叫べよ。魂のど真ん中から声を出せ。何度も叫んでりゃそれが本当になる。だから叫べ」物の輪郭がうっすら浮かんでいた教室を、闇が覆う。「頼む山田。叫んでくれ。『生きたい』と叫んでくれ。最後の最後の、一生のお願いだから」

〈生きたい〉「足りねぇ！」〈生きたい！〉「足りねぇぞ腹から声出せ！」〈腹がもうない〉「どうでもいい！　叫べ！　お前の人生のぜんぶから、声を絞り尽くせ！」〈生きたい！〉「もっと！」〈生きたい！〉「もっとだ！」〈生きたい……！〉「お前は空っぽなんかじゃない！」〈はぁ？〉「言え！　『俺は空っぽなんかじゃない』！」〈…………〉「言えよ！」〈俺は空っぽなんかじゃない！〉「ふざけんな！　本気で声出せ！　舐めてんのかスカスカ野郎！」〈どっちだよ！〉「なんでお前いねぇんだよ！」〈はぁ!?〉

「最強の二年E組に、なんでお前いねぇんだよ！　あの配置、死ぬ前に考えてたんだろ？　なのになんで、お前がいねぇんだよ！」

〈……死んだから外したに決まってんだろ〉

「お前あのとき、すらすら発表してたじゃねぇか！　お前がもともと考えてた最強の二年E組に、お前いなかっただろ！」

山田の声が途切れる。

〈忘れてたんだよ〉声が揺らぐ。

「んなわけねぇだろ！　お前の考える最強に、お前がいないなんて悲しいことあるかバカ！」

〈知るか！　お前に俺の虚しさが理解できてたまるかバーカ！〉

「二Eのやつら、もうみんなお前に飽きてるぞ！」

〈知ってるわ！　だから消えたいつってんの！〉

「俺もぶっちゃけお前のノリしんどいときあるぞ！　みんな大人になってんだよ！　お前だけいつまでしょうもない男子高校生やってんだボケ！」

〈しょうがねぇだろクソ！　お前も声だけの存在になってみろや、自分だけ教室取り残されてみろや！〉

「でもお前のおかげで最高のクラスだった！」

〈今さら何言ってんだ！〉

「二年E組はお前がいたから最高で最強だった！」

〈キレイゴト並べてんじゃねぇぞカス！〉

「お前は空っぽなんかじゃない！」〈空っぽだよ〉「お前が二年E組なんだよ！」〈わけわかんねぇこと言ってんじゃねぇぞクズ！〉

「お前は死ぬ前から教室だった！　二年E組の教室そのものがお前なんだよ！　死ぬ前も死んでからも、お前が二年E組のバカどもを包み込んでんだよ！」

〈意味わかんねぇこと言ってんじゃねぇ、ぶっ殺すぞ！〉

「だからお前空っぽじゃねぇよ！　俺が、泉が、倉持が、百瀬が、米村が、吉岡が、久保が、別府が、小野寺が、川上が、白岩が、高見沢が、二年E組のあいつら全員が、生きて、大人になって、生き続けて、お前がいたおかげで生きて、お前といた時間ぜんぶ背負って生きて、ぎっしり詰まったお前の中身になるから、お前は空っぽなんかじゃねぇぞカス！」

〈うっせぇ！　屁理屈《へりくつ》ぶっこいてんじゃねぇ〉

「早く消えろ！　最速で生まれ変われ！　中身ぎちぎちで生き続けろ！」

〈無茶言うな！〉

「来世でも俺の親友でいろカス！」

〈………〉

「『生きたい』と言え！」

〈死にたい！〉

「ふざけんなクソつまんねぇ殺すぞ『生きたい』と言え！」

〈おちんちん体操第二！〉

「いま関係ねぇだろ死ねクソガキ『生きたい』と言え！」

〈……生きたい！〉

「いいぞ！　もっと！」

〈生きたい！　お前と！　生きたい〉

「…………」

〈和久津とおっさんになって、じじいになって、死ぬまでバカやってたい〉

「……当たり前のこと言ってる暇あったらもっとでかい声出せ！」

〈生きたい！〉

「もっと！　存在の底から声出せ！」

〈生きたい！　生きたい！〉

「こんなもんじゃねぇ！　お前こんなもんじゃねぇだろ！」叫び続け、喉の感覚がない。〈生きたい！〉真っ暗闇の教室が、ひとつの巨大な生き物みたいに震える。〈生きたい！〉たぶん俺の投げた椅子が〈生きたい！〉宙を舞い〈生きたい！〉雷のような音を立て〈生きたい！〉ガラスが割れ〈生きたい！〉手足が血でぬめり〈生きたい！〉机を椅子を薙《な》ぎ倒《たお》し〈生きたい！〉運動靴を壁に叩きつけ〈生きたい！〉チョークを床にぶちまけ〈生きたい！〉時間割を引き裂き〈生きたい！〉カーテンを引き剝がし〈生きたい！〉割って砕いたスピーカーの欠片《かけら》をくす玉みたいにばらまいて〈生きたい！〉山田と絶叫し〈生きたい！〉気付けば俺の声だけが聞こえ、山田の声はもう聞こえない。

初出「メフィスト」2023 WINTER 特別号

金子玲介

（かねこ・れいすけ）

1993年神奈川県生まれ。慶應義塾大学卒業。
「死んだ山田と教室」で第65回メフィスト賞を受賞。

死《し》んだ山田《やまだ》と教室《きょうしつ》

２０２４年５月13日　第一刷発行
２０２４年12月２日　第二刷発行

著者　金子玲介《かねこれいすけ》

発行者　篠木和久

発行所　株式会社講談社
〒１１２－８００１　東京都文京区音羽２－12－21
電話　出版　０３－５３９５－３５０６
販売　０３－５３９５－５８１７
業務　０３－５３９５－３６１５

本文データ制作　講談社デジタル製作

印刷所　株式会社ＫＰＳプロダクツ

製本所　株式会社国宝社

ISBN978-4-06-534831-4　N.D.C.913　302p　19cm

次回作

死んだ石井の大群

金子玲介

2024年夏発売予定